चुभते फूल

रानू

डायमंड बुक्स

www.diamondbook.in

प्रकाशक   : डायमंड पॉकेट बुक्स (प्रा.) लि.
            X-30 ओखला इंडस्ट्रियल एरिया, फेज-II
नई दिल्ली : 110020
फोन   : 011-40712200
ई-मेल   : ebooks@dpb.in
वेबसाइट   : www.diamondbook.in
मुद्रक   :

Chubhate Phool

By - *Ranu*

चुभते फूल

रात अपने यौवन पर पहुंचकर अंगड़ाई लेने को मचल रही थी। रात के लगभग 10 बज रहे होंगे। औलगा होटल के रेस्टोरेंट कम-बार का वातावरण था यह। हॉल के अंदर स्टेज के ऊपर एक सुंदर लड़की आर्केस्ट्रा की मीठी धुन पर नृत्य का सहारा लिए अपने अर्धनग्न शरीर का प्रदर्शन करती हुई अपने गले से शहद समान टपकते स्वर में एक सुरीला गीत गा रही थी, इस प्रकार कि उसकी जादू-भरी आवाज हॉल के अंदर बिखरकर सुनने वालों के दिल की गहराई में उतरती जा रही थी।

हॉल के अंदर अपनी सुरक्षित कुर्सियों पर बैठे ग्राहकों के सामने मेज पर व्हिस्की के जाम रखे हुए थे। जाम टकराते तो छनाका आर्केस्ट्रा की धुन में एक साज बनकर सम्मिलित होता और फिर गुम हो जाता था। चुसकियों के साथ दौर चल रहे थे। शराब के कारण वातावरण महका-महका था। सिगरेट के कारण समां धुआं-धुआं भी था। सभी ग्राहकों की दृष्टि स्टेज पर नृत्य करती नर्तकी की सुंदरता पर चिपकी हुई थी। फड़कता हुआ अंग-अंग अत्यंत आकर्षक, नाक-नक्श तीखा, आंखों में शराबी खुमार... फिर ग्राहकों का दिल मचलता भी क्यों नहीं! ग्राहक दिल थामकर रह जाते थे।

परंतु नर्तकी की दृष्टि एक ग्राहक पर जमी हुई थी—केवल एक ग्राहक पर, जो हॉल के बिलकुल किनारे, एक कोने में चुपचाप बैठा अपनी ही धुन में व्हिस्की के घूंट पर घूंट लिए जा रहा था। लगभग 30 वर्ष का नवयुवक सांवला रंग, परंतु नाक-नक्श तीखा, व्यक्तित्व आकर्षक। नर्तकी को उसने एक बार भी देखने में रुचि नहीं ली थी। नर्तकी को विश्वास था कि वह उसका संगीत भी नहीं सुन रहा है।

नर्तकी ने इस होटल के बॉर में नृत्य का काम केवल दो महीना पहले आरंभ किया था और तब ही से वह उस ग्राहक को अपनी ओर से सदा निश्चिंत होकर शराब पीते या सिगरेट का कश लेते देखती आई थी। वह सदा अपनी ही धुन में खोया रहता था, इस प्रकार, मानो यहां के वातावरण से अनभिज्ञ जाने कहां, बहुत दूर भटक रहा हो। यही कारण था कि नर्तकी उसकी ओर आकर्षित हो गई थी, जबकि उसकी ओर आकर्षित होने वाले ग्राहकों या अन्य लोगों की जरा भी कमी नहीं थी।

एक बार उसने वेटर से पूछा था तो पता चला था कि वह विशेष ग्राहक इस बॉर में लगभग एक वर्ष से बराबर आ रहा है। आता है, चुपचाप बैठा घंटों शराब पीता है और फिर चला जाता है। किसी से बात तक नहीं करता। कोई नहीं जानता, वह कौन है, क्या करता है, कहां से आता है और यहां से कहां जाता है। हम वेटरों ने भी कभी उन साहब से कुछ पूछने की

आवश्यकता नहीं समझी और न ही साहस किया। हमें अच्छे 'टिप' से संबंध है, जो वह साहब देने से कभी नहीं सकुचाते। इससे पहले भी जो नर्तकियां थीं, वे बहुत सुंदर थीं, परंतु उस ग्राहक ने कभी उन्हें भी देखना स्वीकार नहीं किया था।

'अच्छा!' नर्तकी को उस व्यक्ति का जीवन विचित्र लगा—भेद भरा। आदमी शराब पीता है, मदहोश होकर एय्याशी करने के लिए या फिर अपना गम भुलाने के लिए। उस व्यक्ति ने तो उसे एक बार भी देखने में रुचि नहीं ली थी। फिर यदि उसे गम है तो आखिर किस बात का?

जी हां। नर्तकी के दिल में उठते विचारों से अनभिज्ञ वेटर ने कहा था, 'कभी-कभी तो वे साहब इतना अधिक पी लेते हैं कि उन्हें उठाकर टैक्सी में हमें बिठाना पड़ जाता है।'

नर्तकी की रुचि उसी दिन से उस ग्राहक में और बढ़ गई थी।

नृत्य हो रहा था। आर्केस्ट्रा की धुन पर नर्तकी उसी प्रकार नृत्य के साथ गा रही थी। ग्राहकों की दृष्टि उसके अर्धनग्न शरीर पर उसी प्रकार चिपकी हुई थी, परंतु हॉल के कोने में बैठा व्यक्ति सदा के समान अब भी उसकी ओर से निश्चिंत शराब पर शराब पिए जा रहा था। धीरे-धीरे 11 बजने लगे। नृत्य और संगीत का यह अंतिम आइटम था। आर्केस्ट्रा की धुन अपनी तेज गति की चरम सीमा पर पहुंचने लगी, तो हॉल के अंदर जगमगाता प्रकाश अपने रंग बदलने लगा—लाल—गुलाबी—पीला—नीला—गहरा नीला—और गहरा नीला। इसके साथ ही नर्तकी अपने शरीर के बचे हुए कपड़े भी उतारने लगी, बिलकुल सलोमी नृत्य के अंदाज में। और जब यह और गहरा नीला रंग बिलकुल ही अंधकार के समान हो गया तो ऐसा लगा, मानो नर्तकी ने अपने लगभग सारे ही कपड़े शरीर से उतार फेंके हों।

फिर अचानक चरम सीमा पर पहुंचने के बाद आर्केस्ट्रा की धुन रुक गई। नृत्य समाप्त हो गया। हॉल पूरी जगमगाहट के साथ प्रकाशमान हो उठा, परंतु इससे पहले ही बिजली की-सी स्फूर्ति के साथ नर्तकी अपने शरीर को एक गाउन द्वारा पूर्णतया ढांप चुकी थी। ग्राहकों की आंखें नर्तकी के नग्न शरीर को देखने के लिए तरसकर रह गईं। सभी के होंठों से नर्तकी के प्रति वासना-भरी लार टपक रही थी। सबने उसके नृत्य की समाप्ति पर जोर की ताली बजाई, इस प्रकार, मानो उसके आकर्षक शरीर की बोली लगा रहे हों, परंतु कोने में बैठा वह विशेष ग्राहक अब भी अपनी धुन में खामोश बैठा, अंगुलियों में थामी सिगरेट से उठते धुएं में जाने क्या देख रहा था।

नर्तकी को इस प्रकार जाने क्यों उस व्यक्ति से चिढ़-सी हो गई। उससे नहीं, शायद अपने आपसे। आखिर उसमें क्या कमी है, जो वह ग्राहक उसकी ओर कभी भी देखना स्वीकार नहीं करता? उसने एक नागिन के समान क्रोध में फंफकारते हुए गर्दन सहित मुखड़ा झटका। फिर पलटकर पर्दा उठाते हुए बगल के द्वार में प्रविष्ट हो गई।

ग्राहक अपना बिल चुकाने लगे। हॉल खाली करने लगे। हॉल खाली हो गया, परंतु वह रहस्यमय व्यक्ति अब भी उसी प्रकार अपने स्थान पर बैठा खोया हुआ था, इस प्रकार, मानो

उसे समय का भी ज्ञान नहीं है। अचानक वेटर ने आकर उसकी मेज पर एक छोटी प्लेट में बिल रखा। बोला, 'साहब, होटल बंद होने का समय हो गया।'

ग्राहक ने उसकी ओर देखा। बोला, 'हूं!' उसने मानो स्वयं से कहा था। वह बैठे-बैठे घूमा। सिगरेट का एक कश लिया। धुएं को हवा में छोड़ने के बाद बोला, 'मुझे दो पैग व्हिस्की और चाहिए।' उसका स्वर नशे में लड़खड़ा रहा था।

वेटर ने बॉर-कांउटर की ओर देखा। बॉर बंद हो रहा था। वह ग्राहक पुराना था। 'टिप' भी अच्छा मिलता था। उसने कहा, 'ठीक है साहब, लाता हूं, परंतु उसके बाद व्हिस्की नहीं मिल सकेगी।' वेटर बॉर-काउंटर की ओर लपक लिया।

ग्राहक ने अपने सामने रखे जाम को देखा। थोड़ी व्हिस्की बची हुई थी। उसने जाम उठाकर उसे समाप्त कर दिया और फिर सिगरेट के कश लेने के बाद बची सिगरेट ऐश-ट्रे में डाल दी।

वेटर व्हिस्की का जाम लेकर आया—दोनों पैग एक ही जाम में थे। जाम उसने मेज पर रखा, साथ ही बिल की प्लेट भी। ग्राहक ने कुछ नोट प्लेट में डाले। बिल से बचे हुए नोट उसने वेटर को टिप में दे दिए। वेटर ने एक सलामी मारी, फिर चला गया। होटल बंद हो रहा था। ग्राहक को अब शीघ्र ही अपना जाम समाप्त करना था। उसने उठने से पहले जाम उठाकर एक सांस में एक साथ ही पूरी व्हिस्की गले से नीचे उतार दी, दो पैग व्हिस्की। उसका गला सरसरा गया। ऐसा लगा, मानो दिल बैठ जाएगा। नसें खिंच गईं, आंखें चढ़ गईं। हलक के अंदर मानो तेजाब उतर गया था।

वह खांसा तो उसे उबकाई आ गई। उसने स्वयं पर काबू पाना चाहा, परंतु हलक में उतरी शराब उसके मुंह के अंदर वापस उलट आई थी। अब उसे मुंह के अंदर रोकना उसके लिए असंभव था। उसने उलटी (कै) कर दी, इतनी अधिक, जितनी उसने शाम से भी नहीं पी थी। सब खाना-पीना निकल गया। कै से फर्श पर बिछा कालीन गंदा हो गया। कालीन बहुमूल्य था, इसलिए होटल का मैनेजर तुरंत उसके पास लपक आया। एक पुराने ग्राहक की इस दुर्दशा से सहानुभूति दिखाने की बजाय वह क्रोध से उस पर भड़क उठा। बोला, 'यह गंदापन, तुमने क्या कर दिया? तुमको मालूम नहीं कि कितना कीमती है?'

ग्राहक ने उसी प्रकार बैठे हुए घूमकर गर्दन उठाई और मैनेजर को देखा। ग्राहक की आंखें कै द्वारा छाती तथा मस्तिष्क की नसें खिंचने के कारण बिलकुल लाल हो गई थीं। उसने मानो मैनेजर की बात ठीक से सुनी ही नहीं थी। बोला, 'हूं!' उसने कहना चाहा, 'आई...आई एम...सॉरी...वैरी सॉ...।' परंतु नशे के कारण उसका लड़खड़ाता स्वर रुक गया। उसने एक उंगली उठाकर संकेत द्वारा भी कुछ कहना चाहा, परंतु उसकी शक्ति जवाब दे गई। नशा उस पर इतना अधिक चढ़ गया था कि उसके पैर उठने के बजाय उसी स्थान पर जमकर रह गए। एक झटके के साथ वह सामने मेज पर गिरा—बैठे-ही-बैठे, इस प्रकार कि वह दोबारा उठ नहीं सका। उसी प्रकार बैठा तथा मेज पर लुढ़का वह मूर्छित हो गया।

'वेटर...।' मैनेजर ने वहीं खड़े-खड़े वेटरों को आवाज दी। बोला, 'इस व्यक्ति को उठाकर बाहर सड़क पर फेंक दो और गेटकीपर से कह दो कि इसे कभी भी होटल के द्वार के अंदर प्रवेश न करने दे।'

होटल के 'राइट्स' रिजर्व थे—अर्थात् प्रवेश-द्वार सुरक्षित था।

अपने मैनेजर की आज्ञा पर दो वेटर आगे बढ़ आए। ग्राहक को उठाने के लिए उन्होंने उसे दोनों हाथों से पकड़ लिया।

'ठहरो!' सहसा एक स्वर सुनाई पड़ा—लड़की का—परिचित स्वर में आज्ञा थी।

सबने मुड़कर देखा। नर्तकी चली आ रही थी। नर्तकी समीप आई। वेटरों ने ग्राहक की बांहें छोड़ दीं, सीधे खड़े हो गए। नर्तकी ने ग्राहक को ध्यान से देखा। ग्राहक अपने होश में बिलकुल भी नहीं था—नशे में धुत्त। नर्तकी ने एक वेटर से कहा, 'दो नींबू निचोड़कर एक गिलास में ले आओ—तुरंत।'

'यह सब आप क्या कर रही हैं, पुष्पाजी? आप नहीं जानतीं कि ऐसे ग्राहक के साथ कैसा व्यवहार...।'

'आपका जो भी नुकसान हुआ है, उसका खर्च मेरे एकाउंट में डाल दीजिएगा।' नर्तकी ने मैनेजर की बात काटकर कहा, 'मैं कालीन की धुलाई के भी पैसे दे दूंगी।'

मैनेजर चुप हो गया। होना ही था, उसके रेस्टोरेंट की रौनक नर्तकी के नाच-गाने पर ही निर्भर करती थी। उसकी खामोशी देखकर एक वेटर ने तुरंत नर्तकी की आज्ञा का पालन किया। वह गया और क्षण-भर में ही दो नींबू का रस एक गिलास में ले आया। इस बीच मैनेजर अपना हिसाब करने काउंटर पर जा चुका था। नर्तकी ने वेटर से कहा, 'इसे संभालकर नींबू का पूरा रस दिला दो।'

वेटर ने वैसा ही किया। क्षण-भर बाद ग्राहक ने अपना सिर मेज पर इस प्रकार उठाया, मानो किसी पहाड़ को कंधों पर उठा रहा हो। उसका सिर चकराया। उसने अपनी पलकें खोलीं, इस प्रकार, मानो रात के घने अंधकार की चादर सुबह उठा रहा हो। बहुत हल्के-हल्के परंतु अंत में एक झटक के साथ। उसने नर्तकी को देखा। नर्तकी ने जब समीप से उसे देखा तो उसका व्यक्तित्व उसे और भी आकर्षक लगा। उसने ग्राहक की आंखों में झांका—काली घनी भवें—काली, लंबी पलकों के नीचे काली-काली आंखें—ऐसा लगता था, मानो उसकी आंखों में ही नहीं, उसकी आंखों के चारों ओर भी अमावस का काला अंधकार छाया हुआ है। उसने हल्की-सी मुस्कान के साथ इस अमावस की रात का स्वागत किया, इस प्रकार मानो चांदनी बनकर इस अंधकार में छिटक जाना चाहती हो। बोली, 'अब तो आप ठीक हैं ना?'

ग्राहक ने हल्के से मुस्कराने का प्रयत्न किया, परंतु मुस्करा नहीं सका। केवल सिर 'हां' के संकेत पर हल्के से हिलाकर रह गया। उसने खड़े होने का प्रयत्न किया, ताकि इस रेस्टोरेंट

से किसी भी प्रकार बाहर निकल जाए, परंतु जैसे ही वह खड़ा हुआ, पग लड़खड़ा गए। वह गिरते-गिरते बचा। सिर पड़ता, यदि नर्तकी ने उसे तुरंत पकड़कर संभाल नहीं लिया होता। ग्राहक ने तब भी गिरते समय अपने को संभालने के लिए नर्तकी को अपनी बांहों द्वारा गले से लपेट लिया।

नर्तकी के शरीर में बिजली दौड़ गई। नर्तकी कुछ भी थी, परंतु थी एक लड़की—कुंवारी लड़की। उसकी छाती में भी एक दिल था, जो मानो युगों से धड़कने को तरस रहा था। यह दिल आज इस प्रकार धड़का, जिसका अनुभव उसने पहली बार किया था, वरना उसके दिल की दृष्टि में तो अब तक हर व्यक्ति ने व्यापारिक दृष्टि से ही झांका था। उसने ग्राहक को सहारा देने के लिए किसी वेटर को नहीं देखा। उसने स्वयं उसी प्रकार अपने गले में उसकी बांहों का हार बनाया। वह आगे बढ़ गई। रेस्टोरेंट के द्वार से बाहर निकलकर उसने एक टैक्सी की। ग्राहक को टैक्सी में पीछे बिठाया, फिर स्वयं उसकी बगल में बैठ गई। टैक्सी का द्वार बंद करने के बाद उसने ग्राहक से पूछा, 'आपको कहां जाना है?'

'मुझे सुनील कहते हैं।' ग्राहक ने कुछ लड़खड़ाते स्वर में कहा।

नर्तकी ने मन-ही-मन नाम दोहराया—सुनील....सुनील। फिर बोली, 'मैंने आपका नाम नहीं, ठिकाना पूछा है।'

'आई...आई...एम...एम...वैरी...वैरी...सॉरी!' सुनील ने बामुश्किल लड़खड़ाती जबान से कहा, 'मुझे अपने बंगले जाना है...मेरा मतलब...जवाहरनगर जाना है—बंगला नंबर डी-79।' इतना कहने के बाद सुनील नर्तकी के कंधे पर बिन अधिकार लुढ़क-सा गया। उसकी आंखें बंद-सी हो गईं। सुनील को युगों बाद ऐसा प्रतीत हुआ, मानो उसे एक कंधा सांस लेने के लिए मिल गया है। नारी बेटी होती है, बहन होती है, पत्नी होती है, मां होती है, और सबसे बढ़कर देवी होती है और आज एक नर्तकी सुनील को देवी के रूप में मिली थी—नर्तकी और देवी।

'सुनील...ओ...सुनील! क्या सचमुच तुम मेरे कंधे पर हो या मैं तुम्हारे कंधे पर हूं?' नर्तकी ने भावुक होकर अपने मन से पूछा। उसका मन करता था, यह रास्ता कभी समाप्त न हो। रास्ता बढ़ता ही जाए, लंबा—और लंबा होता ही जाए, परंतु हर रास्ते की एक मंजिल होती है और सुनील की मंजिल आ चुकी थी। टैक्सी ड्राइवर जवाहरनगर के चप्पे-चप्पे से परिचित था। बंगले के नंबर भी क्रमानुसार थे। टैक्सी ड्राइवर ने एक बहुत ही सुंदर बंगले के सामने मुख्य द्वार से लगाते हुए टैक्सी रोक दी। मुख्य द्वार के दोनों ही खंभों के ऊपरी भाग में शीशे की प्लेट जड़ी हुई थीं, जिसके अंदर बल्ब जलकर शीशों द्वारा झागदार प्रकाश बाहर फेंक रहे थे।

नर्तकी ने एक खंभे के शीशे पर पढ़ा—डी-79। उसे ज्ञात होते देर नहीं लगी कि यही सुनील का बंगला है। उसने दूसरे खंभे पर दृष्टि डाली। प्रकाश में झलकते अक्षर लिखे

थे—सुनील कुमार। नर्तकी ने बंगले पर एक दृष्टि डाली। सुंदर बंगले की रौनक पर उसकी दृष्टि मानो चिपककर रह गई। बरामदे में झागदार बल्ब बहुत खामोशी के साथ सिसक रहा था, इस प्रकार कि उसके आंसू शबनम की बूंदों के रूप में लॉन की क्यारियों तक छाए हुए थे। लॉन हरा-भरा, अत्यंत सुंदर—वर्गाकार—परंतु पत्तियां-पत्तियां भी मानो सिर झुकाए खामोशी से अज्ञात शोक मना रही थीं। फूल ताजे होने के पश्चात् मुझाए-मुझाए थे। फिर भी बंगले की रौनक अपने स्थान पर बेजोड़ थी, क्योंकि उदास फूलों की सुगंध ने भी इसे बंगले के बाहर पतले रेशमी तारों-समान बुन रखा था।

लड़की का दिल अनायास ही बंगले के अंदर जाकर भेद-भरे वातावरण को देखने के लिए मचल उठा। उसने सुनील को उठाने से पहले अपनी अंगुलियां उसके सिर पर फेरीं। अपनी गुलाबी और कमसिन अंगुलियां उसकी लटों में पिरोईं। फिर खेलने के अंदाज में हल्के से जुम्बिश दी। बोली, 'हुजूर, आपका बंगला आ चुका है।'

'ऊं...?...आ...?' सुनील इस प्रकार जागा, मानो कोई सुंदर सपना देख रहा था। सपना ही तो था, जो एक युग के बाद उसने किसी सुंदरी के कंधे पर संयोग से अचानक सिर रखकर दिखा दिया था, वरना उसे सुंदरियों की क्या कमी थी? उसने बात जारी रखते हुए कहा, 'ओह भगवान...हे भगवान...ऊं...।' वह उठकर बैठ गया। नशा जैसे तड़कना चाहता था या वह स्वयं नशा उतार देना चाहता था, परंतु शराब उसे पी चुकी थी। फिर भी उसने नर्तकी को देखा। पहचानने का प्रयत्न किया। आंखें कई बार झपकीं—बंद कीं—खोलीं। नशा-ही-नशा। परंतु इतना भी नहीं कि वह नशे में पागल था या मदहोश। स्वयं को धोखा देने वाला कभी दूसरे को धोखा नहीं दे सकता—धोखा देने की सोच भी नहीं सकता।

नर्तकी ने टैक्सी का द्वार खोला। बाहर उतरी। द्वार पर झुककर उसने कहा, 'आइए बाबू, मैं आपको आपके बगले के बरामदे तक छोड़ दूं।'

सुनील ने एक गहरी सांस ली। आंखें मींचीं, इस प्रकार, मानो स्वयं पर काबू करने का प्रयत्न कर रहा हो। फिर वह टैक्सी से बाहर निकला। खड़ा हुआ तो पग लड़खड़ा गए। तभी नर्तकी ने उसकी बांह को अपनी दोनों बांहों से पकड़ लिया। सुनील संभल गया। नर्तकी मानो क्षण-भर के लिए उसके सहारे की लाठी बन गई थी। इस सहारे की लाठी की उसे सख्त आवश्यकता थी। इसके सहारे क्षण-भर वह उसी प्रकार खड़ा रहा। नर्तकी के सहारे वह झूमा भी। फिर स्वयं पर काबू करके उसने एक हाथ द्वारा अपने कोट की पॉकेट से कुछ रुपये निकाले। दूसरे हाथ की सहायता द्वारा उसने 20 रुपये अलग किए। यदि औलगा बॉर में वह होश में होता तो पूरे यकीन का दाम चैक में अदा करते हुए मैनेजर के मुंह पर दे मारता। होश उसे अब आ रहा था। 20 रुपये का नोट उसने टैक्सी ड्राइवर की ओर बढ़ाते हुए कहा, 'यह लो, और बाकी पैसे रख लो।'

'धन्यवाद!' टैक्सी ड्राइवर चलने को तैयार हुआ।

'लेकिन...।' नर्तकी कहते-कहते रह गई तो इतनी रात में उसे होटल वापस जाने के लिए दूसरी टैक्सी का प्रबंध करना पड़ेगा, परंतु क्या इतनी रात में उसे इस कॉलोनी में टैक्सी मिल भी सकेगी? परंतु फिर उसने सोचा, इतना बड़ा सुंदर बंगला—कार पोर्टिको में नहीं थी, फिर भी गैरेज में अवश्य होगी। गैरेज बंगले के पीछे होगा, इसलिए शायद अन्य नौकरों के साथ कार ड्राइवर का क्वार्टर भी वहीं होगा। निश्चय ही सुनील उसे अपनी कार द्वारा उसके होटल भेज देगा।

परंतु तभी एक बात उसके मन में आई, यदि सुनील के पास कार और ड्राइवर है तो फिर वह कार से होटल क्यों नहीं आता-जाता है? कहीं ऐसा तो नहीं कि अपने शराबी बेटे की शराबी आदत से उकताकर ही उसके घरवाले उसे कार देने से इनकार कर देते हों? एक शराबी का क्या ठिकाना? जाने कितनी रात बीतने पर लौटे! आखिर अगले दिन सुबह ड्राइवर को भी तो मालिक को लेकर काम पर जाना पड़ता होगा...नर्तकी ने सोचा, उसके साथ सुनील के घरवाले ऐसा व्यवहार नहीं करेंगे, क्योंकि वह एक लड़की है। आखिर उसी ने तो सुनील को इस बुरी नशे की अवस्था में उसके बंगले तक पहुंचाया है। उसे पहुंचाने के लिए सुनील के घरवालों को अपने ड्राइवर को जगाना ही पड़ेगा।

टैक्सी ड्राइवर टैक्सी स्टार्ट करके जा चुका था। सुनील ने अपने हाथ के सारे नोट अपनी पॉकेट में रखे। फिर, उसी प्रकार नर्तकी के सहारे मुख्य द्वार की ओर बढ़ गया। नर्तकी का दिल धक-धक करने लगा। यदि सुनील के घरवालों ने उन दोनों की यह अवस्था देख ली, तब क्या होगा? वह एक साधारण लड़की, होटलों की शोभा बढ़ाने वाली नर्तकी—और कहां सुनील एक बहुत बड़े कुल का दीपक। नर्तकी का मन हुआ, वह सुनील को यहीं छोड़कर भाग जाए, परंतु सुनील को ऐसी स्थिति में मुख्य द्वार के बाहर ही छोड़कर जाना भी उसके लिए स्त्रीत्व के विरुद्ध था। उसने सोचा कि वह उसे बंगले के बरामदे में द्वार पर छोड़कर चली जाएगी। इस बात से उसे बहुत संतोष मिला।

सुनील ने मुख्य द्वार खोला। नर्तकी के सहारे वह लॉन में प्रविष्ट हुआ। फूलों की सुगंध बढ़ गई, कुछ इस प्रकार कि नर्तकी के नथुनों में उतरकर दिल की गहराई में समा गई। यह सुगंध और बढ़ती ही गई, जैसे-जैसे वह सुनील के साथ लॉन के मध्य बने गिट्टीदार रास्ते द्वारा होकर बंगले के बरामदे की ओर बढ़ने लगी। बिजली की चमक भी तेज होती गई, जिसमें अब क्यारियों की पत्तियों तथा फूलों के मुखड़ों पर शबनम की बूंदें भी आंसू बनकर मानो फूट-फूटकर रो रही थीं।

एक विचित्र-सा वातावरण था यह, अत्यंत सुंदर, फिर भी खामोश और उदास, इस प्रकार, मानो किसी ने एक खूबसूरत मकबरा बनाकर उसके चारों ओर क्यारियां लगा दी हों। सुनील नर्तकी को लेकर बरामदे पर चढ़ा। संगमरमर का फर्श, कोने-कोने तक गमलों में अनेक

प्रकार के पौधे और फूल सजे हुए थे। सुनील नर्तकी को लेकर बरामदे के बीच वाले प्रवेश द्वार पर पहुंचा। उसने 'कॉलबैल' बजाई। अंदर मानो किसी तोते ने आवाज लगाई, 'बलराम, सरकार आ गए हैं क्या?'

नर्तकी को तोते के इस स्वर पर बड़ा आश्चर्य हुआ, फिर भी उसने सुनील को छोड़कर यहां से तुरंत भाग जाना चाहा, क्योंकि सुनील अब अपने द्वार पर आ चुका था। उसका नशा भी काफी सीमा तक उतर चुका था। परंतु इस बार सुनील ने ही उसे बांहों में पकड़ लिया, ऐसा न हो कि हीन भावना के दबाव में आकर वह उसे छोड़कर भाग जाए। शायद वह उसका इरादा भांप चुका था। नर्तकी चाहकर भी उससे अपने आपको अलग नहीं कर सकी, बल्कि उसका मन चाहा कि उसका हाथ और जोर से थाम ले, इस प्रकार कि उसका हाथ उससे कभी न छूटे। इस पकड़ में एक विचित्र ही प्यारा अंदाज था।

सुनील ने कहा, 'जो 'कॉलबैल' का स्वर तुमने अभी सुना है, वह तोते का ही है, परंतु वह तोता असली नहीं, बिजली का है। उसे जब भी दबाया जाता है, उसकी जबान पर यही वाक्य रहता है– 'बलराम, देखो सरकार आ गए हैं क्या?' यह तोता मैंने केवल इसलिए लिया है कि मेरे बंगले में मेरे अतिरिक्त कोई नहीं आ सकता।'

नर्तकी कुछ समझी नहीं। सुनील का जीवन उसके लिए भेदभरा था। इस समय और अधिक भेद-भरा बन गया। तभी द्वार खुला। सामने एक बूढ़ा नौकर था। अत्यंत उदास। सुनील को देखने के बजाय उसने नर्तकी को देखा, बहुत ध्यान से। आज मानो युगों बाद उसने अपने मालिक के साथ किसी सुंदरी को हाथ-में-हाथ डाले देखा था। मालिक को देखने के बाद रास्ता छोड़ते हुए वह किनारे हट गया। सुनील पूरे अधिकार से नर्तकी को अंदर ले गया। यह बैठक थी, गोल और बड़ी–अत्यंत सुंदर–दीवार-से-दीवार तक कालीन बिछा हुआ था और छत पर महलों जैसे झाड़फानूस लटक रहे थे। नर्तकी की निगाह सबसे पहले ऊपर टंगे एक पिंजरे पर पड़ी, जिस पर सोने का रंग चढ़ा था। बिजली का तोता भी देखने में बिलकुल असली लग रहा था। नर्तकी इस नायाब चीज को देखती ही रह गई।

'यही है वह तोता जो 'कॉलबैल' बजने पर आवाज देता है। सुनील ने पिंजरे की ओर इशारा करते हुए कहा।

क्षण-भर बाद नर्तकी ने मानो बैठक का निरीक्षण किया, बड़े और चौड़े सोफे चारों ही ओर फैलाकर रखे हुए थे। बीच की बड़ी और लंबी मेज की सतह मोटे तथा चिकने शीशे की थी, परंतु किनारे आड़े-तिरछे फूल-समान कटे हुए थे, जिसके नीचे के पाए किसी लंगड़े हिरन की टांग के समान मॉडर्न आर्ट का प्रदर्शन कर रहे थे। इस मेज पर ही नहीं, सोफे के अगल-बगल की छोटी मेजों पर भी बेल्जियम के 'ऐश-ट्रे' रखे हुए थे। कमरा मानो बेल्जियम के शीशे-समान ही चमक रहा था, परंतु नर्तकी जरा भी हीन भावना का शिकार नहीं हुई। उसने कभी इस बंगले से कहीं अच्छी इमारतों में प्रवेश किया था और वह भी मुंबई में।

उसे यहां किसी प्रकार का भय भी महसूस नहीं हुआ, जैसा कि वह मुंबई में फंसकर भोग चुकी थी। यहां की हर वस्तु मानो उसकी सहानुभूति की भूखी थी, विशेषकर सुनील का व्यक्तित्व, जिसे वह दो मास से लगातार अपनी ओर से निश्चिंत तथा लापरवाह देखती आई थी। सारे संसार पर से उसका विश्वास बहुत पहले ही हट चुका था, परंतु दिल के हाथों मजबूर होकर आज वह एक बार फिर सुनील पर विश्वास करने पर मजबूर हो गई थी, क्योंकि सुनील अब तक उसका हाथ पकड़े हुए था, बहुत प्यार के साथ नहीं तो अधिक लापरवाही के साथ भी नहीं, परंतु उसके पकड़ने के अंदाज में किसी प्रकार की वासना का भाव नहीं था, पकड़ में अपनापन था।

नौकर ने बैठक का द्वार अंदर से बंद कर दिया, तब भी नर्तकी का दिल नहीं घबराया। हां, उसे आश्चर्य अवश्य हो रहा था कि अब तक सुनील के घरवाले इस कमरे में क्यों नहीं आए।

'तुम इसी बंगले के गेस्टरूम में सो जाओ।' सुनील ने नर्तकी का हाथ छोड़ते हुए कहा। उसके कहने में भी एक आज्ञा जैसा अंदाज था। इस आज्ञा देने का मानो उसे अधिकार भी था।

नर्तकी बिलकुल ही आवाक् रह गई। उसके होंठों से केवल इतना ही निकला, 'जी...' उसने मानो गलती से कुछ और सुन लिया था।

'मेरी गाड़ी तीन महीने से वर्कशाप में पड़ी है।' नर्तकी के दिल में उठते विचारों से अनभिज्ञ सुनील ने कहा, 'शराब पीकर गाड़ी चला रहा था, इसलिए बहुत बड़ी दुर्घटना हो गई थी। यह तो एक चमत्कार था, जो मैं बाल-बाल बच गया। गाड़ी होती तो मैं निश्चय ही आपको आपके होटल छुड़वा देता, परंतु इस समय तो मजबूरी है। इसके अतिरिक्त इतनी रात में अकेली इतनी दूर अपने होटल जाना आपका ठीक नहीं है। आप निश्चिंत होकर गेस्टरूम में सोइए। और हां, दरवाजा अंदर से बंद कर लीजिएगा। आपको कोई भी डिस्टर्ब नहीं करेगा। बलराम, मेमसाब को गेस्टरूम दिखा दो और कुछ खाने को मांगें तो सर्व कर देना—ऐं...' सुनील नर्तकी की ओर मुड़ा। बोला, 'इतनी देर से मैं आपके साथ हूं और अब तक आपका नाम भी नहीं जान सका। यह भी कितनी अजीब बात है।'

'मुझे पुष्पा कहते हैं।' पुष्पा ने कुछ सकुचाकर कहा। यदि वहां बलराम नहीं होता तो वह अपना परिचय नर्तकी कहकर ही देती, क्योंकि दर्शकों से सुन-सुनकर तथा होटल के बाहर अपने नाम से पहले नर्तकी शब्द पढ़-पढ़कर वह उकता-सी गई थी, इसके अतिरिक्त सुनील के शब्दों में जो अपनापन था, वह आज उसने जीवन में पहली बार महसूस किया था। सुनील की बात से इनकार कर देना भी सुनील का एक बहुत बड़ा अपमान था, क्योंकि सुनील को उसके बंगले वह पहुंचाने आई थी, न कि सुनील उसे स्वयं लेकर अपने बंगले आया था।

सुनील ने अपनी टाई की 'नॉट' ढीली करते हुए पूरे अधिकार तथा पुष्पा के दिल की बात से अनभिज्ञ कहा, 'मेरा शयनकक्ष ऊपर के भाग में है। वहीं सोऊंगा। कोई बात हो तो मुझे या बलराम के क्वार्टर में घंटी बजा दीजिएगा। गेस्टरूम में हर सुविधा के साथ 'इंटरकॉम' भी है।

जिस चीज का नाश्ता करना हो, उसका अभी से बलराम को ऑर्डर दे दीजिएगा।' सुनील इस कमरे से चढ़ती हुई सीढ़ियों की तरफ बढ़ गया और फिर देखते-ही-देखते एक द्वार से ओझल हो गया। पुष्पा एक क्षण उसी प्रकार खड़ी रही—अवाक्-सी। फिर उसने बलराम को देखा।

'आइए, मैं आपको गेस्टरूम तक छोड़ दूं।'

बलराम आगे बढ़ा तो पुष्पा भी चुपचाप उसके पीछे-पीछे चल पड़ी। गेस्टरूम का द्वार खुला था। दरवाजे पर एक सुंदर तथा बहुमूल्य रेशमी पर्दा पड़ा हुआ था। बलराम ने पहुंचकर पुष्पा के लिए रास्ता छोड़ दिया। क्षण-भर के लिए पुष्पा झिझकी। फिर एक बार बलराम को देखने के बाद अंदर प्रविष्ट हो गई। गेस्टरूम क्या था, किसी फाइवस्टार होटल का डबल बैडरूम था।

दीवार से दीवार तक एक मोटा कालीन। दो सुंदर टीकवुड के पलंग, जिन पर फोम के मोटे गद्दे सफेद चादर सहित बिछे हुए थे। शृंगारमेज, जिसके ऊपर अनेक प्रकार की विदेशी 'परफ्यूम्स' सजी हुई थी। एक रेफ्रिजरेटर था तथा दूसरी ओर दीवार में एक एयरकंडीशनर लगा हुआ था। कमरे को गर्म रखने के लिए हीटर का प्रबंध अलग था। दो लंबे-लंबे कबर्ड थे, जिन पर मलगजे शीशे लगे हुए थे। शीशे मलगजे थे, इसलिए अंदर टंगे कपड़ों की झलक बहुत हल्की-हल्की आ रही थी। पुष्पा गेस्टरूम की शान और सुंदरता देखती ही रह गई। पहले बैठक और अब यह गेस्टरूम। पूरा बंगला तो निश्चय ही अंदर से किसी राजा के महल समान होगा।

बलराम ने आगे बढ़कर सर्वप्रथम रेफ्रिजरेटर ऑन किया। फिर पुष्पा से बोला, 'मैं इसमें ताजा पानी रखे देता हूं।' फिर वह हीटर की ओर बढ़ा। उसने हीटर ऑन किया। फिर पुष्पा से बोला, 'मैं आपके पलंग पर चादर और कंबल के साथ लिहाफ लगाए देता हूं। फिर भी यदि अधिक गर्म लगे तो हीटर बंद कर दीजिएगा या फिर लिहाफ हटा दीजिएगा। अब आप कबर्ड से निकालकर कपड़े बदल लीजिए। तब तक मैं खाना लेकर आता हूं।' वह चलने को तैयार हुआ।

'ठहरो।' पुष्पा ने कहा।

बलराम पग बढ़ाने के पश्चात् रुक गया। उसने पलटकर पुष्पा को देखा, इस प्रकार, मानो वह पुष्पा के रोकने का कारण जानता हो।

'यह...' पुष्पा पूछने में सकुचाई। फिर भी उसने अपनी तसल्ली के लिए पूछना आवश्यक समझा। बोली, 'क्या इस घर में सुनील बाबू के घरवाले नहीं रहते? या सबके सब सो चुके हैं?'

बलराम का मुखड़ा एकाएक उदास हो गया। कोई जवाब उससे तुरंत नहीं बन सका। उसने अपना सिर नीचे झुका लिया।

'तुमने मेरी बात का उत्तर नहीं दिया?' पुष्पा ने उसके कुछ समीप आकर कहा।

'मां तो सो चुकी हैं—सदा के लिए।' बलराम ने कहा, 'पिताजी की मृत्यु पहले ही हो चुकी थी।'

'पिताजी की मृत्यु पहले ही हो चुकी है, यह बात तो समझ में आती है। शायद मृत्यु स्वाभाविक हो।' पुष्पा ने कहा, 'परंतु मां तो सो ही चुकी हैं, सदा के लिए, यह बात कुछ समझ में नहीं आई। ऐसा लगता है, इसके पीछे कोई भेद है।'

'भेद तो अवश्य ही है, परंतु हम या हममें से किसी को नहीं मालूम।' बलराम ने कहा, 'शायद इस भेद के कारण से केवल सुनील भी परिचित हों।' बलराम ने मानो बात टाली।

'आखिर कैसे उनकी मृत्यु हो गई थी?' पुष्पा की जिज्ञासा बढ़ी।

'उन्होंने आत्महत्या कर ली थी।'

'क्या!' पुष्पा को विश्वास नहीं हुआ।

'जी हां।' बलराम ने कहा, 'यह उस समय की बात है, जब सुनील बाबू को बंगलौर में पांच वर्ष की जेल हो गई थी। उन्होंने अपने जेल जाने का कारण आज तक किसी को नहीं बताया, फिर भी सारा दोष स्वयं पर ले लिया था, क्योंकि वह एक लड़की को बहुत प्यार करते थे। वह लड़की सुनील बाबू को क्यों धोखा दे गई, यह किसी को नहीं पता। सजा पूरी होने के बाद सुनील बाबू ने अपनी फैक्टरी बेच दी और फिर बंगलौर सदा के लिए छोड़ दिया, और यहां आ बसे ताकि उन्हें कोई पहचान न सके।'

बलराम ने एक क्षण ठंडी सांस भरी। फिर बोला, 'सुनील बाबू तो मुझे भी यहां नहीं लाना चाहते थे, परंतु मैं उनका पुराना नौकर हूं, उनके पिता तक को मैंने खिलाया है, इस कारण मैंने उनका साथ नहीं छोड़ा और साथ-साथ चिपका हुआ यहां चला आया, केवल इस शर्त पर कि उनकी जेल यात्रा तक का भेद मुझ तक ही सीमित रहेगा। परंतु आज जिस ढंग से आपको उनके साथ देखा है, उससे मुझे विश्वास हो रहा है कि अब सुनील बाबू की खोई खुशियां वापस आ जाएंगी।'

बलराम ने आगे बढ़कर एक के बाद एक दोनों कवर्ड खोलले। 'कवर्ड्स' के अंदर कपड़े क्या थे, मानो किसी शहजादी के रंग-बिरंगी रेशमी तथा गर्म कपड़े हों। बलराम ने कहा, 'ये सारे कपड़े मालिक ने अपनी प्रेयसी के लिए खरीदे थे, परंतु उनके लिए इन कपड़ों को पहनने की नौबत आज तक नहीं आई। क्यों न आप ही इनमें से एक खूबसूरत जोड़ा पहनकर इनकी शोभा बढ़ा दें।'

पुष्पा एक नर्तकी थी। चमक-दमक के अच्छे-से-अच्छे कपड़े उसने भी पहने थे, परंतु सब नकली थे। उसका साहस नहीं हो सका कि इन कपड़ों को वह छुए भी। जिसकी जो अमानत थी, अब तो वह उसकी एक यादगार बनकर रह गई थी।

'आप कपड़े बदलिए, मैं खाना लाता हूं।' बलराम ने कहा।

बलराम ने अब तक जितनी बातें की थीं, सब टाल-मटोल करने वाली बातें थीं—अस्पष्ट विषय बदल-बदलकर। पुष्पा इस वास्तविकता को समझ गई, तो उसने एक नौकर से उसके मालिक के विषय में अधिक छानबीन करना उचित नहीं समझा। वह बोली, 'मुझे भूख नहीं

है।' ऐसी दुःख भरी कथा सुनने के बाद किसका मन चाहेगा कि वह भूखे रहने के पश्चात् अपने हलक से एक कौर नीचे उतारे? उसका दिल तो सुनील की दर्द-भरी गाथा पूर्णता जानने के लिए तड़प उठा। कुछ भी हो, वह एक नारी ही तो थी।

'दूध तो एक गिलास पीना पसंद कीजिएगा ही?' बलराम ने उसकी आव-भगत में कमी रखना उचित नहीं समझा।

'नहीं, मुझे कुछ भी नहीं चाहिए। तुम जाओ और सो जाओ। रात काफी बीत चुकी है, इसलिए मुझे भी नींद आ रही है।' सुनील की भेद-भरी अधूरी कहानी जानने के बाद पुष्पा की आंखों की नींद उड़ चुकी थी, फिर भी उसे बलराम से ऐसा कहना पड़ गया। ऐसी भेद-भरी गाथा सुनने के बाद उसे नींद आती भी कैसे? आखिर दिल का लगाव भी तो कोई वस्तु है, चाहे वह अज्ञात स्थिति में ही क्यों न हो।

बलराम क्षण-भर उसी प्रकार खड़ा रहा। फिर बोला, 'जैसी आपकी इच्छा।' और वह द्वार के बाहर जाने के लिए पलटा, परंतु तभी रुककर पलटते हुए पुष्पा से फिर बोला, 'बाथरूम वह है।' उसने एक ओर द्वार पर संकेत किया, 'आप चाहें तो अंदर से चैक कर लीजिएगा।' उसने नमस्ते की, पलटा और फिर कमरे से बाहर निकल गया।

पुष्पा एक क्षण उसी प्रकार खड़ी रही। फिर उसने आगे बढ़कर गेस्टरूम का द्वार अंदर से बंद कर लिया। कमरे की सारी खिड़कियां पहले ही बंद थीं, जिन पर पर्दे कोने-से-कोने तक फैले हुए थे। हीटर ऑन था, इसलिए कमरा गर्म हो चला था। ठंड में पुष्पा को यह गर्मी बड़ी अच्छी लगी। उसने बाथरूम चैक किया, गर्म तथा ठंडे पानी का पूरा प्रबंध था। दरवाजा अंदर से बंद था, संतुष्ट होकर वह गेस्टरूम में वापस आई। बाथरूम का द्वार बंद किया।

फिर कुछ सोचकर वह एक कवर्ड के सामने जा खड़ी हुई। इसका शीशे का द्वार सरकाने से पहले उसने चारों ओर ध्यान से देखा, कोई छिपकर उसे देख तो नहीं रहा। कवर्ड खोलकर कपड़े बदलने की आज्ञा बलराम उसे दे गया था, फिर भी पराई वस्तु को छूते हुए डर का लगना स्वाभाविक है। हर प्रकार से संतुष्ट होने के बाद उसने कवर्ड का द्वार सरकाया तो उसके हाथ कांप गए। उसे क्या अधिकार है इन वस्त्रों को देखने या छूने का? फिर उसने कपड़ों को दृष्टि द्वारा परखा। कपड़े क्या थे, मानो किसी मोम से बनी सुंदरी के शरीर के लिए बने हों तथा जिन्हें जाड़े के दिनों में पहनते ही वह पिघलकर पुरुष के शरीर में समा जाए। इस कवर्ड के अंदर सारे ही कपड़े ऊनी थे—गर्म— देशी-विदेशी—अत्यंत सुंदर—अनेक डिजाइन तथा रंग के।

परंतु ठंड का मौसम होते हुए भी यह कमरा हीटर के कारण काफी गर्म हो चुका था। उसने इस कवर्ड को बंद कर दिया तथा दूसरा कवर्ड खोला। उसकी दृष्टि के सामने रेशमी वस्त्र टंगे हुए थे—एक से बढ़कर एक, रंगीन, डिजाइनदार, महीन इतने कि यदि कोई सुंदरी पहने तो उसका अंग-अंग झलक जाए। वह सोचने पर विवश हो गई कि वह सुंदरी कितनी अभागिन

थी, जिसके लिए सुनील ने अप्सराओं जैसे कपड़े सुरक्षित रखे थे। आखिर कौन हो सकती है वह? क्यों उसने सुनील बाबू को धोखा दिया? आखिर क्या कमी थी सुनील बाबू के अंदर?

पुष्पा ने साहस एकत्र किया। फिर कवर्ड से एक रेशमी गाउन निकाला—हल्का नीला तथा महीन। सोचा कि सुबह उठते ही इसे इसके स्थान पर टांग देगी। ऐसी रेशमी तथा सुंदर झालरदार गाउन पहनकर वह मानो जीवन में पहली बार अपना खोया हुआ एक सपना पूरा करना चाहती थी। उसने संभलकर कवर्ड के दोनों शीशे सरकाते हुए बंद कर दिए। फिर कमरे का 'नाइट बल्ब' जलाया। उसके बाद 'मरकरी लाइट' बुझा दी, फिर उसने अपनी साड़ी उतारी और एक ओर खूंटी पर टांग दी। अपने कुछेक अन्य वस्त्र भी उतारकर उसने एक ओर टांग दिए। अब उसके शरीर पर केवल अंदरूनी ही तंग तथा छोटे कपड़े रह गए थे, परंतु उसे यहां देखने वाला कोई नहीं था। उसने नीला रेशमी गाउन अपने शरीर पर सुंदरता के साथ पहन लिया। काली लटें भी खोलकर कंधे के चारों ओर फैला दीं, इस प्रकार मानो नीले बादलों पर काली घटा छा गई हो।

होटलों के नृत्य के बाद उसने अपने आपको दर्पण में नकली रेशमी वस्त्रों में एक नहीं, अनेक बार देखा था और वह भी अर्धनग्न शरीर में—हां, अनेक बार—परंतु स्वयं को ऐसी अवस्था में देखते-देखते उसे स्वयं से मतली-सी आ जाती थी। शायद इसलिए कि वह होटलों के ग्राहकों को रिझाने के लिए केवल व्यापारिक दृष्टि से देखा करती थी, परंतु इस कमरे का वातावरण बिलकुल ही अलग था—रोमांचित। दिल के हाथों मजबूर होकर उसके पग अपने आप ही शृंगार मेज के सामने जा खड़े हुए। उसने अपने आपको बहुत ध्यान से देखा—ऊपर से नीचे तक, इस प्रकार, मानो जीवन में पहली बार अपने आपको देख रही हो।

उसका सफेद अंग-अंग इस महीन नीले रेशमी गाउन में इस प्रकार दमक रहा था, जैसे घने नीले बादलों में कहीं दूर बिजली चमक रही हो। आज जीवन में उसने अपने आपको पहली बार अत्यंत सुंदर महसूस किया—दिल की गहराई से सुंदर महसूस किया। ऐसा लगता था, जैसे नीली चांदनी में नीला वस्त्र पहनकर कोई अप्सरा आकाश से धरती पर उतर आई हो। स्वयं को वह बहुत देर तक उसी प्रकार निहारती रही। निहारते-निहारते अचानक ही उसके होंठों पर एक मुस्कान चली आई—बहुत हल्की—कुंवारी मुस्कान। एक युग के बाद उसने इस मुस्कान में कुंवारेपन की सुंदर लज्जा महसूस की, इस प्रकार, मानो भूल से अपना पथ भूलकर किसी भंवरे ने उसके दिल की नन्ही कली के काने में कुछ गुनगुना दिया हो, परंतु यह उसके एहसास की एक नादानी थी—भूल थी। भला एक नर्तकी के होंठों पर भी कभी कुंवारी मुस्कान आई है? उसके होंठों पर तो सदा बनावटी मुस्कान रहती है। बनावटी मुस्कान रखने की उसे आदत ही पड़ चुकी है और वह भी केवल अपने ग्राहकों को प्रसन्न रखने के लिए।

उसकी आंखें छलक आईं। नीले प्रकाश में दर्पण का सहारा लेकर उसकी आंखों के आंसू मोतियों समान चमकने लगे। आखिर इन मोतियों जैसे आंसुओं की क्या कीमत थी? क्या मूल्य था एक नर्तकी के आंसुओं का? आखिर भगवान ने उसे इतनी सुंदरता देने के बाद एक होटल की नर्तकी ही क्यों बनाया? उसकी आंखों से मोतियों की लड़ियां टूटीं और बहकर जब गालों से होते हुए होंठों के किनारे तक आईं, तो उसे होश आया। उसने अपने आंसू पोंछे। फिर पलंग पर आ बैठी, तो कुछ क्षण वह उसी प्रकार सोचती रही, अपने विषय में, जबकि सोचना चाहती थी वह सुनील के लिए—केवल सुनील के लिए, जिसे वह दिल की खामोश दृष्टि से दो मास से लगातार देखती आई थी और भेंट का अवसर केवल आज मिला था, इस प्रकार जिसका उसने कभी स्वप्न भी नहीं देखा था।

सुनील का जीवन उसके लिए पहले ही एक भेद था और अब बलराम द्वारा उसकी अधूरी गाथा सुनने के बाद तो यह एक बहुत ही बड़ा भेद बन चुका था। कैसा भेद था यह? क्या कभी वह इस भेद को जान सकेगी? क्या अधिकार है उसे उसके जीवन के भेद को जानने का? आखिर सुनील ने सजा क्यों काटी? आखिर उसकी मां को भी आत्महत्या क्यों करनी पड़ी? ये सारे-के-सारे प्रश्न ऐसे थे, जिनका हल उसे इस समय किसी भी स्थिति में नहीं मिल सकता था, इसलिए वह चुपचाप पलंग पर लेट गई। चादर के साथ कंबल को उसने अपनी छाती तक खींचकर डाल लिया। लिहाफ की उसे आवश्यकता नहीं पड़ी। एक ओर करवट ले ली उसने। तकिया होते हुए भी उसने अपने एक हाथ को कोहनी से मरोड़कर सिर के नीचे रख लिया और अपने जीवन के विषय में सोचने लगी।

नर्तकियों का जीवन भी कोई जीवन है? जब तक जवानी है, सुंदरता है, शरीर में फड़क है, कसे हुए अंग में आकर्षण है, तभी तक नर्तकी का मूल्य है। उसके बाद... भारतीय नारी की लटों में एक भी सफेद लट आ जाए तो उसका बुढ़ापा स्वयं आरंभ हो जाता है। कृत्रिम बनाव-शृंगार ने भी आखिर किसी का साथ दिया है और वह भी कब तक...?

....

पुष्पा अपनी जवानी के उन सुंदर दिनों में पहुंच चुकी थी, जो उसकी बर्बादी का प्रारंभ था। तब वह कॉलेज में पढ़ा करती थी। परंतु रहने वाली यह विशेषतया लखनऊ की ही थी। वहीं वह उत्पन्न हुई थी, पढ़ी-लिखी थी तथा वहीं से इंटरमीडियम भी पास किया था। उसके पिता लखनऊ में एक पुराने क्लर्क थे, परंतु जब एक दूसरे शहर में जाने के लिए उन्हें प्रमोशन मिला तो उन्होंने चूकना बुद्धिमानी नहीं समझी। पत्नी के साथ वह पुष्पा को भी वहीं ले गए थे।

किसी प्रकार उसे एक कॉलेज में प्रवेश भी मिल गया था—बी.ए. के प्रथम वर्ष में। आयु 16 वर्ष की थी। तब उसके सुंदर तथा उभरते तीखे नाक-नक्शे में कुछ और ही आकर्षण उत्पन्न होने लगा था। आंखों में खुमार ने भी उभरना आरंभ कर दिया था।

पुष्पा को अपनी सुंदरता का एहसास हो चुका था। यह आयु ही ऐसी होती है। जवानी आती है तो नजाकत आ ही जाती है। फिर वह तो विशेष तौर पर लखनऊ में उत्पन्न हुई थी, जहां के हर अंदाज, हर बात में नजाकत होती है। यह नजाकत ही उसे ले डूबी थी।

कॉलेज में वह जिधर से भी निकलती, छात्र सीने पर हाथ रखकर आह बिना किए नहीं रहते थे। कॉलेज में लड़के-लड़कियां सभी पढ़ते थे। छात्र तो क्या, जाने कितने जवान तथा बूढ़े अध्यापक भी पुष्पा को देखते ही आहें भरने पर विवश हो जाते थे। उभरती संदर कली को कौन नहीं प्यार करता है? पुष्पा लखनऊ की रहने वाली थी। वह सब कुछ समझती थी, बल्कि कुछ समझने के बाद जान-बूझकर अनजान बन जाती थी। यही नहीं, इसके विपरीत उसकी चाल में और भी इठलाहट आ जाती थी। वह अपने कूल्हे मटकाकर इस प्रकार चलने लगती, मानो उसका शरीर नहीं, सारी धरती उसके कदमों तले थिरक रही हो।

उसकी ऐसी चाल देकर छात्र दिल थामकर रह जाते। 'हाय-हाय' का स्वर गूंजने लगता। पुष्पा को इन बातों में बड़ा ही आनंद आता था। यह आयु ही ऐसी होती है, जब एक सुंदरी संसार के सभी नवयुवकों को स्वयं पर रिझाकर उन्हें अपने कदमों की धूल बना लेना चाहती है, परंतु स्वयं किसी पर रीझना अपनी सुंदरता का अपमान समझती है। पुष्पा का स्वभाव भी कुछ ऐसा ही था। इसके अतिरिक्त इस कॉलेज के अंदर कोई भी छात्र ऐसा नहीं था, जो उसके दिल की कसौटी पर खरा उतरकर उसकी आंखों में ताजमहल बनाने योग्य होता।

पुष्पा ने जब से इस कॉलेज में प्रवेश लिया था, तभी से छात्रों की घूरती आंखों ने उसे इस बात का एहसास दिला दिया था कि वह बहुत सुंदर है और तभी से उसका मन शिक्षा की ओर से हटकर अपनी सुंदरता को अधिक-से-अधिक संवारने लग गया था। यूं तो इससे पहले भी वह लखनऊ के जिस हाई स्कूल में पढ़ती थी, वहां वह अवश्य लगभग सभी प्रोग्रामों में भाग लेती थी, विशेषकर नाटकों में जिसका शौक मानो उसके रक्त में समाया हुआ था, परंतु जब उसने इस कॉलेज के 'बी.ए. पार्ट-वन' में प्रवेश लिया, तो तभी से उसकी सुंदरता कॉलेज के नाटक के आयोजकों की आंखों का एक बड़ा तारा बन गई थी। आयोजकों ने जब बिना झिझक ही उसे पहले नाटक की अभिनेत्री के लिए चुना तो वह मानो आकाश में झूला झूल गई। परिणामस्वरूप उससे पहले तथा उच्च कक्षाओं में पढ़ने वाली वे छात्राएं उससे जल-भुल मरीं, जो पुष्पा के आने से पहले कॉलेज के नाटकों में अभिनेत्री या महत्वपूर्ण अभिनय निभाया करती थीं।

पहले ही नाटक में पुष्पा ने कॉलेज में अपनी लखनवी ढंग की नजाकत के साथ अभिनय का ऐसा सुंदर प्रदर्शन किया कि कॉलेज के छात्र अश-अश करने लगे। अपरिचित अतिथि उससे मिलने को तरस गए। बस, फिर क्या था, दूसरे ही दिन से पुष्पा का पूरे कॉलेज में और भी बोलबाला हो गया। जहां उच्च् कक्षाओं की पुरानी सुंदर अभिनेत्रियां तथा तारिकाएं पुष्पा से जलने लगीं तथा उसे देखते ही मस्तक पर बल डालकर मुंह फेर लिया करती थीं, वहां ऐसी भी

अनेक छात्राएं थीं, जिन्होंने पुष्पा की सखी बनने में स्वयं को गर्वित समझा। पुष्पा घर से गरीब लड़की थी। उच्च कक्षाओं की पुरानी अभिनेत्रियों तथा तारिकाओं के साथ जब अमीर घराने की लड़कियों ने भी कुछ डाह के कारण तथा कुछ गरीबी के कारण उसे तुच्छ समझना अपना सम्मान समझा तो पुष्पा को उन छात्राओं से मेल-जोल बढ़ाने में जरा भी आपत्ति नहीं हुई, जो उसकी ओर मित्रता का हाथ बढ़ाना चाहती थीं। हाथ बढ़ा तो मित्रता हुई। मित्रता हुई तो घनिष्ठ होती चली गई। पुष्पा अपनी इन सखियों के व्यवहार से पूर्णतया संतुष्ट थी। सखियां उसकी सुंदरता की प्रशंसा बात-बात में किए बिना नहीं रहती थीं, तब वह प्रसन्नता से फूली नहीं समाती थी।

'तेरी लटें तो बरसात की घनी बदली की परत से भी अधिक काली और घनी हैं।' प्रायः एक सखी बातों-ही-बातों में उससे कहे बिना नहीं रह पाती।

उसकी दूसरी सखी भी उसकी सुंदरता से प्रभावित हुए बिना नहीं रह पाती। कहती, 'तेरा मुखड़ा तो उस चांद के समान है, जिसने भूले से काली बदलियों की खिड़की खोलकर इस संसार में झांक लिया हो।'

'तेरे मुखड़े का तीखा नाक-नक्श तथा शरीर का यह सुडौलपन तो भगवान ने मानो तेरे लिए काफी समय निकालकर अपने हाथों से बनाया है। तू वास्तव में भाग्य की धनी है।' एक तीसरी सहेली भी चुप न रह पाती।

पुष्पा सुनती तो प्रसन्नता के मारे हवा में झूला झूल जाती। 'पीरियड' का घंटा बजता तो मानो उछल-उछलकर अपनी कक्षा की ओर बढ़ जाती। अपनी सखियों द्वारा इतनी सारी प्रशंसा सुनते-सुनते उसका मन शिक्षा से और ऊब गया था, बल्कि धीरे-धीरे उसका मन शिक्षा के बजाय केवल अभिनय में अधिक रुचि लेने लगा। और वह भी कॉलेज के नाटक में नहीं, बल्कि फिल्मों में। फिल्मों में जाना उसके लिए असंभव था, क्योंकि उसके माता-पिता गरीब होने के पश्चात् अपनी बेटी को पर्दे पर अपनी सुंदरता का प्रदर्शन करने की आज्ञा नहीं देते। दूसरे, वह गरीब थी, मां-बाप की अकेली बेटी थी। बिना पैसे के घर से भाग भी नहीं सकती थी। किसी प्रकार फिल्म के लिए मुंबई भागती भी तो उसके माता-पिता उसकी वास्तविकता जानने के बाद निश्चय ही आत्महत्या कर लेते।

कौन माता-पिता चाहेंगे कि उनके घर की शोभा दूसरों के दिल की रानी बनकर तमाशा बने? इस वास्तविकता के पश्चात् वह अपने दिल की इच्छा को जब नहीं मार सकी, तो दिल के बहलावे के लिए उसने अपनी सखियों से फिल्म पत्रिकाएं मांगकर देर रातों तक अपने घर के अंदर कॉलेज की पुस्तकों के बहाने पढ़ना आरंभ कर दिया। यह आदत उसकी लखनऊ में भी थी। पत्रिकाओं में जब वह किसी अभिनेत्री की तस्वीर देखती तो उससे अपनी सुंदरता का मिलान वह घंटों करती रहती। उसने सुन रखा था कि मुंबई की जितनी भी अभिनेत्रियां होती हैं, उनके निजी 'मेकअप' करने वाले औरतें या पुरुष होते हैं, जो उनके मुखड़े पर सुंदर बनावट

का ऐसा लेप लगा देते हैं कि वे अप्सराएं लगने लगती हैं, चाहे भले ही वे रंग-रूप से गोरी हों या काली, मुखड़ा खुरदरा हो या चिकना। ऐसा 'मेकअप' अभिनेत्रियां, तारिकाएं तथा अभिनेता इसलिए करते हैं, क्योंकि सिनेमा हॉल के बड़े-बड़े पर्दों पर उनके मुखड़े पूर्णतया 'एक्सपोज' हो जाते हैं। यदि ऐसा न करें तथा उनकी सुंदरता में कोई कमी रह जाए तो उनकी इमेज पर बहुत बड़ा प्रभाव पड़ता है।

यह एक वास्तविकता है, परंतु इस वास्तविकता के पश्चात् पुष्पा अपने आपको बिना किसी 'मेकअप' के पत्रिका की सुंदर-से-सुंदर 'हीरोइन' से कहीं अधिक सुंदर पाती तथा घंटों देखती रहती। अपने को दर्पण के सामने या अपनी तस्वीर से अभिनेत्री का मिलान करती रहती। किसी बात में भी तो वह भारत की किसी हीरोइन से कम नहीं थी, बल्कि फिल्म की सारी अभिनेत्रियां मानो उसके पैर की धूल थीं, उसका दिल मुंबई भागकर फिल्म अभिनेत्री बनने के लिए तड़प-तड़प जाता।

यह आयु ही ऐसी होती है। इस आयु में एक साधारण लड़की भी अपने को बहुत सुंदर समझने लगती है, फिर पुष्पा तो वास्तव में अत्यंत सुंदर थी—एक मूर्तिकार का जीता-जागता अत्यंत सुंदर नमूना, परंतु पुष्पा के सामने वही समस्या आ खड़ी होती—मुंबई पहुंचने की मजबूरी—माता-पिता का सम्मान—उनका जीवन। ये सारी बातें उसकी इच्छाओं के सामने एक अटल पहाड़ बनकर खड़ी हो जातीं। तब वह फिल्म पत्रिका बंद कर देती और सोच लेती कि उसके जीवन में जो लिखा है, वह स्वयं ही सामने आ जाएगा। शिक्षा से बढ़कर कोई वस्तु नहीं। इसे कोई चुरा नहीं सकता, छीन नहीं सकता। यही एक ऐसी कला है, जिसे जितना खर्च किया जाए, उतना ही बढ़ती है—जीवन की अंतिम सांसों तक।

फिल्म पत्रिका बंद करने के बाद अपना दिल कॉलेज की पुस्तकों में लगाने का प्रयत्न करती, परंतु मन क्षण-भर को भी नहीं लगता—मुंबई के कल्पित सुंदर वातावरण की ओर उसका मन बिना अधिकार ही खिंच जाता। तब वह अपने कॉलेज की पुस्तकें भी एक झटके के साथ खिसियाते हुए बंद कर देती। बत्ती बुझा देती और फिर पलंग पर जा लेटती। बहुत देर तक वह अपने भविष्य के बारे में सोचती रहती। यदि उसे अभिनेत्री बनने की आज्ञा घर की ओर से मिल जाए, तो वह निश्चय ही एक सफल तथा भारत की सर्वश्रेष्ठ अभिनेत्री बन जाएगी। उसके पास क्या नहीं होगा—कार, बंगला, नौकर-चाकर। पत्रकारों को इंटरव्यू देते-देते तथा फिल्मी पत्रिकाओं में स्वयं की अगणित तस्वीरें देखते-देखते उसका मन भर जाएगा।

यह एक ऐसा स्वप्न था, जो वह जागते में तो देखती ही थी, परंतु जब काफी देर बाद आंख लगती तो ऐसा उसे महसूस होता, मानो वास्तव में उसके सारे स्वप्न पूरे हो गए हों।

'सचमुच तुझे किसी फिल्म की अभिनेत्री होना चाहिए।' एक दिन उसकी एक सहेली ने उसे एक फिल्मी पत्रिका देते हुए कहा, 'भला तुझ जैसी सुंदरी को शिक्षा प्राप्त करने से क्या लाभ? हां, जब कभी तू अभिनेत्री बन जाए तो अपनी सखियों को मत भूलना।'

सखी का इतना कहना क्या था कि पुष्पा के दिमाग का पारा आसमान पर चढ़ गया। उसे पूरा विश्वास हो गया कि यदि वह किसी प्रकार मुंबई पहुंच गई तो उसे निश्चय ही फिल्म अभिनेत्री बनने से कोई नहीं रोक सकता। सखी की बात मक्खन के समान उसके गले से फिसलती हुई उसके दिल में उतर गई थी। उसका मन चाहा कि अपनी सखियों से थोड़ा-थोड़ा पैसा लेते हुए वह एकत्र कर ले और चुपचाप मुंबई भाग जाए। अभिनेत्री बनने के बाद जब उसके पास धन का अंबार हो जाएगा, तो वह अपनी सखियों के पैसे 10 गुना देकर लौटाएगी ही नहीं, बल्कि उन्हें मुंबई बुलाकर हर अभिनेताओं तथा अभिनेत्रियों से भी भेंट करा देगी, जिन्हें देखने के लिए कॉलेज के लगभग सभी विद्यार्थी तरसते रहते हैं। परंतु उसके सामने फिर वही माता-पिता का सम्मान तथा उनका जीवन एक प्रश्न बनकर आ खड़ा हुआ।

वह उदास हो गई। बोली कुछ नहीं, पत्रिका लेने के बाद वह बहुत हल्के से मुस्कराई, इस प्रकार मानो किसी कली को खिलने से पहले ही अपने मुझने का अनुभव हो गया हो। उसने कहा, 'यदि वास्तव में कभी अभिनेत्री बनी तो तेरी जैसी सखियों को ही अपने पास नहीं बुलाऊंगी, बल्कि उन छात्राओं को भी खूब जलाऊंगी जो मुझसे डाह करती हैं।'

संयोगवश कुछ ही दिनों बाद कॉलेज की रजत जयंती पड़ी। प्रोग्राम नाटक का था। उन्हीं दिनों एक फिल्म निर्माता-निर्देशक ज्ञानेंद्र सेठी भी शहर आए हुए थे। प्राचार्य को जब उनकी शहर में उपस्थिति की सूचना प्राप्त हुई, तो उन्होंने ज्ञानेंद्र सेठी को नाटक का मुख्यातिथि बनाने में कोई कसर नहीं छोड़ी। निर्माता-निर्देशक सेठी को मुख्यातिथि बनने का निमंत्रण स्वीकार करना पड़ा।

कहने की आवश्यकता नहीं कि इस नाटक में भी पुष्पा को ही मुख्य अभिनेत्री की भूमिका मिली थी। जब उसे ज्ञात हुआ कि इस रजत जयंती के नाटक का मुख्यातिथि एक फिल्म निर्माता-निर्देशक है, तो उसने अपने नाटक की 'रिहर्सल' में कोई कमी नहीं छोड़ी। कॉलेज तो कॉलेज घर में भी अभिनय का वह पूरा-पूरा अभ्यास करती रही। अपनी सुंदरता की भी उसने इस प्रकार सुरक्षा की, जैसे किसी माली ने अपने चमन के सबसे सुंदर फूल की रक्षा नहीं की होगी।

फिर रजत जयंती का दिन भी आ गया। नाटक का समय भी हो चला। अभिनेता-अभिनेत्री तथा अन्य तारिकाएं सभी अपने-अपने 'मेकअप' में लगी हुई थीं। इस बीच शहर के कुछ प्रतिष्ठित व्यक्ति तथा कॉलेज के नाटक आयोजकों के साथ अध्यापक-अध्यापिकाओं को लेकर कॉलेज के प्राचार्य ने फिल्म निर्माता-निर्देशक की प्रतीक्षा कॉलेज के 'ऑडिटोरियम' के प्रवेश-द्वार पर करना आरंभ कर दी। पीछे-पीछे विद्यार्थियों की एक बड़ी

भीड़ थी, इस प्रकार, मानो फिल्म निर्माता-निर्देशक किसी को भी देखने के बाद अपनी अगली फिल्म के लिए पसंद कर सकते हैं।

कुछ देर बाद एक लंबी विदेशी कार पर फिल्म निर्माता-निर्देशक ज्ञानेंद्र सेठी पधारे। उनके साथ कुछेक अन्य अतिथि भी थे। प्राचार्य ने आगे बढ़कर स्वयं अपने हाथ से मुख्य अतिथि के लिए कार का द्वार खोला। फिल्म निर्माता-निर्देशक सेठी मुख्यातिथि के रूप में कार से बाहर निकले। लंबा कद, गोरा रंग, स्वस्थ शरीर, फिर भी आयु किसी भी स्थिति में 60 वर्ष से कम नहीं थी। देखने में कोई सज्जा ही नहीं, महापुरुष भी प्रतीत होते थे। उन्हें अब तक अनेक सफल फिल्में बनाने का श्रेय भी प्राप्त था।

वह कार से बाहर निकले तो दूसरी ओर से उनके अन्य साथी भी कार से बाहर निकल आए, प्राचार्य तथा विशेष अतिथियों ने आगे बढ़कर उनके गले में हाल पहनाते हुए उनका भव्य स्वागत किया। फिर उन्हें बड़े आदर-सम्मान के साथ ऑडिटोरियम के अंदर ले गए। प्राचार्य ने उन्हें सर्वप्रथम स्टेज पर पहले से लगे एक सोफे पर बैठाया और स्वयं भी उनकी बगल में बैठ गए। बगल में मुख्य आयोजक की भी कुर्सी थी, परंतु वह उसी प्रकार खड़े रहे। उन्होंने दर्शकों को फिल्म निर्माता-निर्देशक ज्ञानेंद्र सेठी का पूरा परिचय दिया। उसके बाद उनके आने पर उन्हें धन्यवाद दिया। फिर उन्होंने कॉलेज के प्राचार्य से दो शब्द कहने को कहा।

प्राचार्य खड़े हो गए। कुछ इधर-उधर की बातें कॉलेज के इतिहास के रूप में दोहराईं। उसके बाद उन्होंने भी फिल्म निर्माता-निर्देशक से कुछ कहने को कहा।

फिल्म निर्माता-निर्देशक ज्ञानेंद्र सेठी खड़े हुए तो दर्शकों ने तालियों से उनका स्वागत किया। तालियां समाप्त हुईं तो फिल्म निर्माता निर्देशक महोदय ने अपनी फिल्मी जानकारी के विषय में बहुत संक्षेप में बताया। उसके बाद उनका भाषण समाप्त होते ही ताली एक बार जोर से बजी। निर्माता-निर्देशक सेठी अपने सोफे पर बैठ गए। तभी आयोजक ने प्राचार्य तथा निर्माता-निर्देशक से हॉल के अंदर सबसे आगे वाले सुरक्षित सोफे पर बैठने के लिए निवेदन किया। दोनों ही उठकर अपने-अपने सुरक्षित सोफे पर जा बैठे। स्टेज पर से सोफा हटा दिया गया। स्टेज खाली हो गया। नाटक के आरंभ होने का वक्त हो चुका था।

नाटक आरंभ हुआ—पूरी चमक-दमक के साथ। सबसे पहले ही स्टेल पर थिरकती हुई पुष्पा आई। पूरे शरीर पर चांदी-सी चमक वाले सुंदर तथा आकर्षक नृत्य के वस्त्र थे। चूड़ीदार पायजामा तथा कुर्ता, गले में मोतियों का हार तथा पैरों में घुंघरू की झंकार थी। झंकार मानो घुंघरू से नहीं, उसके पैरों से निकल रही थी। उसने अपने शरीर को बिजली के समान थिरकाना शुरू कर दिया। अंग-अंग उसके कसे हुए तथा तंग शरीर पर लिबास इस प्रकार चिपका था, मानो कपड़े उसे सिलकर नहीं, पहनाकर सिले गए हों। चेहरे का बनाव- शृंगार तो ऐसा था कि एक बार के लिए फिल्म निर्माता-निर्देशक भी अपना दिल थामकर रह गए। पुष्पा अपने नृत्य का प्रदर्शन जिस स्फूर्ति तथा सुंदरता के साथ कर सकती थी, आज उसने इसे स्टेज पर

पहुंचकर चरमसीमा तक कर दिखाया—इस प्रकार मानो वह स्वयं फिल्म निर्माता-निर्देशक ज्ञानेंद्र सेठी को प्रभावित करके अपना अभिनेत्री बनने का स्वप्न पूरा कर लेना चाहती हो। निर्माता-निर्देशक सेठी को इस स्टेज पर भाषण देते समय स्टेज के किनारे से छिपकर देख चुकी थी। वह उनके सौम्य व्यक्तित्व से पूर्णतया प्रभावित थी, इसलिए उनका दिल जीतकर वह अपने लिए अभिनेत्री बनने का रास्ता बिलकुल सरल कर लेना चाहती थी।

अभिनेत्री बनने की लगन में खोकर तथा नृत्य के जोश में डूबकर उसे दर्शकों का भी ध्यान नहीं रहा। अपने माता-पिता के सम्मान तथा उनके जीवन की चिंता भी अब उसके दिल से निकल चुकी थी। संसार की हर चिंता भी उसने ताक पर रख दी थी। इस समय बस वह थी और संगीत के साथ उसका नृत्य। उसके अंग-अंग में मानो बिजली समा गई थी। यह बिजली जाने कितनों के दिलों पर गिरी और जाने कितने दिलों के अरमान-भरे सपनों को खाक कर गई, कोई भी नहीं जान सका। पूरे सभागार के अंदर दर्शकों के मध्य खामोशी छाई हुई थी। दर्शकों की आंखें पुष्पा के शरीर पर इस प्रकार चिपकी हुई थीं, मानो वह मोम से लिपी-पुती हो।

आखिर एक समय ऐसा भी आया, जब नृत्य समाप्त हो गया। सारंगी, सितार तथा तानपुरे का संगीत रुक गया। तबले की थाप समाप्त हो गई। नृत्य समाप्त हुआ तो सभागार के अंदर ऐसी तेज तथा धमाकेदार ताली बजीं कि सभागार की एक-एक दीवार कांप गई। हॉल में एक ओर पुष्पा के माता-पिता बैठे हुए थे, उसका मन चाहा कि लपककर बेटी को स्टेज पर ही गोदी में उठा लें, परंतु उसके बाद ही नाटक के अन्य भाग आरंभ हो चुके थे। अब नाटक में संवादों की बारी थी—एक्शन की बारी थी। दर्शकों को संवाद सुनने तथा एक्शन को ध्यान से देखने के लिए खामोश हो जाना पड़ा।

नाटक चलता रहा। बीच-बीच में संवादों के साथ कभी-कभी हल्की-फुल्की कविता या नृत्य भी आ जाता था। हर रोल में पुष्पा का अभिनय सर्वश्रेष्ठ तथा उत्तम रहा, जिसे सभी दर्शकों ने सराहा था। नाटक भी अत्यंत मनोरंजक था, ऐसा कि फिल्म निर्माता-निर्देशक अंत तक सभागार में बैठे नाटक देखते रहे। फिर जब नाटक समाप्त हुआ तो मुख्य आयोजक ने स्टेज पर आकर एक-एक कलाकार का परिचय बारी-बारी से सबको बुलाते हुए दिया। स्टेज पर कलाकारों की पंक्ति-सी लग गई। उसके बाद प्राचार्य के साथ फिल्म निर्माता-निर्देशक सेठी भी स्टेज पर आए। फिर उन्होंने अपने छोटे से भाषण में जितनी अधिक प्रशंसा पुष्पा की, उतनी किसी की भी नहीं की। फिर जब सारे कलाकार स्टेज के पीछे एक-दूसरे को बधाइयां देने चले गए तो प्राचार्य तथा आयोजकों के साथ फिल्म निर्माता-निर्देशक भी वहां जा पहुंचे।

फिल्म निर्माता-निर्देशक को देखते ही अभिनेता-अभिनेत्रियों तथा तारिकाओं के मुखड़ों पर ऐसी रौनक चली आई, मानो वह उनमें से एक नहीं, अनेक कलाकारों को अपनी आने वाली फिल्म के लिए निश्चय ही चुन लेना चाहते हों। पुष्पा पर फिल्म का भूत निश्चय ही पहले

से सवार था, फिर भी वह एक कोने में सिमटी तथा कली-सी लजाई खड़ी हुई थी। सभी कलाकारों की दृष्टि निर्माता-निर्देशक पर थी, परंतु आज जाने क्यों पुष्पा निर्माता-निर्देशक सेठी में जरा भी रुचि नहीं ले सकी, मानो वह कुछ घबराई हुई थी। आखिरकार निर्माता-निर्देशक को ही उसके पास आना पड़ा।

उन्होंने पुष्पा को बहुत ध्यान से देखा, ऊपर से नीचे तक। इंद्रलोक से मानो कोई अप्सरा भूले-भटके इस धरती के कॉलेज में उतर आई थी। कहीं-कहीं पर कभी-कभी एक सुंदरी को देखने का अंदाज ही बिलकुल निराला होता है। पुष्पा ने निर्माता-निर्देशक की चुभन अपने मुखड़े पर पूर्णतया महसूस की, बिना उनकी ओर देखे ही क्षण-भर के लिए उसका मुखड़ा जंगल में भटकी उस प्यासी हिरनी के समान कांप गया, जो नदी-नालों को तरसती है। अपने पैर के अंगूठे द्वारा वह पक्के फर्श को कुरेदने का असफल प्रयत्न करने लगी।

'आप इतनी अच्छी कलाकार हैं।' अचानक फिल्म निर्माता-निर्देशक ज्ञानेंद्र सेठी ने अपनी पिछली फिल्मों की सफलता के गर्व में डूबकर पूरे अधिकार से कहा, 'क्यों नहीं आप फिल्म अभिनेत्री बनने का प्रयत्न करतीं? आप मुंबई आइए, मेरे स्टूडियो में मुझसे मिलिए। मैं आपका कम-से-कम एक बार अवश्य स्क्रीन टेस्ट लूंगा।'

'हुर्रे!' पुष्पा को एक विख्यात फिल्म निर्माता-निर्देशक से इतना सुंदर अवसर मिल रहा था, इसलिए उसके आसपास खड़े सभी कलाकार प्रसन्नता से चीख पड़े।

परंतु जाने क्यों फिल्मी संसार में पग रखने की इच्छा रखते हुए भी पुष्पा का दिल बहुत जोर से धड़का, इस प्रकार कि निर्माता-निर्देशक सेठी द्वारा इतना अच्छा प्रस्ताव प्राप्त करने के पश्चात् उसके होंठों पर नाम मात्र भी मुस्कान नहीं आई; बल्कि उसके दिल में अज्ञात तौर पर एक डर समा गया। फिल्मी संसार में पग रखना भी तो जीवन का सबसे बड़ा जुआ खेलना है। उस समय उसने कोई उत्तर नहीं दिया। गंभीर ही रही, उसी प्रकार सिर झुकाए, मानो इस प्रस्ताव को स्वीकार करना उसने बाद के लिए छोड़ दिया हो।

'यह लीजिए मेरा कार्ड।' फिल्म निर्माता-निर्देशक सेठी ने अपनी ऊपर की एक पॉकेट से अपना परिचय कार्ड निकाला। कार्ड को पुष्पा की ओर बढ़ाते हुए बोले, 'इसे रखिए, आपके काम आएगा, परंतु याद रखिए अभिनेत्री बनने की भी एक आयु होती है। आयु निकल जाए तो अवसर दोबारा हाथ नहीं आता।'

पुष्पा ने अपने घर की लाज के कारण अपने दिल की मुस्कराती कली को दबा लेना चाहा, परंतु उसने ऐसा जितना अधिक करना चाहा, कली मुरझाने के बजाय खिलकर मुस्कराने लगी। ऐसा अवसर किसे बार-बार प्राप्त होता है। इसी अवसर को प्राप्त करने के लिए वह मानो जन्म-जन्मांतर से प्रतीक्षा कर रही थी। कांपते हाथों से हाथ बढ़ाकर उसने निर्माता-निर्देशक से परिचय-कार्ड लिया। प्राचार्य के साथ आयोजकों ने भी पुष्पा को इतनी बड़ी

कामयाबी पर उसे बधाई दी। फिर सब चले गए तो पुष्पा की कलाकार सखियों ने प्रसन्नता से बेकाबू होकर पुष्पा के गाल चूम लिए।

स्टेज के पीछे कलाकारों तथा नाटक के कार्यकर्ताओं के अतिरिक्त किसी को भी जाने की आज्ञा नहीं थी। पुष्पा के माता-पिता को सभागार के बाहर ही पुष्पा की प्रतीक्षा करनी पड़ी। स्टेज के पीछे अनेक रूम थे। पुष्पा ने मेकअप रूम में जाकर अपने नाटकीय कपड़े बदले। साधारण साड़ी, जो वह घर से पहनकर आई थी, उसे सुंदरता के साथ शरीर पर लपेट लिया। फिर उसके बाद वह बाहर निकल गई।

सभागार के द्वार के समीप उसके माता-पिता उसकी प्रतीक्षा में खड़े थे। दोनों के ही मुखड़े गंभीर थे। खामोश, व्यवहार भी रुष्ट था। पुष्पा का दिल बहुत जोर से धड़का। मामला गंभीर है। निश्चय ही उसके माता-पिता को किसी ने बता दिया है कि फिल्म निर्माता-निर्देशक उसे फिल्म अभिनेत्री बनाना चाहता है। उसने कुछ भी नहीं कहा। यह भी अपने माता-पिता से नहीं पूछा कि कॉलेज के नाटक में उसका नृत्य तथा अभिनय कैसा लगा, वरन् उसकी रही-सही प्रसन्नता भी मिट्टी में मिल गई।

समीप ही कॉलेज की एक वैन खड़ी थी। आज के नाटक की वह मुख्य अभिनेत्री थी, इसलिए उसे तथा उसके घरवालों के लिए आयोजकों ने विशेष रूप से एक वैन का प्रबंध किया था।

'चलो, बैठो गाड़ी में।' मां ने पुष्पा को उसी रुष्टता के साथ आज्ञा दी।

पुष्पा सहमती हुई वैन के अंदर प्रविष्ट हुई और फिर पीछे एक किनारे वाली सीट पर दुबककर बैठ गई। फिर मां वैन के अंदर प्रविष्ट हुई और पुष्पा के समीप ही बैठ गई। साथ में पिताजी भी आ बैठे। जिस ओर पुष्पा का घर था, उस ओर जाने वाले कुछ और कलाकार भी थे–छात्र तथा छात्राएं। सब ठूंस-ठांसकर वैन में बैठ गए। प्राचार्य तथा कुछेक आयोजक अब तक बातें करते हुए फिल्म निर्माता-निर्देशक सेठी को विदा करने में लगे थे, इसलिए इधर वैन स्टेट हो गई। फिर एक घरघराहट के साथ आगे बढ़ गई। शीघ्र ही कॉलेज का परिसर पार हो गया। वैन मुख्य द्वार से निकलकर खुली सड़क पर आ गई। पुष्पा के अतिरिक्त अन्य विद्यार्थी खामोश नहीं रह सके।

'पुष्पाजी' एक छात्र ने कहा, 'आज तो आपने कमाल ही कर दिया। ऐसा नृत्य किया मानो आप नहीं, पूरा स्टेज, पूरा सभागार नृत्य कर रहे हों।'

'नृत्य ही क्या, अभिनय भी तो कितना सराहनीय था।' आगे बैठे एक दूसरे छात्र ने कहा, 'अभिनय के कारण ही तो फिल्म निर्माता-निर्देशक पुष्पाजी को अपनी अगली फिल्म की अभिनेत्री बनाना चाहता है।'

'पुष्पा!' आगे बैठी एक छात्रा ने कहा, 'तेरे तो अब भाग्य जाग गए हैं। भला किस लड़की के अंदर सुंदरता के साथ इतने सारे गुण भी एक साथ उपस्थित हो सकते हैं?'

पुष्पा की प्रशंसा में सभी विद्यार्थी कुछ-न-कुछ अवश्य कह रहे थे, परंतु पुष्पा मन-ही-मन प्रसन्न होकर भी अपने माता-पिता की उपस्थिति के कारण सहमी-सहमी खामोश बैठी रही। परंतु विद्यार्थियों की बातें पुष्पा के प्रति सुनकर पुष्पा के पिता-पिता को ऐसा लग रहा था, मानो विद्यार्थी उन्हीं के मुंह पर पुष्पा का मजाक उड़ाते हुए उन्हें व्यंग्यात्मक ढंग से गाली दे रहे हों।

पुष्पा के माता-पिता एक पिछड़े हुए खानदान से संबंध रखते थे। आधुनिक समाज की बातें उन्हें नाममात्र भी नहीं भाती थीं। यही कारण था कि उन्होंने बचपन से ही पुष्पा को केवल गिनी-चुनी ही धार्मिक फिल्में दिखाई थीं, वह भी तब जब उनकी गरीबी ने उन्हें आज्ञा दी थी, परंतु वे यह नहीं जानते थे कि पुष्पा ने आठवीं कक्षा में पहुंचने के बाद ही अपनी सखियों के साथ स्कूल से भागकर फिल्में देखना आरंभ कर दिया था और वह भी रोमांचित फिल्में, जिनमें उसे खूब आनंद आता था। स्कूल से भागकर फिल्म देखने के लिए छात्र-छात्राएं किसी-ने-किसी प्रकार पैसे अवश्य एकत्र कर ही लेते हैं, आपस में पैसे मिलाकर या फीस के दिन कुछ पैसे निकालकर।

बचपन से ही छिप-छिपाकर फिल्म देखने के शौक ने उसे फिल्म अभिनेत्री बनने के इच्छुक बना दिया था। फिल्म देखने के बाद जब वह स्कूल के बहारे घर आती तो रात के समय चुपचाप शृंगार का प्रयत्न अवश्य किया करती थी। उसका यह शौक लखनऊ में दिन-प्रतिदिन बढ़ता ही जा रहा था—बढ़ता चला गया, परंतु इस शौक को वह अपने भोले-भाले माता-पिता से छिपाने में सदा सफल रहती रही थी। लखनऊ में ही इंटर करते समय उसके बचपन ने जवानी में पग रखना आरंभ कर दिया था।

परंतु पुष्पा ने जब इस शहर के कॉलेज के बी.ए. पार्ट-1 में प्रवेश लिया और उसकी सखियां उसे अपने मतानुसार उसकी प्रशंसा करने वाली मिलीं तो अभिनेत्री बनने के लिए उसका आत्मविश्वास बढ़ गया। अपनी सखियों के साथ फिल्म देखने में वह और रुचि लेने लगी। उसकी अनेक सखियों के प्रेमी ऐसे थे, जो मनोरंजन के लिए अपनी प्रेमिकाओं को पैसे दे ही दिया करते थे। कुछेक छात्राएं अपने घर से ही किसी बहारे पैसे ले आती थीं। चढ़ती जवानी के साथ जब वह बराबर ही फिल्म देखने लगी, तो उसके अंदर स्वयं भी एक दिन फिल्म अभिनेत्री बनने का जुनून समा गया।

परंतु आज जब फिल्म निर्माता-निर्देशक सेठी द्वारा उसे अभिनेत्री बनने का अवसर मिला, तो वह चाहकर भी अपने माता-पिता की खुशी पर सोचने पर विवश हो गई कि यदि वह फिल्मों में चली गई तो उनका क्या होगा। अपनी बेटी के प्रति विद्यार्थियों द्वारा प्रशंसा सुनकर पुष्पा के माता-पिता खून का घूंट पीकर रह गए। जी चाहता था, सबको मुंहतोड़ जवाब दें। कॉलेज के नाटक में भाग लेने की बात और होती है तथा फिल्म अभिनेत्री बनने की बात और।

कॉलेज में लगभग सभी दर्शक परिचित विद्यार्थी होते हैं, परंतु अभिनेत्री को पर्दे पर अभिनय करते देखने वाले सारे-के-सारे दर्शक अपरिचित, जिन्हें अभिनेत्री तो नहीं जानती, परंतु सस्ते से सस्ता दर्शक उसे जानने लगता है तथा गंदे से गंदा व्यक्ति उसे अपने दिल की धड़कन बना लेना चाहता है। इस वास्तविकता के पश्चात् पुष्पा के माता-पिता ने तय कर लिया कि अब वह कॉलेज की भी किसी 'सोशल एक्टिविटी' में भाग नहीं लेगी। वह केवल पढ़ने जाएगी। उसे अब किसी विद्यार्थी से मेल-जोल बढ़ाने पर भी वे मना कर देंगे।

पुष्पा का घर आ गया। छोटा तथा साधारण-सा घर—आधा खपरैलदार आधा पक्का। वैन रुकी तो अपने माता-पिता के साथ पुष्पा भी नीचे उतर गई। वैन पहले से ही स्टार्ट थी, उनके उतरते ही आगे बढ़ गई, मां ने द्वार का ताला खोला। अंदर प्रविष्ट हुई। स्विच ऑन किया तो कमरा प्रकाशमान हो उठा। पीछे-पीछे पुष्पा के पिताजी तथा पुष्पा भी कमरे में आ पहुंची। मां ने अन्य कमरों की बत्तियां भी जलाईं। फिर सामने का द्वार अंदर से बंद करके ताला लगा दिया। फिर अचानक ही बेटी को आड़े हाथों लिया, 'मुझे कॉलेज के नाटक के बाद ही पता चल गया था कि तेरे आगे उस कम्बख्त फिल्म निर्माता ने फिल्म अभिनेत्री बनने का प्रस्ताव रखा है।' मां ने मन-ही-मन फिल्म निर्माता को कोसते हुए कहा।

'याद रखना बेटी', पुष्पा के पिताजी ने भी उसे समझाते हुए प्यार से कहा, 'तू इस प्रस्ताव को हरगिज स्वीकार मत करना, यह फिल्मी संसार दूर से देखने में जितना सुनहरा है, समीप से देखने में उतना ही अंधेरा है। वहां जो भी गया है, उसके लिए अपनी नाकामियों के बाद आत्महत्या के सिवा कोई चारा नहीं रह गया है। अनेक लड़कियां फिल्म अभिनेत्री बनने के शौक में घर से भागकर मुंबई जा पहुंची हैं, परंतु पहले उनकी लाज फिल्म इंडस्ट्री में लुटी, फिल्म निर्माता से आरंभ होकर एक छोटे से कैमरा उठाने वाले आदमी द्वारा तक। उसके बाद या तो उन्होंने आत्महत्या कर ली या फिर जान प्यारी समझकर पेट की आग बुझाने के लिए किसी कोठे का बासी फूल बन गईं।'

'यूं भी बेटी, अपने देश में फिल्म अभिनेत्री को कोई अच्छी दृष्टि से नहीं देखता है। यदि कोई विवाह भी करता है तो उनसे नहीं, उनके पैसों से करता है। और एक दिन ऐसा भी आता है, जब इन अभिनेत्रियों का दिल शीघ्र ही अपने पति की संगति से भर जाता है। तब ये अपने शारीरिक मनोरंजन के लिए पराये पुरुष की संगति ढूंढ लेती हैं। और तब इन अभिनेत्रियों के पतियों को अनिच्छुक होते हुए भी अपनी अभिनेत्री पत्नी के लिए रात-रातभर एक बैरे के समान अपने हाथों से व्हिस्की तथा अन्य नशीली चीजें 'सर्व' करनी पड़ती हैं और वह भी बहुत हर्षपूर्वक ताकि पत्नी के साथ को किसी प्रकार का संकोच न महसूस हो। यही दशा विवाहित अभिनेताओं के साथ भी होती है, जो अपने मनोरंजन के लिए अपने बंगले के बजाय 'फाइव स्टार' होटलों में पूरे-पूरे सूइट कई-कई वर्ष तक के लिए बुक किए रहते हैं। बेटी...।' पुष्पा के पिता ने पुष्पा को भी बहुत कुछ समझाना चाहा।

'तुम चुप रहो जी–' अपने पति की बात बीच में काटते हुए पुष्पा की मां ने क्रोध में भड़ककर कहा, 'एक तो उधर नाटक में अपना भाषण देने के बाद वह कम्बख्त फिल्म निर्माता मेरी लड़की को फिल्म अभिनेत्री बनने का लालच दे गया है और इधर तुम हो कि बहुत प्यार से अपनी बेटी को फिल्म अभिनेत्री बनने से रोक रहे हो। अब इस लड़की के साथ यह लाड-प्यार का व्यवहार जरा भी नहीं चलेगा। हां! साफ बता दे रही हूं।' मां ने पुष्पा पर क्रोध उतारते हुए कहा, 'यदि तूने कभी फिल्म अभिनेत्री बनने का विचार भी किया तो याद रखना, तेरे पिता जहर खाएं या न खाएं, मैं अपनी लाज की खातिर तेरी तसवीर किसी फिल्मी पत्रिका में देखने से पहले ही जहर खा लूंगी।' मां ने क्रोध में पैर पटका। पुष्पा को घूरा। फिर एक दृष्टि अपने पति पर डालकर शयनकक्ष की ओर बढ़ गई।

पुष्पा के पिताजी मानो अपनी पत्नी की बात से स्वयं भी सहमत थे। इस समय बेटी नाटक की कामयाबी का सेहरा लेकर घर आई थी, इसलिए उन्होंने उससे और अधिक कुछ कहना उचित नहीं समझा। वह भी एक आज्ञाकारी पति के समान बेटी को तुरंत छोड़कर शयनकक्ष की ओर बढ़ गए। पुष्पा कमरे में अकेली रह गई। सामने का कमरा, छोटी-सी बैठक थी यह, जहां एक ओर तख्त (साधारण-सी चौकी) रखा हुआ था। दो लोहे की कुर्सियां दूसरे किनारे थीं। एक पुरानी-सी मेज बीच में रखी हुई थी। फर्श पक्का था, परंतु कहीं-कहीं बेढंगे तौर पर टूटा-फूटा भी था।

पुष्पा एक क्षण उसी प्रकार खड़ी रही। फिर एक कुर्सी पर वह चुपचाप बैठ गई। अचानक शयनकक्ष में जब बत्ती बुझी तो पुष्पा ने भी उठकर बैठक की बत्ती बुझा दी। फिर वह अपने कमरे में चली गई। सोने के लिए रात की नीली बत्ती जलाई और बड़ी बत्ती बुझा दी। फिर अपने पलंग पर आ लेटी वह। करवट उधर बदल ली, जिधर दीवार से सटी एक छोटी शृंगार मेज थी।

दर्पण में नीले प्रकाश की मद्धिम धुंध थी, फिर भी उसने देखा, उसका मुखड़ा बहुत उदास है। आज जब उसकी लगन के सपने पूरे होने को आए तो मां उसे अपनी जान देने की धमकी दे बैठी। काश! यदि इस समय उसके माता-पिता के स्थान पर कोई और होता तो उसके इस अवसर से लाभ उठाकर उसे अभिनेत्री बनाते हुए अपनी कला का प्रदर्शन करने से कभी नहीं रोकता। परंतु एक उसके माता-पिता थे, जिनके दिल में यह बैठा हुआ था कि बेटी मुंबई पहुंचते ही बदनाम होने के बाद छूत की बीमारी का शिकार हो जाएगी। पुष्पा का दिल था कि बार-बार उसे मुंबई जाकर अभिनेत्री बनने पर उकसा रहा था, परंतु घर की परिस्थिति उसके आगे पहाड़ बनकर खड़ी हो चुकी थी। वह क्या करे और क्या न करे, कुछ समझ में नहीं आता था। उसके विचारों में अपनी कला तथा सुंदरता का उपयोग न करना भी भगवान की इस बड़ी देन का अपमान था, परंतु वह अपनी मां के जीवन से भी नहीं खेल सकती थी।

इस ताने-बाने में उलझकर सोचते-सोचते जाने कब उसकी आंख लग गई। वह सो गई। उसके मन और मस्तिष्क पर फिल्म का नशा इस प्रकार छाया हुआ था कि स्वप्न में भी वह अपने को एक सफल अभिनेत्री देखने बिना नहीं रह सकी। उसने देखा, वह फिल्म की सर्वाधिक सुंदर तथा लोकप्रिय अभिनेत्री है। उसके पास नौकर-चाकर बंगले तथा अनेक विदेशी गाड़ियां हैं। निर्माता उसके घर के लॉन में बैठे उसकी प्रतीक्षा कर रहे हैं, ताकि उसके द्वारा नई-नई फिल्मों का कॉण्ट्रेक्ट कर सकें। उसके पास समय है, फिर भी वह अपने बंगले के अंदर अपने छोटे से सफेद विलायती कुत्ते से खेलती हुई जबरदस्ती समय नष्ट करके निर्माताओं को अधिक-से-अधिक प्रतीक्षा करने पर मजबूर कर रही है। इन्हीं बातों से कलाकारों की शान बढ़ती है, ऐसा विश्वास कम-से-कम अपने देश के कलाकारों के साथ अवश्य है। समय देने के पश्चात् शूटिंग में घंटों देर से जाना या बिलकुल ही न जाना ये अपनी शान समझते हैं, चाहे इससे भले ही निर्माताओं की लाखों रुपये की हानि हो जाए।

सपने में पुष्पा काफी समय नष्ट करने के बाद अपने कुत्ते को गोद में लिए बाहर निकली, जहां उसका निजी सैक्रेटरी भी बैठा था। सब उसे देखते ही बड़े सम्मान के साथ खड़े हो गए। नमस्ते की। कुछ निर्माताओं के 'कॉण्ट्रेक्स' पर सैक्रेटरी के कहने से पुष्पा ने बिना पढ़े ही हस्ताक्षर कर दिए। कुछेक की कहानियां संक्षेप में सुनीं। एक कहानी स्वीकार भी की। बाकी कहानियों के लिए समय न होने का बहाना कर दिया, क्योंकि उसे 'शूटिंग' पर जाना था। जिस समय वह अपनी कार में शूटिंग के लिए 'स्टूडियो' की ओर बढ़ी तो हर स्थान पर अपने बड़े-बड़े 'पोस्टर्स' देखकर वह मन-ही-मन प्रसन्न होती चली गई।

वह स्टूडियो पहुंची। स्टूडियो के मुख्य द्वार पर पहले ही लोगों का तांता लगा हुआ था। यदि दरबान ने मुख्य द्वार पर भीड़ को रोक नहीं रखा होता तो शायद स्टूडियो के अंदर शूटिंग करना भी असंभव हो जाता। भीड़ में कम आयु के लड़के-लड़कियों की गिनती अधिक थी। आखिर सभी ने मिलकर स्टूडियो के मुख्य द्वार पर अभिनेत्री पुष्पा की कार रोक ही ली। लड़के-लड़कियों ने हस्ताक्षर के लिए अपनी-अपनी 'ऑटोग्राफ बुक्स' उसकी ओर बढ़ा दीं। एक के बाद एक 'ऑटोग्राफ बुक्स' लेकर वह हस्ताक्षर करने लगी, इस तेजी के साथ, मानो उसे तुरंत ही शूटिंग के लिए स्टूडियो में उपस्थित होना आवश्यक है।

परंतु हस्ताक्षर करते समय वह मन में बहुत प्रसन्न थी। मन करता था, वह हस्ताक्षर करती ही चली जाए, चाहें शूटिंग भले ही 'कैंसिल' कर दी जाए। मानव को जहां सम्मान, आदर मिलता है, वहां वह अधिक-से-अधिक समय बिताने में कभी प्रसन्नता महसूस करता है, तो कभी स्वयं को अधिक व्यस्त प्रकट करके वहां से खिसकते हुए अपने सम्मान में वृद्धि महसूस करता है। पुष्पा ने अपने प्रशंसकों की भीड़ पहली बार इतनी अधिकता में देखी थी, इसलिए उसके लिए आनंद प्राप्त करना स्वाभाविक ही था। वह ऑटोग्राफ देती चली गई।

देखते-ही-देखते स्टूडियो के मुख्य द्वार पर इतनी अधिक भीड़ लग गई कि पुलिस को बुलाना पड़ गया। पुष्पा को इस बात पर भी बड़ा आनंद आया। फिल्म अभिनेत्री बनने के बाद इतनी कद्र होती है, इसका आभास उसे आज प्राप्त हो रहा था। पुलिस के डंडे से कोई मार खाता है तो खाता रहे, परंतु फिर भी जनता अपनी चहेती अभिनेत्री पुष्पा के समीप आने के लिए टूटी पड़ रही थी, इस प्रकार कि पुलिस को भी जनता को संभालना कठिन हो रहा था। फिर पुलिस के अत्याचार के कारण जनता ने पथराव किया। पुष्पा के अनुभवी ड्राइवर ने तुरंत ही अंदर बैठी पुष्पा के दोनों ओर के द्वारों की खिड़कियों के शीशे ऊपर चढ़ा दिए। फिर अपनी ओर के दरवाजों के शीशे भी बंद कर दिए।

बाहर का शोर कम हो गया। इस बीच पुलिस डंडे चलाकर पुष्पा के वास्ते स्टूडियो के अंदर पहुंचने का रास्ता निकाल चुकी थी। ड्राइवर ने तुरंत कार मुख्य द्वार की ओर बढ़ा दी। तभी जनता द्वारा फेंका हुआ एक पत्थर पुष्पा के सामने ठीक खिड़की के शीशे पर लगा। शीशा चटक गया, परंतु पत्थर अंदर नहीं पहुंचा। पहुंच जाता तो निश्चिय ही पुष्पा के सुंदर मुखड़े पर एक गहरा दाग अवश्य बन जाता। डर के मारे उसकी आंखें बंद हो गईं। बुरी तरह कांप भी गई वह। हाथ अपने बचाव में तुरंत ही उसके मुखड़े को ढांच चुके थे।

तभी सपने के मध्य इसी डर के कारण उसकी आंखें खुल गईं। उसने देखा, सपने में भय के कारण रखा उसका हाथ अब भी अपने बचाव में उसके मुखड़े पर रखा हुआ है। उसने सोचा, ख्यातिप्राप्त करने के बाद इस ख्याति की सुरक्षा करना कितना कठिन होता है। इतना सब कुछ होने के पश्चात् उसके मन और मस्तिष्क से अभिनेत्री बनने का दीवानापन कम नहीं हुआ। इतनी अधिक लोकप्रियता प्राप्त करने के बाद ऐसे रिस्क तो लेने ही पड़ते हैं। यह तो जीवन का उसूल है। शायद इसलिए बड़े-बड़े अभिनेता-अभिनेत्रियों जनता की भीड़ से दूरी बरतते हैं। गुण के साथ रंग-रूप है तो सब कुछ है। इसकी सुरक्षा करनी ही चाहिए, यदि जीवन में केवल उन्नति-ही-उन्नति देखनी है।

उसके बाद पुष्पा को बहुत देर तक नींद नहीं आ सकी। हर क्षण उसके मन और मस्तिष्क में केवल सपने का विचार एक वास्तविकता बनकर छाया रहा। ऐसा लगता था, मानो वह अभी-अभी आकाश पर उड़ रही थी कि एक झटके के साथ धड़ाम से नीचे आन गिरी हो। कभी-कभी सुंदर सपने वास्तविकता से कितने अच्छे होते हैं। सपनों में सुख प्राप्त हो जाए तो वास्तविक दुःख कौन स्वीकार करना पसंद करेगा?

पुष्पा मुंबई की वास्तविकता तथा अवास्तविकता की चिंता किए बिना वहां के चमकते-दमकते संसार में खोई रही और मां की जान की चिंता करने के पश्चात् मन-ही-मन मुंबई के फिल्मी संसार में जाने को तड़पती रही। आखिर फिल्म निर्माता-निर्देशक ने उसे मुंबई आने के लिए निमंत्रण देने के अतिरिक्त अपना परिचय-कार्ड भी तो दिया था, जिस पर उसके नाम के साथ स्टूडियो के दफ्तर का पूरा पता भी दर्ज था। यह परिचय-कार्ड उसके मन को उत्तेजित

करके मुंबई की ओर आकर्षित करने के लिए बहुत था। इस परिचय-कार्ड की बातें उसके माता-पिता को जरा भी पता नहीं चली थीं, इसलिए पुष्पा भी इस भेद को दबा गई थी। इस परिचय-कार्ड को उसने सोने से पहले बहुत संभालकर एक स्थान पर छिपाते हुए रख दिया था। उसे संतोष मिला। शायद, हां, शायद कभी भूले-भटके वह कार्ड उसके काम आ ही जाए। कार्ड रखने में हर्ज ही क्या था।

काफी देर जागने के बाद जब पुष्पा को दोबारा नींद आई तो वह अगली सुबह बहुत देर तक सोती रही। माता-पिता ने भी उसे जगाना उचित नहीं समझा, क्योंकि पिछली शाम को नाटक की सफलता के कारण आज के दिन छुट्टी हो गई थी। पुष्पा जब उठी तो वह बहुत उदास थी। मुखड़ा उतरा हुआ था। स्नान आदि करने के पश्चात् उसके मुखड़े पर किसी प्रकार की रौनक नहीं आ सकी, बल्कि मुखड़े पर गंभीरता मानो स्थिर होकर रह गई थी।

मां ने देखा तो बहुत कुछ समझा। लड़की अभी अपने यौवन पर आ रही है। फिल्म की ओर उसका झुकाव स्वाभाविक है, परंतु धीरे-धीरे जब पढ़ाई में मन लग जाएगा, तो उसके सिर पर से फिल्म का यह भूत स्वयं ही उतर जाएगा। बेटी उसकी अपनी थी। अपनी कोख से उसने उसे जन्मा था। भला अपनी मां के जीवन की परवाह न करके वह किस प्रकार फिल्म में जाने की सोच सकती थी। मां को बेटी पर पूरा विश्वास था। अपने खानदान की लाज वह कभी बाजार के भाव चढ़ने नहीं देगी।

वह सारा दिन जैसे-तैसे कट गया। पुष्पा रसोई में हाथ बंटाती रही, परंतु उसका मन और मस्तिष्क अब भी हर क्षण मुंबई के वातावरण की ओर लगा हुआ था। फिर मां की बातों में 'हां' में 'हां' मिलाकर वह कभी-कभी मुस्करा पड़ती थी—एक बेजान और हल्की मुस्कान उसके गंभीर मन तथा मस्तिष्क द्वारा होंठों पर खेलती तो मां की चिंता अज्ञात तौर पर कम हो जाती। उसे विश्वास हो गया कि पुष्पा को उसकी तथा अपने पिता की बातें समझ में आ गई हैं। अब वह अभिनेत्री बनने का विचार छोड़ चुकी है। परंतु पुष्पा जैसी लड़की को जब अभिनेत्री बनने का अवसर मिले तो क्या वह इसे आसानी से छोड़ सकती थी? काश! हां, काश, मां ने उसे अपनी जान देने का वास्ता नहीं दिया होता तो कितना अच्छा होता। वास्ता भी तो सौगंध का एक रूप है।

अगले दिन कॉलेज फिर खुला। पुष्पा अपने कॉलेज पहुंची। कॉलेज आरंभ होने में अभी देर थी। उसकी सखियों ने ही नहीं, कॉलेज के अन्य विद्यार्थियों ने भी उसे घेर लिया। उसके पिछले किए गए नाटक के अभिनय पर प्रशंसा के पुल बांध दिए। सभी ने उसे राय दी कि वह इस अवसर से अवश्य लाभ उठाए। ऐसा अवसर फिर कभी नहीं आएगा। आखिर यौवन कब तक साथ देगा। विद्यार्थियों की बातें सुनकर पुष्पा के दिल के अंदर अभिनेत्री बनने की दबी हुई चिंगारी फिर भड़क उठना चाहती थी, परंतु वह इसे दबा गई।

यही मां के जीवन की दी हुई सौगंध–घर की लाज! मुंबई जाने कैसा शहर हो! कौन जाने उसके पिता ने उसे ठीक ही समझाया हो! बेटी को कुएं में गिरने से कौन पिता नहीं रोकता? उसने किसी भी विद्यार्थी की राय पर अपनी कोई राय प्रकट नहीं की। कोई इरादा नहीं बनाया था, तो उत्तर क्या देती?

तभी कॉलेज के आरंभ होने का घंटा बज गया। पुष्पा ने दिल-ही-दिल में भगवान को धन्यवाद कहा। विद्यार्थियों की बातें सुनकर उसका मन मुंबई जाने को और उतावला हो जाता। वह तुरंत अपनी सखियों के साथ कक्षा की ओर बढ़ गई।

परंतु बात यहीं पर समाप्त नहीं हुई थी। कक्षा में जब भी कोई अध्यापक या अध्यापिका आई, आते ही सर्वप्रथम पुष्पा को उसके नृत्य तथा नाटक पर अवश्य बधाई दी। कुछेक ने तो उसे फिल्मी संसार में तुरंत जाने की राय दे दी। पुष्पा लजा-लजाकर रह गई। कैसे इन पढ़े-लिखे तथा आधुनिक समाज में विश्वास रखने वाले अध्यापक-अध्यापिकाओं को वह बताती कि उसके माता-पिता पिछड़े हुए युग के लोग हैं! मां की जान देने के विषय में भी वह उन्हें नहीं बता सकती थी। एक मीठी मुस्कान द्वारा वह हरेक का प्रस्ताव तथा राय टाल गई।

एक पीरियड प्राचार्य का भी आया। प्राचार्य वृद्ध थे–आयु सेवानिवृत्ति पर आ चुकी थी, फिर भी व्यक्तित्व अब भी आकर्षक था। अपनी जवानी में वह निश्चय ही सुंदर रहे होंगे। पिछले ड्रामे की सफलता पर उन्होंने भी पुष्पा को बधाई दी, परंतु साथ में समझाया भी। बोले, 'पुष्पा, यह बड़ी प्रसन्नता की बात है कि निर्माता-निर्देशक ज्ञानेंद्र सेठी ने तुम्हें फिल्म अभिनेत्री बनने का अवसर दिया है, परंतु मैं तुम्हें ऐसा करने की राय नहीं दूंगा। अभी तुम्हारी आयु ही क्या है? पहले पढ़-लिखकर अपने पैरों पर खड़ी हो जाओ। उसके बाद यदि तुम्हारे माता-पिता आज्ञा दें तो उनके साथ जाकर तुम फिल्म इंडस्ट्री में अपने भाग्य की परीक्षा ले सकती हो। एक बात सदा याद रखना, वहां कहीं भी अकेली मत जाना। अपने पिता या माता को सदा अपनी छाया बनाकर साथ रखना। मुंबई का फिल्मी संसार बहुत ही खतरनाक है।'

पुष्पा खामोश रही। ऐसी ही कुछ बातें तो उसके पिता ने भी उसे समझाई थीं। वह अपने प्राचार्य को कैसे बताती कि ये उसके घरवाले हैं, जो उसे अभिनेत्री बनने से रोक रहे हैं, वरना वह तो कभी से फिल्मों में जाने की योजना बना बैठी होती। उन्होंने भी फिल्म के विषय में कुछ बातें कीं, जिनसे स्पष्ट पता चलता था कि वह फिल्मी संसार के बहुत समीप रह चुके हैं। फिल्म जगत का उन्हें एक अच्छा-भला अनुभव था–कड़वा अनुभव। उसके बाद कुछ देर तक पढ़ाई चलती रही। फिर घंटा बजा तो 'ब्रेक' हो गया। ब्रेक हो गया, तो पुष्पा अपनी सखियों के साथ निकली और लॉन की ओर एक पेड़ के नीचे बैठने को आगे बढ़ गई। जाते समय वह सभी परिचित-अपरिचित विद्यार्थियों की दृष्टि का केंद्र बनी रही, क्योंकि वह उनके विचार में आने वाले युग की एक महान अभिनेत्री थी। पुष्पा को दूसरों की घूरती दृष्टि का पूरा एहसास था, गर्व

भी पूरा था, परंतु उससे अधिक उसकी सखियों को उस पर गर्व था, क्योंकि आने वाले युग की महान अभिनेत्री उनकी सखी थी।

सब लॉन में वृक्ष के नीचे बैठे तो फिल्म की बातें फिर चलने लगीं।

'तू परीक्षा देने के बाद मुंबई जाएगी या अभी?' एक सखी ने पूछा।

'फिल्म अभिनेत्री बनने के लिए शिक्षा की क्या आवश्यकता है?' दूसरी सखी ने राय दी, 'मैं तो कहूंगी, तू तुरंत मुंबई चली जा। वहां की योग्यता तो केवल सुंदरता और अभिनय करना होता है।'

'परंतु प्राचार्य तो समझा रहे थे कि...' पुष्पा ने कहना चाहा।

'अरे मार उस खूसट प्रिंसिपल को?' एक दूसरी सहेली ने पुष्पा की बात काटते हुए कहा, 'देखती नहीं है, वह इस आयु में भी हीरो बना फिरता है। निश्चय ही उस बेचारे को फिल्म में अवसर नहीं मिला होगा, इसलिए हमारे कॉलेज का अध्यापक और फिर प्राचार्य बन गया।' उस सखी को मानो प्राचार्य की कहानी ज्ञात थी।

'तू तो ऐसे कह रही है, मानो प्राचार्य के साथ वास्तव में ऐसा बीता है।' पुष्पा ने मजाक में हंसने का प्रयत्न किया।

'बीतने में संदेह भी क्या रखा है?' सहेली ने कहा, 'फिल्मी हीरो बनने वह अवश्य गए होंगे, जब ही तो फिल्म जगत को वह इतना समीप से जानते हैं, परंतु जब हीरो बनने का प्रयत्न करते-करते उनकी आयु निकल गई तो वह विवाह करने से भी वंचित रह गए।'

'परंतु वह तो मुंबई जाने से पहले अच्छे-खासे पढ़े-लिखे होंगे।' पुष्पा ने कहा, फिर आखिर उन्हें मुंबई जाकर हीरो बनने का शौक क्यों छूटा?'

'अपनी सुंदरता पर उन्हें कुछ अधिक ही गर्व होगा।' एक अन्य सहेली ने अपनी राय दी। बोली, 'अरे, पगली, वैसे तो आजकल अच्छी-खासी पढ़ी-लिखी लड़कियां भी फिल्म अभिनेत्री बनने का अवसर ढूंढती रहती हैं। फिर यह अवसर तो स्वयं तेरे कदमों के पास चलकर आया है। इस अवसर को खोने से बड़ी मूर्खता तू अपने जीवन में कभी नहीं कर सकेगी। क्या तूने सुना नहीं कि एक-से-एक अच्छी डॉक्टर तथा एम.ए., बी.ए. 'गर्ल्स' भी स्टूडियो के चक्कर केवल इसलिए लगाती हैं, ताकि अभिनेत्री बन जाएं?'

'मैं तो तुझे यही राय दूंगी कि तू शिक्षा-विक्षा छोड़ और तुरंत मुंबई निकल जाए।' एक नई सहेली ने पुष्पा को राय दी। बोली, 'यदि तेरे घरवाले तुझे अभी नहीं जाने देते हैं तो तू घर से भाग जा। ऐसा न हो कि समय हाथ से निकल जाए और फिर वह निर्माता-निर्देशक किसी और को अपनी नई फिल्म की अभिनेत्री बना ले। घर से यदि तू भाग भी गई तो तेरे घरवाले केवल रो-धोकर ही चुप हो जाएंगे। अपनी बदनामी के भय से पुलिस वालों या किसी और को भी नहीं बताएंगे कि बेटी घर से भाग गई है। उल्टे कोई पूछेगा तो कह देंगे कि अपने किसी रिश्तेदार के यहां गई है। लड़की की लाज बड़ी कोमल होती है।' सखी पुष्पा को इस प्रकार

समझा रही थी, मानो बड़ी अनुभवी थी। उसने बात जारी रखी। बोली, 'फिर तू अभिनेत्री बन जाएगी तो देख लेना, यही तेरे माता-पिता बड़े गर्व के साथ तेरे पास दौड़े चले आएंगे। तेरे पिताजी तेरे सैक्रेटरी बन जाएंगे। मां हर क्षण तेरी पूंछ बनकर तेरे पीछे-पीछे लगी रहेगी, हर पग पर तेरी बलाएं लेती रहेगी। यह तो फिल्म अभिनेता-अभिनेत्रियां के खानदान का तरीका है।

'क्या तूने सुना नहीं है कि जब लड़की घर से मुंबई भाग जाती है, तो उसके घरवाले उसे अपना रक्त मानने से भी इनकार कर देते हैं, परंतु जब वह एक सफल अभिनेत्री बन जाती है, तो उस पर गर्व ही नहीं करते, बल्कि अपने पूरे खानदान तथा रिश्तेदारों सहित उसके बंगले में जा पहुंचते हैं, वहीं रहते हैं, चमचागिरी करते हैं, मोटर गाड़ियों में घूमते हैं, उन बड़े 'फाइव स्टार' होटलों में खाना खाते हैं, जिनके अंदर प्रवेश करने का साहस उन्होंने सपनों में भी नहीं किया होगा? अभिनेत्री के धन के बूते पर सारे-के-सारे रिश्तेदार खूब मौज उड़ाते हैं। ऐसी-ऐसी पार्टियों में जाते हैं, जहां जाने की उन्हें तमीज तक नहीं आती।'

यह भी एक ऐसी सहेली थी, जिसने इन सारी बातों का अनुभव केवल अगणित पत्रिकाएं पढ़कर ही प्राप्त किया था। उसने अपनी बात जारी रखी। बोली, 'यह तो बहुत कम है। जब अभिनेत्री की शूटिंग देश के किसी सुंदर पहाड़ी भाग या विदेश में पड़ती है, तब भी ये सारे-के-सारे रिश्तेदार वहां जाने से नहीं चूकते और वह भी निर्माता के खर्च पर। और बेचारे निर्माता को अभिनेत्री द्वारा अपनी फिल्म पूरी करने के लिए अभिनेत्री के सारे रिश्तेदारों को अपने ही खर्च पर ले जाना पड़ता है। अब ते ही बता पुष्पा, अभिनेता-अभिनेत्रियों से अच्छा जीवन क्या किसी का हो सकता है? जब मूड आया तो शूटिंग की, नहीं मूड आया तो सैर-सपाटे के लिए नए-नए यारों के साथ चल दीं।'

'और यदि...।' पुष्पा ने डरते-डरते पूछा, 'यदि किसी मां ने या उसके पिता ने अपनी बेटी को फिल्म में न जाने की सौगंध दे रखी हो तो?' पुष्पा ने अपने दिल की बात दूसरे के माता-पिता के बहाने पूछी।

'अरे मूर्ख, यह सब बेटी को फिल्म में न भेजने का एक ढकोसला है।' एक सखी ने बड़ी लापरवाही से कहा, 'जीवन इतना सस्ता नहीं होता, जो इसे कोई आसानी से गंवा दे। पति को पत्नी के लिए और पत्नी को पति के लिए हर स्थिति में जीवित रहना ही पड़ता है। और बच्चे हों तो दोनों को उनके भविष्य के लिए जीवित रहना अत्यंत आवश्यक हो जाता है।'

पुष्पा के मन में सखियों की बातें उतरने लगीं। ऐसी ही कुछ बातें उसने भी फिल्मी पत्रिकाओं में पढ़ी थीं। यही नहीं, अभिनेत्री बेटियों की कुछ मांओं ने स्वयं भी जवान बनने का प्रयत्न किया था, ताकि बेटी के सहारे वे भी अभिनेत्री बन जाएं। कुछेक अभिनेत्रियों की मांओं ने तो विक्षिप्त का रोल प्राप्त करने का भी प्रयत्न किया था, जिसे अभिनेत्री बेटी की सिफारिश पर निर्माता को जबरदस्ती अपनी फिल्म में ठूंसना पड़ गया था। यह फिल्मी संसार है ही बड़ा

विचित्र, फिर भी दूर से देखने में अत्यंत सुंदर और चमकदार। इन बातों के पश्चात् पुष्पा को मां की बात का पूरा ध्यान रहा। वह हंसकर हर बात को टाले गई।

'जब तू फिल्म अभिनेत्री बने तो मुझे अपनी प्राइवेट सैक्रेटरी बनाना मत भूलना।' पुष्पा की एक पुरानी सखी ने कहा, जो बी.कॉम. या एडमिनिस्ट्रेशन की छात्रा न होकर केवल बी.ए. कर रही थी।

'और मुझे भी कोई अच्छा-सा रोल दिलाना मत भूलना।' दूसरी सखी भी फिल्मी संसार की चमक-दमक से प्रभावित थी, इसलिए उसने भी पुष्पा के सहारे एक स्वप्न देखा।

'और मुझे...।'

'और मेरे लिए...।'

'और मुझको...।'

'मुझे तो तू मां का गंभीर रोल भी दिला देगी तो स्वीकार कर लूंगी। बस, पैसे अच्छे दिला देना। उसके बाद देखना, अपने अभिनय द्वारा दर्शकों को ऐसा रुला दूंगी कि वे जीवन-भर याद रखेंगे।'

'मैं तेरे द्वारा कोई-न-कोई अच्छा रोल प्राप्त कर ही लूंगी।' एक और सखी ने कहा, 'परंतु तुझे मेरे साथ मेरी छोटी बहन को भी कोई अच्छा अवसर दिलाना होगा। तू नहीं जानती उसे तो मुझसे भी अधिक फिल्मों में अभिनय करने का शौक है।'

'बच्ची के रोल के लिए तो तुझे मेरी बहन की मुन्नी से अच्छी बच्ची मिल ही नहीं सकती। अभी से ही बिलकुल तेरा रंग-रूप पाया है। जो देखता है, यही कहता है कि यह बच्ची बड़ी होकर इस देश की एक महान अभिनेत्री बनेगी।'

पुष्पा की जितनी सखियां थीं, उससे अधिक बातें। पुष्पा ने अभी फिल्मों में जाने का इरादा भी नहीं किया था और उसकी सखियां अपना-अपना प्रस्ताव लेकर बैठ गई थीं।

पुष्पा किसी को क्या उत्तर देती? ये सखियां भी विचित्र थीं। वह अभी अभिनेत्री बनी भी नहीं थी कि सब अपने साथ अपने रिश्तेदारों का बखेड़ा लेकर बैठ गईं। इनमें से किसी के पास भी न रंग-रूप था न गुण। फिल्मी संसार में पहुंचकर यह किसी अभिनेत्री, निर्माता या निर्देशक की केवल नौकरानी ही बन सकती थीं। यदि केवल अभिनय का ही गुण होता तो क्या इन्हें कॉलेज के नाटक में छोटा-मोटा रोल नहीं मिल जाता? परंतु पुष्पा ने अपनी सखियों का दिल तोड़ने के लिए कुछ नहीं कहा।

तभी कक्षा लगने का घंटा बज गया तो सब उठ खड़ी हुईं। अपनी कक्षा में पहुंचीं और अध्यापिका के आने के बाद शिक्षा में लग गईं।

उस रात पुष्पा का मन पढ़ाई में जरा भी नहीं लगा। जब माता-पिता शयनकक्ष में लेट गए, तो वह भी अपने पलंग पर जा लेटी। चादर छाती तक खींचकर ओढ़ ली और फिल्मी विचारों में तल्लीन हो गई। उसे अपनी सखियों के प्रस्तावों की जरा भी चिंता नहीं थी, परंतु जिस

प्रकार उन्होंने उसे फिल्मी संसार में तुरंत जाने की राय दी थी, वह उसके दिल में बड़ी गहराई के साथ उतरती चली गई। शायद ऐसी बातें उसके दिल के अनुसार थीं। आखिर फिल्मी जगत में जाने में बुराई ही क्या है? वहां काम करने वाले भी तो मानव ही होते हैं।

पुष्पा ने स्वयं आगे होकर फिल्मी संसार में पग रखने की भीख किसी से नहीं मांगी थी। यह तो निर्माता ज्ञानेंद्र सेठी था, जो उसके गुण से अत्यधिक प्रभावित हो गया था और इसलिए उसने स्वयं उसके पास आकर उसे अभिनेत्री बनाने की पेशकश की थी। अपना परिचय कार्ड भी उसने स्वयं ही उसे दिया था। वह एक बड़ा निर्माता था। देखने में सज्जा ही नहीं, महापुरुष भी था। वह उस पर विश्वास कर सकती थी। इन सारी बातों पर पुष्पा जितना भी ध्यान करती, उतना ही उसका मन मुंबई जाने के लिए उतावला हुआ जाता था। परंतु फिर वह अपने मन की इच्छा को दबा जाती। वही मां के जीवन की शर्त, प्राण देने की धमकी से उसकी आंखें छलक आतीं। आखिर उसके घरवाले क्यों उसका उज्ज्वल भविष्य बिगाड़ने पर तुले हैं?

आंसू बहाते-बहाते जाने कब वह सो जाती, इस प्रकार कि उसे स्वयं पता नहीं चलता था कि कब उसकी आंख लग गई थी।

दिन बीतने लगे। पुष्पा प्रतिदिन ही कॉलेज जाती। शिक्षा जारी रखती, परंतु जब कभी—ब्रेक या ऑफ पीरियड में उसे सखियों के साथ समय मिलता, तो उनके मध्य एक ही विषय होता, उसे शीघ्र ही फिल्म अभिनेत्री बन जाना चाहिए। अपनी राय के साथ सखियां अपना प्रस्ताव रखना भी नहीं भूलती थीं। कोई बात जब किसी से बार-बार कही जाए तो दिल में बैठ ही जाती है। बूंद-बूंद पानी पत्थर पर गिरे तो वहां भी छेद हो ही जाता है, फिर पुष्पा तो एक लड़की थी—कोमल दिल वाली नादान और कमसिन लड़की। सखियों की बातें उसके दिल की गहराई में क्यों नहीं उतरतीं? इसके अतिरिक्त उसे स्वयं पर पूरा विश्वास था।

कॉलेज के बाद वह घर आती। उसका अंतिम पीरियड सदा खाली रहता था, इसलिए वह अपने पिता के घर आने से पहले ही अपने घर पहुंच जाती थी। वह कॉलेज से आती, हल्का-फुल्का आहार करती या केवल चाय से ही काम चला लेती। उसके बाद मां के साथ रसोई में हाथ बंटाने पर विवश हो जाती थी। यह उसका प्रतिदिन का काम था।

फिर एक दिन पहली तारीख आ गई। अगले दिन 'रेस्ट्रिक्टेड होली-डे' (प्रतिबंधित छुट्टी) थी। वेतन मिलने के बाद प्रतिबंधित छुट्टी हो तो कौन कर्मचारी इसे लेना पसंद नहीं करेगा? कॉलेज से आने के बाद पुष्पा बर्तन धो रही थी। मां पिताजी के लिए आज विशेष परंतु हल्का-फुल्का खाना बनाने में लगी हुई थी, क्योंकि पहली तारीख को ही उन्हें वेतन मिलता था। बर्तन धोते समय अचानक पुष्पा की दृष्टि अपने हथेलियों पर पड़ी तो वह दंग रह गई। अनेक रेघारियों के साथ जगह-जगह हल्के गड्ढे पड़ गए थे। उसने इन्हें अंगुलियों द्वारा दबाकर छुआ तो ये कुछ सख्त भी ज्ञात हुए। अंगुलियां भी मानो जगह-जगह से कट गई थीं।

पहले तो उसकी हथेलियां बर्फ के समान चिकनी तथा रुई के समान कोमल थीं। अंगुलियां भी बिलकुल बेदाग तथा कंवल के समान सफेद और लंबी-लंबी थीं। यह सब स्थिति उसके आए दिन बर्तन धोने से ही हुई थी। पुष्पा मन-ही-मन तड़पकर रो पड़ी, मन हुआ सारे-के-सारे बर्तन उठाकर दीवार पर दे मारे। यदि इसी प्रकार प्रतिदिन घंटों बैठकर वह यूं बर्तन मांजती रही तो एक दिन अपनी हथेलियों तथा अंगुलियों की सुंदरता सदा के लिए खो देगी। घर के कामों से मस्तिष्क पर जोर पड़ेगा, तो मुखड़े पर भी झुर्रियां पड़ते देर नहीं लगेगी। फिर उसकी सुंदरता पर कौन आंख उठाएगा, जिस पर उसे इतना अधिक गर्व है?

अचानक पिताजी दफ्तर छूटने के बाद घर पहुंचे। मां ठीक समय पर उनके लिए आहार तैयार कर चुकी थी। चाय का पानी भी चढ़ा चुकी थी। अपने पति को देखते ही उसके मुखड़े की रौनक बढ़ गई। उठ खड़ी हुई वह। पिताजी चप्पल उतारकर रसोई में प्रवेश कर चुके थे। मां ने अपनी बूढ़ी मुस्कान के साथ उनका स्वागत किया, परंतु पुष्पा के पिताजी ने इस मुस्कान पर विशेष ध्यान नहीं दिया। महीने की केवल पहली तारीख को ही उन्हें यह मुस्कान देखने को मिली थी, बाकी दिन तो जैसे-तैसे निकल ही जाते थे।

पुष्पा के पिताजी ने अपनी पत्नी की मुस्कान का अर्थ समझने के बाद अपनी पॉकेट से कुछ रुपए निकालते हुए कहा, 'हां-हां भई, दे रहा हूं।' उन्होंने अपनी पॉकेट से वेतन निकाला। फिर पुष्पा की मां की ओर बढ़ाते हुए बोले, 'यह लो, पिछले महीने का वेतन, पूरे 425 रुपये हैं। हां, जब तक मैं स्नान करके आता हूं, तब तक तुम चाय-पानी का प्रबंध कर देना।' पुष्पा के पिता जानते थे कि आज पहली तारीख है। उनके लिए अच्छे से अच्छा चाय-पानी का प्रबंध होगा। फिर भी उन्होंने यूं ही कह दिया और स्नान की तैयारी करने लगे।

पुष्पा के पिता चले गए तो उसकी मां अंगुलियों में थूक लगाकर वहीं खड़ी-खड़ी बहुत ध्यान से एक-एक नोट गिनने लगी। पुष्पा बर्तन मांजते हुए गर्दन घुमाकर मां को देख रही थी। 425 रुपये। 425 रुपये तो मुंबई जाने के लिए बहुत होते हैं। परंतु ये उसके अपने नहीं थे, पिताजी की महीने-भर की कमाई के थे। भला वह इन्हें कैसे मांग या प्राप्त कर सकती थी?

मां ने पूरे रुपये गिने। संतुष्ट हो गई। हल्के से गुनगुनाती-मुस्कराती वह रसोई से बाहर निकली। उसने सामने लकड़ी की अलमारी खोली। पुष्पा अनिच्छुक होकर भी मां को द्वार के बीच से देखती रही। मां ने लापरवाही से अलमारी का सेफ खोला। रुपये रखे, फिर सेफ बंद करने के बाद सेफ की चाबी वहीं एक किनारे कपड़ों के ऊपर डाल दी। वह सदैव ऐसा ही करती थी। घर में कोई नौकर-चाकर था नहीं, इसलिए डर भी किसका होता? अलमारी उसने बंद कर दी और फिर पिताजी के लिए खाने की तैयारी करने लगी।

परंतु पुष्पा का मन अब बर्तन धोने के बजाय अलमारी की ओर ही लगा था, जिधर रह-रहकर उसकी दृष्टि बिना अधिकार ही उठ जाती थी। यह उसके दिल का दोष था या आंखों का, वह समझ नहीं सकी। ऐसा लगता था, मानो अलमारी में उसके मन और मस्तिष्क दोनों के

लिए चुंबक लगा हुआ था। 425...425...425। बार-बार इस धनराशि की गिनती पुष्पा मन में अपने-आप दोहरा जाती थी। तब उसने अपने आप पर बहुत काबू किया।

उस रात खाना खाने के बाद जब पुष्पा पलंग पर लेटी, तो उसकी आंखों के सामने फिर पिता के वेतन की नोटों भरी गड्डियां घूमने लगीं। उसने अपने-आपको इस विचार से बहुत दूर रखना चाहा, परंतु ऐसा लगता था, मानो नोटों की अलमारी उसे अपनी ओर बुला रही है। फिर भी वह हर क्षण स्वयं पर काबू करने का प्रयत्न करती हुई करवट बदलती रही। परंतु इसके साथ उसकी सखियों की बातें भी उसके कानों में गूंजकर उसके इरादे को उत्तेजित करने लगीं—

फिल्म अभिनेत्री बनने के लिए शिक्षा की कोई आवश्यकता नहीं है।' कभी एक सखी ने कहा था।

'हां, फिल्म अभिनेत्री बनने के लिए वास्तव में शिक्षा की क्या आवश्यकता है? वहां तो केवल सुंदरता और अभिनय से काम चलता है।' पुष्पा इस समय अपनी सखी की बातों से पूर्णतया सहमत थी। उसने दूसरी ओर करवट बदली। सामने एक छोटी-सी शृंगार मेज थी। रात का गहरा नीला प्रकाश था, फिर भी पुष्पा को उसके अंदर एक छाया दिखाई पड़ी। पुष्पा तब भी उसे पहचान गई। यह उसकी वही नई सहेली थी, जिसने कभी कॉलेज के ब्रेक में उससे कहा था, 'मैं तो तुझे यही राय दूंगी कि शिक्षा-विक्षा छोड़ और तुरंत मुंबई निकल जा। यदि तेरे घरवाले अभी तुझे नहीं जाने देते हैं तो तू घर से भाग जा।'

घर से भाग जा।

घर से भाग जा।

घर से भाग जा।

पुष्पा के कानों में यह स्वर बार-बार गूंजने लगा। उसको अपनी सखी का हमख्याल बनकर सोचना पड़ा, ऐसा न हो कि समय हाथ से निकल जाए और फिर वह फिल्म निर्माता किसी और को अपनी फिल्म की अभिनेत्री बना ले! पुष्पा तुरंत उठकर बैठ गई।

'और मां? उसकी सौगंध?' उसने मानो दर्पण में खड़ी लड़की से मन-ही- मन पूछा।

'अरे मूर्ख...।' तभी दर्पण में दूसरी सखी आ खड़ी हुई, जिसने बड़ी लापरवाही से उसी दिन उससे कहा था, 'यह सब बेटी को फिल्मों में न भेजने का एक ढकोसला है।'

ढकोसला? पुष्पा ने सोचा—मां ने उसे अपनी जान देने की धमकी दी है, सौगंध नहीं दी है। उसने धमकी तथा सौगंध में अंतर ढूंढा। अंतर मिला—बहुत बड़ा, तो उसे बड़ा संतोष भी मिला। मानव जिस बात का पक्ष लेकर अपने मतानुसार सोचता है, तो उससे सहमत हो ही जाता है। मानव की यही सबसे बड़ी कमजोरी है और फिल्म जगत में जाने के दीवानेपन ने पुष्पा को तुरंत इस कमजोरी का शिकार बना लिया।

पुष्पा ने अपनी दोनों हथेलियों को देखा। एक-दूसरे पर रखकर मसला भी। खुरदरापन। यह खुरदरापन बढ़ता ही जाएगा, जितना वह घर के काम-काज में हाथ बंटाएगी। उसकी उभरती सुंदरता भी और उभरने के बजाय एक दिन स्थिर होकर रह जाएगी। फिर कम भी हो जाएगी। इन वास्तविकताओं के पश्चात् उसने अपनी सखियों की राय से किनारा करना चाहा। चाहा कि मां की धमकी की लाज रख ले। परंतु जिस प्रकार प्यार का भूत सिर पर चढ़कर बोलता है, उसी प्रकार फिल्म में जाने का दीवानापन भी मानव की बुद्धि मार देता है।

आखिर उसकी सखियों की राय के आगे मां की धमकी दब ही गई। बुराई की जीत सदैव आसानी से हुई है। अब नहीं तो कभी नहीं। यही अवसर है उसके लिए अभिनेत्री बनने के लिए घर से भाग निकलने का। वह अभिनेत्री बन गई तो सब ठीक हो जाएगा, उसके माता-पिता निश्चय ही उस पर गर्व करने लगेंगे। तब भी एक नए संसार में जाने के विचार से उसका दिल बहुत जोर से धड़कने लगा। वह खड़ी हुई तो उसका सारा शरीर कांपने लगा। पसीने से वह तर होने लगी।

आज वह अपने जीवन का सबसे बड़ा जुआ खेलने के लिए निकलने वाली थी। उसने साहस एकत्र किया। दबे पगों शयनकक्ष में पहुंची। अपने विचारों में तल्लीन रहकर स्वयं से लड़ते हुए उसे रात के डेढ़ बज चुके थे। माता-पिता एक-दूसरे से चारपाई सटाए बड़ी गहरी निद्रा में थे। पुष्पा ने तब भी पूरी आहट ली। फिर उनके सिरहाने की ओर दीवार से सटकर अलमारी के पास पहुंच गई। उसने एक गहरी परंतु दबी सांस ली। फिर कांपते हाथों से बहुत संभलकर बिना किसी स्वर के उसने अलमारी का द्वार खोला। शरीर और भी अधिक बुरी तरह से कांपने लगा। पैर लड़खड़ाने लगे, इस प्रकार, मानो वह तुरंत ही वहीं गश खाकर गिर पड़ेगी।

उसका शरीर पसीने से इस प्रकार तर हो गया कि बूंदें फर्श पर टपकने लगीं। उसने एक बार फिर साहस एकत्र किया। माता-पिता को देखा। दोनों नींद के जाने किन सपनों में खोए हुए थे। पुष्पा ने रात की नीली बत्ती के प्रकाश में सेफ की चाबी सेफर की ऊपर वाली ताक पर टटोली। चाबी कपड़ों के ऊपर एक किनारे रखी थी। बिना किसी आहट के उसके हाथ आ गई। तब ही मां ने एक जोरदार उछाई ली। पुष्पा की सांस जहां-की-तहां अटक गई। ऐसा लगा, मानो पकड़ी गई, तो दम स्वयं ही निकल जाएगा। बहुत हल्के से उसने सहमकर गर्दन घुमाते हुए मां को देखा। मां ने उछाई अवश्य ली थी, परंतु गहरी नींद के कारण उसकी आंखें नहीं खुली थीं। उसने दूसरी करवट बदली और पहले के समान फिर निश्चिंत होकर सो गई।

पुष्पा ने चैन की सांस ली। वह बाल-बाल बच गई थी। क्षण-भर वह उसी प्रकार खड़ी रही। फिर उसने सेफ खोला, वेतन की पूरी गड्डी सामने ही रखी थी। गड्डी को देखकर वह सोच में पड़ गई। कल सुबह-सुबह दूधवाला अपने पिछले मास का पूरा पैसा लेने आएगा। लगभग हर मास की दो तारीख को उसे उसके पिछले मास के उधार बिदे गए दूध के पूरे पैसे मिल जाते हैं, नौ बजे सब्जीवाली आएगी तो वह अपना हिसाब अलग मांगेगी। फिर शाम को

बनिये को उसके पैसे नहीं मिले तो वह भी आ धमकेगा। इसके अतिरिक्त कुछ ऐसे लोग भी हैं, जिनसे उसके पिता ने आज के वचन पर लौटाने के लिए कुछ रुपये उधार ले रखे हैं। आखिर इन सबका क्या होगा? कहां से इन सबको देने के लिए उसके पिताजी रुपयों का और अधिक प्रबंध करेंगे? दफ्तर से 'लोन' यूं भी पहले ही ले रखा है।

आखिर पुष्पा एक कमसिन लड़की ही तो थी। पहली चोरी थी वह उसकी। उसका मन हुआ, वह सेफ बंद कर दे और फिर चुपचाप अपने पलंग पर जा लेटे, परंतु फिल्मी शैतान उसके सिर पर चढ़ता ही जा रहा था। अनजाने में उसके हाथ सेफ के अंदर बढ़े और फिर एक ही झटके में उसने सारे नोटों की गड्डी समेट ली। उसने हाथ सेफ से बाहर निकाला तो उसकी दृष्टि अचानक सेफ के नीचे कोने में पड़ गई। थोड़े-बहुत सोने-चांदी के गहने थे ये, जो सेफ के अंधकार में चमक रहे थे। कुछ जेवर मां विवाह के समय अपने ससुराल से लाई थी, कुछ उसने बड़ी कठिनाई से पैसे जोड़-जोड़कर एकत्र किए थे। पुष्पा सयानी हो चली थी। बी.ए. के बाद उसका विवाह करके वह दहेज में ये सारे गहने अपनी बेटी को दे देना चाहती थी। मां ने उसे यह बात एक नहीं अनेक बार स्वयं बताई थी।

इन गहनों को वह बहुत ध्यान से देखती रही। देखते-देखते क्षण-भर के लिए वह एक काल्पनिक संसार में खो गई। इन गहरों द्वारा वह एक साधारण-सी दुल्हन बनी है। शरीर पर कोई बहुमूल्य साड़ी नहीं है। माथे पर बिंदिया, आंखों में काजल, गालों पर लाली, होंठों पर सुर्खी, हाथों तथा पैरों में मेंहदी। फिर भी उसकी सुंदरता उभरने के बजाय दबकर रह गई।

फिर बारात बड़ी धूमधाम से घर आ पहुंची। रीति-रिवाज के बाद दूल्हा घोड़ी से उतरा। अत्यंत घना सेहरा पहने वह जयमाला के लिए आगे बढ़ा। पुष्पा जयलामा लिए अपने अरमानों की एक लाश बनी खड़ी थी। दूल्हा को दुल्हन की ओर बढ़ता देखकर अचानक सारे अतिथियों में यह सूचना जंगली आग समान फैल गई, 'दूल्हा लंगड़ा है।'

किसी ने कहा, 'पैंट के अंदर उसकी एक टांग लकड़ी की है।'

कहने वालों की कमी नहीं थी। एक अतिथि ने सूचना फैलाई, 'लड़का काना भी है।'

'सिर से बिलकुल गंजा है। बूढ़ा भी बहुत है।'

'मुखड़े पर चेचक के दाग हैं, इसलिए तो घना सेहरा मुखड़े पर डाले हुए है।'

पुष्पा के कानों में उसकी सखियों द्वारा ये सूचनाएं पहुंची, तो उसके शरीर में आग लग गई। क्या उसके जीवन, उसकी सुंदरता, उसके यौवन का यही मूल्य है? सोने और चांदी के गिने-चुने गहनों के साथ उसे एक अपाहिज के हाथ बेच दिया जाए? रंग-रूप के कारण किसी अच्छे घरवाले ने उसे स्वीकार भी कर लिया तो बाद में अधिक दहेज न लाने पर उसे सास-ससुर या पति ही ताना दे-देकर मार डालेंगे। दहेज का लेन-देन कानून ने बंद कर दिया है, परंतु कौन इसकी चिंता करता है? आए दिन तो समाचारपत्रों में गहनों के पीछे गरीब अबलाओं को सताए जाने या उनकी हत्या करने का समाचार पढ़ने को मिलता ही रहता है। लड़की के माता-

पिता भी अपनी बेटी के लिए कानून से छिपकर अधिक-से-अधिक दहेज देने पर विवश रहते ही हैं।

पुष्पा ने सोचा, क्यों न अपने नाम पर सुरक्षित इन गहनों का उपयोग वह अपने ढंग से करे? कहते हैं, मुंबई बहुत बड़ा शहर है। अपनी शान स्थिर रखने के लिए वहां जितने भी पैसे खर्च किए जाएं, वे कम हैं। और मुंबई की शान ही धन पर निर्भर करती है, चाहे वह कृत्रिम ही क्यों न हो।

अब फिल्मी शैतान पुष्पा के सिर पर पूर्णतया सवार हो चुका था। उसकी बुद्धि खो गई थी। कान के पर्दे सुन्न पड़ गए थे। मां की सौगंध का उसे जरा भी ध्यान नहीं आया। मां ने उसे अपनी जान की सौगंध दी ही कब थी? वह तो एक धमकी थी–केवल धमकी। पुष्पा के मतानुसार यह कितनी संतोषजनक बात थी! उसकी आंखों के पर्दे पर इस समय केवल फिल्म जगत की चमक-दमक थिरक रही थी। उसने हाथ बढ़ाकर एक-एक कर सब गहने समेट लिए–बिना किसी आहट के। बिना किसी आहट के ही उसने सेफ भी बंद कर दिया। लॉक करने की आवश्यकता नहीं समझी और चाबी ऊपर ही कपड़ों पर डाल दी। उसके बाद उसने अलमारी का द्वार बंद कर दिया। माता-पिता की निद्रा की आहट ली और फिर दबे पांवों वह अपने कमरे में चली आई।

उसने संतोष की एक ठंडी सांस ली। शरीर का पसीना पोंछा। जैसे-तैसे जल्दी-जल्दी साड़ी पहनी। एक सूटकेस में कुछेक आवश्यकता के कपड़े रखे। कोने में पैसे और गहने डाल दिए। निर्माता का कार्ड संभालकर रख लिया। फिर घड़ी देखी, रात के तीन बजना चाहते थे। मुंबई के लिए गाड़ी जाने का समय साढ़े चार बजे था। रात के तीन बजे वह अकेली घर से निकल भी नहीं सकती थी। सूटकेस को उसके पहले स्थान रखकर वह अपने पलंग पर लेट गई और बार-बार घड़ी देखने लगी। अगले दिन छुट्टी थी, इसलिए उसके माता-पिता का देर तक सोना स्वाभाविक था। हर छुट्टी के दिनों में ऐसा ही होता था। दिल अब भी धड़क रहा था। कहीं वह पकड़ी न जाए। एक-एक घड़ी वह गिन-गिनकर बिताती रही। लेटने के बाद आंख बंद हो जाना चाहती थीं, परंतु वह जागती रही, कभी करवट बदलकर तो कभी बैठकर।

किसी प्रकार चार बजने को आए। उसने अपना सूटकेस उठाया और दबे पांव बाहर निकल गई। पौ फटने में अभी बहुत देर थी। अंधकार मजे का था, फिर भी उजाले से मिलकर शीघ्र विदा हो जाना चाहता था। सुबह के विचार से पुष्पा के अकेलेपन का साहस बंधा, क्योंकि कुछ ही देर पर अगली चौम्हानी थी, जहां से थोड़ी-थोड़ी देर बाद ट्रक, कार, तांगा, एक्का निकलते हुए चौम्हानी के प्रकाश में स्पष्ट दिखाई पड़ जाते थे। पुष्पा ने सूटकेस नीचे रखने के बाद द्वार बंद कर दिया, यूं ही पलड़े भरकर बहुत आहिस्ता से। फिर अपना सूटकेस उठाकर वह चौम्हानी की ओर बहुत तेज पगों से बढ़ गई। घर छोड़ते हुए उसे दुःख हो रहा था,

परंतु इतना नहीं, जितना उसे फिल्म अभिनेत्री बनने की प्रसन्नता थी। वह फिल्म अभिनेत्री बन जाएगी, तो सब कुछ ठीक हो जाएगा।

चौम्हानी पर पहुंचकर उसने देखा, अधिकांश तांगे, एक्के या रिक्शों में सवारियों के साथ यात्रा का सामान भी लदा है—अर्थात् सभी यात्री स्टेशन को जा रहे थे। संयोगवश उसे इन्हीं रिक्शावालों के मध्य एक खाली रिक्शा मिल गई। रिक्शावाले ने उसे तथा उसके हाथ में सूटकेस देखकर बड़ी आशा से अपनी रिक्शा धीमी कर दी। शायद वह मुंबई के लिए आने वाली गाड़ी की सवारी लेने स्टेशन ही जा रहा था। पुष्पा ने उसे रोका। फिर उस पर बैठने के बाद रुआब से बोली, 'स्टेशन चलो।'

* * *

रेलगाड़ी अपनी पूरी गति के साथ चली जा रही थी। सुबह हुए देर हो चुकी थी। जनाना डिब्बा था। खिड़की के समीप बैठी पुष्पा बाहर के चलते-फिरते संसार में खोई हुई थी। घर से भागने को तो वह भाग आई थी, परंतु जब कभी किसी स्टेशन पर गाड़ी रुकती तो उसका मन कहता कि घर से भागकर उसने अच्छा नहीं किया। वह गाड़ी से उतर जाए और अपने घर वापस चली जाए, अभी भी कुछ नहीं बिगड़ा है। वह बहुत खामोश थी, चिंतित भी थी—परेशान भी। डिब्बे में अनेक स्त्रियां और भी यात्रा कर रही थीं, परंतु उसके समीप एक बूढ़ी बैठी थी। फिर उसके शारीरिक खंडहर बता रहे थे कि कभी जवानी में यह इमारत बहुत सुंदर रही होगी। थोड़ी-थोड़ी देर पर वह अपने पान का डिब्बा खोलती, गिलोरी मुंह में डालती और चबाने लगती थी, परंतु कनखियों से वह बार-बार पुष्पा को देखे बिना नहीं रह पाती थी, इस प्रकार मानो उसकी परेशानी का कारण समझने का प्रयत्न कर रही हो। किसी सीमा तक वह पुष्पा की परेशानी का कारण समझ भी गई। ट्रेन की यात्रा में जब कुछ यात्री एक ही डिब्बे में यात्रा कर रहे हों, तो बातों का सिलसिला अपने-आप ही आरंभ हो जाता है।

कुछ देर बाद उस बूढ़ी ने अपने पान का डिब्बा फिर खोला, एक गिलोरी निकाली, फिर पुष्पा की ओर बढ़ाते हुए पूछा, 'लो बेटी, पान खाओगी?'

'जी नहीं, धन्यवाद।' पुष्पा ने मुस्कराने का प्रयत्न करते हुए कहा।

वृद्धा ने पान की गिलोरी अपने मुंह में डाल ली। कुछ देर होंठों द्वारा जुगाली करती रही, फिर पान की पीक खिड़की द्वारा थूकने के बाद वह पुष्पा से संबोधित होती हुई बोली, 'तुम कहां जा रही हो? मुंबई?' बूढ़ी स्त्री ने पुष्पा की जवानी, सुंदरता, परेशानी तथा उसके मुखड़े पर छाई रहने वाली खामोशी द्वारा अनुमान लगाया था। जवान लड़कियां मुंबई के फिल्मी संसार से प्रभावित होकर जब घर से अकेली भागती हैं, तो उन पर कुछ ऐसा ही प्रभाव दिखाई देता है।

'जी हां।' पुष्पा ने मुस्कराने का प्रयत्न करते हुए छोटा-सा उत्तर दिया।

41

'मुंबई में तुम कहां रहती हो?' वृद्धा ने फिर पूछा, बातों का सिलसिला बढ़ाने के लिए।

'मुंबई मैं पहली बार जा रही हूं।' पुष्पा के मुंह से मानो अपने आप ही भोलेपन द्वारा निकल गया।

'ओह!' वृद्धा ने कुछ समझकर अंदाजा लगाते हुए मन-ही-मन आंखें नचाईं। पान चबाने के बहाने वह कुछ सोचती रही। फिर उसने पीक खिड़की द्वारा बाहर थूकी।

उसके बार-बार पान के थूकने से पुष्पा को मितली-सी आ गई थी। चाहा कि मना कर दे, परंतु फिर वह चुप ही रही, ट्रेन के अंदर पान खाना मना नहीं है।

'मुंबई की तो मैं भी रहने वाली हूं।' वृद्धा ने कहा, 'तुम मुंबई में कहां ठहरोगी?'

'किसी भी होटल में ठहर जाऊंगी।' पुष्पा ने कहा, 'उसके बाद ही अपने मिलने वाले से मिलने निकलूंगी।'

'मुंबई के होटल बहुत महंगे हैं। तुम चाहो तो मेरे यहां ठहर सकती हो।' वृद्धा ने उसे उत्साह दिया। बोली, 'मेरे पति एक बहुत बड़े व्यापारी हैं। अधिकांश शहर से बाहर रहते हैं। आजकल भी कोलकाता गए हुए हैं, घर में जवान-जवान बेटियां हैं, बिलकुल तुम्हारी तरह ही सुंदर। हमारे यहां ठहरोगी तो दिल बहल जाएगा।'

'जी नहीं, धन्यवाद।' पुष्पा ने स्पष्ट इनकार किया, 'मुझे इसकी आवश्यकता नहीं पड़ेगी।' पुष्पा को अपने भविष्य पर कितना अधिक विश्वास था।

'फिर भी यह कार्ड अपने पास रख लो।' वृद्धा ने अपने पर्स से अपना परिचय कार्ड निकालते हुए पुष्पा की ओर बढ़ाया। बोली, 'तुम परदेश में आई हो। क्या जाने कब किस बात की आवश्यकता पड़ जाए। आखिर मानव ही मानव के काम आता है।'

पुष्पा ने अनिच्छुक होकर कार्ड ले लिया। कार्ड लेने में हर्ज ही क्या था? उसने इसे अपने 'हैंडबैग' में डाल लिया।

फिर जब तक यात्रा चलती रही, वृद्धा तथा पुष्पा में खूब बातें होती रहीं। वृद्धा पुष्पा के विषय में मानो सब कुछ जान लेना चाहती थी–वह किस शहर से आई है, क्यों मुंबई जा रही है, कितनी पढ़ी-लिखी है, क्या-क्या शौक हैं। पुष्पा वृद्धा से हर प्रकार से घुल-मिलकर बातें करती रही, परंतु अपनी वास्तविकता उसने वृद्धा के आगे जरा भी नहीं खोली। खोल देती तो यह वृद्धा उसका मजाक बना सकती थी, उसके घर तार भेजकर उसके इरादों पर पानी फेर सकती थी। पुष्पा को वृद्धा पर कुछ ऐसा ही संदेह हुआ।

यात्रा समाप्त होने को आई। दादर स्टेशन आ गया। वृद्धा ने कुली द्वारा अपना सामान उतरवाया। फिर एक ओर चलते-चलते पुष्पा से बोली, 'एक बार हमारी कोठी अवश्य आना। मेरी लड़कियां तुमसे मिलकर बहुत प्रसन्न होंगी, अच्छा, बाई-बाई।' वृद्धा चली गई।

'कोठी?' पुष्पा ने सोचा, निश्चय ही यह स्त्री किसी ऊंचे तथा रईस खानदान की है। इसके पश्चात् उस वृद्धा के चले जाते ही पुष्पा ने चैन की सांस ली। अपनी बातों द्वारा तो उस वृद्धा ने

उसकी नाक में दम कर रखा था। वह भी अपना साधारण-सा सामान ठीक करने लगी। उसे ज्ञात हो चुका था कि इसके बाद अब सीधा बी.टी. आएगा—मुंबई का इस लाइन पर अंतिम स्टेशन। सामान ठीक करने के बाद उसने अपने बालों पर कंघी फेरी। स्नान करने का विचार वह होटल में ठहरने के बाद रखती थी।

गाड़ी बी.टी. स्टेशन में प्रविष्ट हुई। स्टेशन पर बहुत ऊंची छत थी—टिन की। ऐसा लगता था, मानो यह हवाई जहाज ठहराने का बहुत बड़ा गैरेज है। गाड़ी छत के नीचे चलती ही चली गई। कुछ दूर जाने के बाद गाड़ी रुक गई। अनेक गाड़ियां पहले से ही इधर-उधर पटरी पर खड़ी हुई थीं। पुष्पा ने अपना हैंडबैग संभाला, फिर सूटकेस उठाया और प्लेटफार्म पर उतर गई। जिधर यात्री जा रहे थे, उनके पीछे वह भी चल पड़ी। रुककर यदि वह अपनी बौखलाहट का प्रदर्शन करती तो उसे अजनबी जानकर कोई भी आ सकता था। मुंबई के स्टेशनों पर नए यात्रियों को ठगने वालों के विषय में उसने अनेक कहानियां पढ़ी थीं।

अन्य यात्रियों के आगे-पीछे उसने अपना टिकट टी.सी. को दिया, फिर आगे बढ़ी। स्टेशन का अहाता अब तक समाप्त नहीं हुआ था। लंबा-चौड़ा तथा चिकना फर्श चारों ओर था, जिसके ऊपर अब भी छत थी। यहां यात्रियों की भीड़ का मानो बहुत बड़ा मेला लगा हुआ था, क्योंकि टी.सी. के अनेक गेट थे। गिने-चुने टी.सी. इतने सारे यात्रियों का टिकट एकत्र कर ही नहीं सकते। इतनी सारी भीड़। पुष्पा ने देखा तो हताश हो गई। इतनी भीड़ तो उसके शहर के किसी मेले में भी दिखाई नहीं पड़ती। जब स्टेशन पर ऐसी स्थिति है तो शहर में क्या होगी? उसका मन किया, वह वापस लौट जाए। यहां आने का कष्ट तथा पाप उसने व्यर्थ ही मोल लिया। पता नहीं उसके घर पर इस समय क्या बीत रही होगी? मां ने निश्चय ही आत्महत्या नहीं की होगी, क्योंकि उसने उसे फिल्म जगत में न जाने की केवल धमकी दी थी। मां को अपने पति के लिए जीना भी है—जीना पड़ता है, जैसा कि उसकी एक सहेली ने कहा था, समझाया था तथा अपने विचारों से सहमत भी किया था। उसके पिताजी भी मां को समझाते-समझाते थक गए होंगे।

पुष्पा का दिल घर की याद से घबराने लगा, तो उसने अपने घर वापस जाने का पक्का इरादा कर लिया। वह रेलवे टाइम टेबल चार्ट की ओर बढ़ी। उसके शहर वापस जाने के लिए अब केवल एक ही ट्रेन थी और वह भी शाम के समय। अब? अचानक उसकी चिंताजनक दृष्टि कुछ दूर दीवार के ऊंचे भागों में पड़ी। कांच के बड़े-बड़े भागों में अनेक फिल्मी तथा गैर फिल्मी पोस्टर्स लगे हुए थे। फिल्मी पोस्टर्स के पीछे मरकरी बल्ब या ट्यूब लाइट्स जगमगा रही थीं, जिनमें ये पोस्टर्स इतने सुंदर, सजीले तथा चमकदार लग रहे थे, मानो कलाकार स्वयं अपने शरीर सहित पूरे जीते-जागते रूप में सामने खड़े हों। पुष्पा देखती ही रह गई। ऐसा लगता था, मानो सारे-के-सारे कलाकार उसका और केवल उसी का स्वागत कर रहे हों।

उसने सोचा, जब वह इतनी दूर आई है, तो निर्माता ज्ञानेंद्र सेठी से भी मिलती जाए, इतनी कठिनाई के बाद मंजिल के द्वार तक पहुंचकर वापस लौटना महामूर्खता है। शाम से पहले वह एक बार तो ज्ञानेंद्र सेठी से भेंट कर ही सकती थी। उसकी आशाओं में चमक उत्पन्न हुई। इरादों को भी बल मिला। उसने दीवार पर इधर-उधर फिर दृष्टि दौड़ाई, जहां होटलों के प्रचार के पोस्टर लगे हुए थे। वह सोचने लगी, कौन-सा होटल साधारण होने के साथ अच्छा भी हो सकता है? तभी होटलों के अनेक कमीशन एजेंटों ने उसे घेर लिया। सभी अपने-अपने होटलों की प्रशंसा करने लगे।

'हमारा होटल बी.टी. के बिलकुल समीप है।' एक कमीशन एजेंट ने उसकी ओर अपने होटल का कार्ड बढ़ाते हुए कहा, 'वहां आस-पास आपको शॉपिंग के लिए सारी वस्तुएं मिल जाएंगी।'

'आप हमारे होटल में चलने को मंगता।' दूसरे कमीशन एजेंट ने उसकी ओर अपना कार्ड बढ़ाते हुए अपनी विशेष मुंबइया भाषा में कहा, 'आपको उधर में फस्ट किलास कमरा मिलेगा—अटैच्ड बाथरूम भी होएंगा। वेजीटेरियन, नॉन-वेजीटेरियन, दोनों ही खाना मिलता है। आर्डर देने पर कांटिनेंटल भी मिल जाएंगा।'

कांटिनेंटल! यह क्या बला है? पुष्पा कुछ समझी नहीं। इस टाइप के खानों का नाम उसने सुना था, परंतु खाया कभी नहीं था।

'मद्रासी खाना पसंद हो तो हमारे होटल में ठहरो जी।' एक मद्रासी एजेंट ने कहा, 'बाथरूम अवश्य कॉमन है, परंतु कमरे सब अलग हैं।'

पुष्पा एजेंटों की बातें सुनकर घबरा गई। अकेली लड़की थी, करती भी क्या? परंतु जब उसने स्वयं को एहसास दिलाया कि उसका सारा जीवन लखनऊ में बीता है, तो उसमें साहस आ गया। उसने सामने ऊपर लगे होटलों के बोर्ड पर पोस्टरों को देखा—ग्रीन होटल। उसने किसी और होटल को देखने की आवश्यकता नहीं समझी। अपना सूटकेस संभाले वह निकास द्वार की ओर बढ़ गई। अपने शहर से यहां तक इतनी लंबी यात्रा अकेले करते-करते उसका साहस यूं भी प्रबल हो चुका था। वह स्टेशन से बाहर निकली तो मानो टैक्सियों की प्रदर्शनी लगी हुई थी। पुष्पा ने साहस का साथ नहीं छोड़ा। अपने मस्तिष्क पर वह ग्रीन होटल का पता लिख चुकी थी। वह एक टैक्सी की ओर बढ़ी। फिर टैक्सीवाले को आज्ञा देकर ग्रीन होटल की ओर बढ़ गई।

नहाने-धोने तथा हल्का नाश्ता करने के बाद पुष्पा ने अपने सारे गहने तथा रुपये अपने हैंडबैग में ठूंसे। इन्हें यहां होटल में छोड़कर वह किसी प्रकार का रिस्क नहीं लेना चाहती थी। यही तो मुंबई में साथ देने की उसकी सारी पूंजी थी। वह निर्माता-निर्देशक ज्ञानेंद्र सेठी के वातानुकूलित दफ्तर पहुंची। वहां के एक बाबू से पता चला कि यहां से 40 किलोमीटर दूर ज्ञानेंद्र सेठी अपनी फिल्म की शूटिंग में व्यस्त हैं। वह शाम को ही दफ्तर लौटेंगे। कुछ मिनटों

के लिए अवश्य कागजात देखेंगे, फिर फिल्म की डबिंग के लिए कर्मचारियों के साथ चले जाएंगे।

पुष्पा की जान-में-जान आई, यदि वह असफल हुई तो आज न सही, कल शाम वाली गाड़ी से ही अपने घर लौट जाएगी। एक दिन में क्या अंतर पड़ता है? वहीं दफ्तर में बैठकर वह ज्ञानेंद्र सेठी की प्रतीक्षा करने लगी। किसी ने उसे मना भी नहीं किया, निर्माता-निर्देशक का कार्ड दिखाकर वह सबको बता चुकी थी कि उसे ज्ञानेंद्र सेठी ने ही यहां बुलाया है। मुंबई का जीवन बहुत व्यस्त होता है। उधर निर्माता अपनी शूटिंग में लगा रहा, ताकि सूर्य डूबने से पहले वाले सारे शॉट्स ले लिए जाएं और इधर पुष्पा उसकी प्रतीक्षा में बैठी-बैठी थक गई। उसे चाय पीने को केवल उसी समय मिली, जब दफ्तर में काम करने वालों के लिए चाय आई। उसके लिए यह बहुत कम था, इसलिए उसने एक बार स्टूडियो की कैंटीन में जाकर जमके खाना खा लिया।

शाम डूब गई तो निर्माता-निर्देशक सेठी दफ्तर में पधारे। साथ में उनका सैक्रेटरी तथा कुछेक अन्य लोग भी थे। पुष्पा ने निर्माता-निर्देशक सेठी को देखा तो तुरंत खड़ी हो गई। हाथ जोड़कर नमस्ते भी की, परंतु निर्माता-निर्देशक महोदय ने उसकी नमस्ते का उत्तर देना तो दूर, उसे दृष्टि द्वारा देखकर पहचाना भी नहीं। पुष्पा के दिल को बड़ा भारी धक्का लगा। निर्माता अपने आदमियों के साथ अंदर वाले दफ्तर में चला गया। द्वार बंद हो गया तो अंदर की एक भी बात पुष्पा को सुनाई नहीं पड़ी।

कुछ क्षण वह उसी प्रकार चुपचाप तथा निराश बैठी रही, फिर सब्र नहीं हो सका तो उसने एक कागज पर अपना नाम और पता लिखकर एक बाबू से विनम्र निवेदन किया कि इसे ज्ञानेंद्र सेठी को दिखा दो, बाबू को पुष्पा पर दया आ गई। ऐसी-ऐसी लड़कियां इन निर्माताओं से मिलकर कोई भी काम प्राप्त करने बेगिनती आया करती थीं, जिन्हें बाबू अंदर बिठाने से पहले ही भगा दिया करता था, परंतु पुष्पा का मुखड़ा इतना दयनीय बन चुका था कि उसका उस पर दया खाना स्वाभाविक था। इसके अतिरिक्त पुष्पा के कहने के अनुसार ज्ञानेंद्र सेठी ने ही उसे बुलाया था। प्रमाण के लिए पुष्पा के पास ज्ञानेंद्र सेठी का कार्ड भी था।

बाबू कागज का टुकड़ा लेकर अंदर गया, परंतु वापस आ गया। उसका मुखड़ा उतरा ही नहीं था, बल्कि वह क्रोधित भी था—पुष्पा पर। पुष्पा का पर्चा वापस करते हुए उसने मानो पुष्पा पर क्रोध उतारा। बोला, 'साहब आज किसी से नहीं मिल सकते।'

'उन्होंने पर्चे पर मेरा नाम पढ़ा था?' पुष्पा ने टूटे दिल से पूछा।

'वह पर्चे पर किसी का नाम नहीं पढ़ते।' बाबू ने कहा, 'उल्टे तुम्हारे कारण मुझे डांट सुननी पड़ गई। अब तुम दफ्तर में कभी मत आना।'

पुष्पा की आंखें छलक आईं। मानव इतना जल्दी बदल जाता है, वह कभी सोच भी नहीं सकती थी। उसने कलाई पर बंधी घड़ी देखी। गाड़ी का समय निकल चुका था, वरना वह तुरंत

ही मुंबई छोड़कर चली जाती। उसने अपना पर्स संभाला। उठी, दफ्तर से बाहर निकली। अपने आंसू पोंछे, परंतु दफ्तर के द्वार पर से नहीं हटी। ज्ञानेंद्र सेठी कभी तो दफ्तर से निकलेगा ही, और तब वह उसके समाने खड़ी होकर जबरदस्ती उसे अपना परिचय दे देगी। यदि अभिनेत्री नहीं बनाना था तो बहलावा देकर मुंबई आने की दावत क्यों दी?

खड़े-खड़े वह थक गई। लगभग सभी दफ्तर अपने समय से बंद हो चुके थे, परंतु ज्ञानेंद्र सेठी की यह फिल्म शीघ्र ही समाप्ति के बाद रिलीज होने वाली थी, इसलिए उसका देर तक काम करना स्वाभाविक था। काफी देर बाद ज्ञानेंद्र सेठी दफ्तर से बाहर निकला। तब भी वह मानो बहुत जल्दी में था। उसने आगे बढ़ जाना चाहा कि तभी पुष्पा उसका रास्ता रोककर खड़ी हो गई। ज्ञानेंद्र सेठी के पीछे और भी कर्मचारी थे। एक ने क्रोध में आगे बढ़कर पूछा, 'ऐ लड़की, क्या चाहती है?'

'मुझे नहीं पहचाना आपने सेठजी?' दफ्तर के द्वार के सामने मरकरी लैंप जल रहा था। पुष्पा ने अपना मुखड़ा उसे प्रकाश में पूर्णतया दिखाते हुए कहा।

'मैं तुम्हें नहीं जानता। कौन हो तुम?' ज्ञानेंद्र सेठी ने पूछा।

'अरे होगी कोई ब्लैकमेल करने वाली।' निर्माता के एक चमचे ने तुक्का मारा।

'अरे ओ निर्माता के चमचे!' पुष्पा ने अपनी लंबी नाखूनदार अंगुलियों को बिल्ली-समान पंजा बनाकर दांत पीसते हुए कहा, 'यदि इस बार ऐसी बात की तो तेरे गाल की एक-एक बोटी नोंच डालूंगी।'

'आखिर तुम चाहती क्या हो?' निर्माता ने नम्रता से पूछा।

'क्या आप कॉलेज की उस अभिनेत्री पुष्पा को भूल गए, जिसका अभिनय देखने के बाद आपने उसे मुंबई आने का न्यौता दिया था, और वह भी अपने स्टूडियो के दफ्तर में?' पुष्पा ने भी नम्रता से पूछा। भावुकता के कारण उसकी आंखें छलकती-छलकती रह गईं।

'पुष्पा?' निर्माता ने जैसे उसे याद करने का प्रयत्न किया। उसे ऊपर से नीचे तक देखा।

लड़की खिलते हुए फूल समान खड़ी हुई थी—जस-की-तस। उसे तुरंत याद आया। बोला, 'हां-हां, बुलाया तो मैंने आपको अवश्य था, परंतु आपको भी मेरे पास समय लेकर ही आना चाहिए था। खैर, आज तो आपका स्क्रीन टेस्ट हो नहीं सकता, परंतु कल प्रयत्न करके देखूंगा। यहां सभी स्टूडियो दिन-रात एंगेज रहते हैं। कहां ठहरी हैं आप?'

'ग्रीन होटल में। रूम नंबर 30।' पुष्पा को आशा बंधी।

'नाम नोट कर लो।' निर्माता ने अपने सैक्रेटरी से कहा, 'और देख लेना कि यदि कोई स्टूडियो थोड़े समय के लिए भी मिल जाए, तो इन्हें स्क्रीन टेस्ट के लिए फोन द्वारा समय दे देना। फोन नंबर डायरेक्टरी में देख लेना।' फिर वह पुष्पा की ओर मुड़कर बोला, 'इस समय आपका क्या प्रोग्राम है?'

'कुछ नहीं।' पुष्पा ने कहा, 'होटल जाऊंगी, नहाऊंगी-धोऊंगी, फिर उसके बाद खाना खाकर कोई पत्रिका पढ़ते-पढ़ते सो जाऊंगी।'

'मुंबई जैसे मशीनी स्थान पर जल्दी पलंग पर लेटना यहां के जीवन का अपमान है।' निर्माता-निर्देशक सेठी ने कहा, 'हम डबिंग के लिए जा रहे हैं। चाहें तो आप भी चल सकती हैं। डबिंग के समय कुछ-न-कुछ तो सीखने को मिल ही जाएगा।'

'मेरे लिए इससे बड़ा क्या सौभाग्य होगा। मैं चलने को तैयार हूं।' पुष्पा ने तुरंत कहा। यहां उसे देखने वाला कौन था, जिससे वह लाज खाती? परदेश में इसी बात की तो स्वतंत्रता होती है। फिर लखनऊ की वह निवासी थी, इसलिए उसमें यह सब देखने की, रुचि उत्पन्न होना स्वाभाविक ही था।

दफ्तर के बाहर अनेक कार खड़ी थीं—देशी और विदेशी भी। निर्माता-निर्देशक सेठी के आदमी इधर खड़ी स्टूडियो की कारों में बैठ गए, परंतु पुष्पा का निर्माता-निर्देशक सेठी के साथ एक विदेशी कार में बैठने को मिला—अकेले—पिछली सीट पर जीवन में वह पहली बार इतनी लंबी-चौड़ी कार में बैठी थी। कार क्या थी, मानो हवाई जहाज था—वातानुकूलित। पुष्पा के ऊपर हीन भावना छा गई। कार स्टार्ट हुई तो उसे आवाज का ज्ञान ही नहीं हुआ।

कार आगे बढ़ी तो चिकनी सड़क पर इस प्रकार चलने लगी, मानो हवाई जहाज हवा में उड़ा चला जा रहा हो। शाम बीत चुकी थी। 'टू वे' ट्रैफिक हर स्थान पर था। सड़क के बीच मरकरी लैंप जगमगा रहे थे। सड़क के दोनों किनारों पर एक से बढ़कर एक जगमगाती दुकानें थीं, जिनके शोरूम में बैठी तथा खड़ी लड़कियों के मॉडल जीवित दिखाई पड़ रहे थे। पुष्पा बड़े आश्चर्य के साथ घूर-घूरकर दोनों ओर देखने लगी। ऐसी सुंदर दुकानें उसने जीवन में पहली बार देखी थीं।

फिर मैरिन ड्राइव आ गया। कार मैरिन ड्राइव की ओर वाली सड़क से बहुत तेजी के साथ भाग रही थी। बंद शीशों के अंदर पुष्पा को आभास होते देर नहीं लगी कि बाहर बहुत तेज हवा चल रही है। सूर्य अभी सागर की सतह तक भी नहीं पहुंचा था, इसलिए उसकी डूबती लालिमा में सागर की लहरें बहुत ऊंची होकर किनारे की ओर दौड़ रही थीं—दौड़कर सड़क के किनारे बनी कमर तक दो-ढाई फुट चौड़ी दीवार से टकरा रही थीं।

यद्यपि सागर की ओर इस दीवार की ऊंचाई काफी थी परंतु तब भी जब ऊंची तथा तेज लहरें दीवार से टकराती तो पानी का एक घना झोंका सड़क पर अवश्य आ जाता था। पुष्पा ने ऐसे दृश्य फिल्मों में अवश्य देखे थे, परंतु आंखों द्वारा देखने का उसका यह पहला अवसर था, जिसके कारण उसे बहुत आनंद मिल रहा था। उसने इसका संपूर्ण आनंद उठाने के लिए निर्माता से बिना पूछे ही अपनी ओर की खिड़की का शीशा नीचे गिरा दिया। निर्माता-निर्देशक

सेठी ने उसे देखा, परंतु कुछ भी नहीं कहा, वरन् अपना सिगार निकालकर सुलगाने के बाद एक गहरा कश लेने लगा।

उसने सिगार का धुआं छोड़ते हुए पुष्पा को देखा। हवा के एक ही झोंके ने उसकी काली लटें बिखेरकर उसके सफेद गालों पर छा दी थीं। ऐसा लगता था, मानो सूर्य अभी डूबा भी नहीं है और चंद्रमा बदलियों की बारात लिए बेमौसम आ धमका है–और वह भी निर्माता की कार में। आखिर सूर्य को क्रोध में आग-बबूला होकर सागर की चादर में अपना मुंह छिपा ही लेना पड़ा। सूर्य के डूबते ही मैरिन ड्राइव की जगमगाहट दोगुनी हो गई। मैरिन ड्राइव के किनारे सागर से लगी सड़क पर अनेक नवयुवक-नवयुवतियों के जोड़े निश्चिंत बैठे वातावरण का आनंद उठा रहे थे। पुष्पा भी इन सुहानी हवाओं में लगभग खो सी गई।

अचानक सागर की लहरों का एक बड़ा रेला आया। दीवार से बुरी तरह टकराया, कुछ इस प्रकार कि दीवार पर बैठी जनता तो भीग ही गई, परंतु पानी दीवार को भी पार कर गया था। एक ही झटके में पानी का झोंका निर्माता-निर्देशक सेठी की तेज भागती कार से भी टकरा गया। पुष्पा के ओर की द्वार की खिड़की खुली हुई थी। पानी अंदर तक चला आया। पुष्पा ही नहीं भीगी, निर्माता-निर्देशक भी पानी से भीगकर तर हो गया। पुष्पा ने तुरंत कार का शीशा ऊपर चढ़ा दिया और बोली, 'आई.एम. वैरी सॉरी! मुझे आशा नहीं थी कि सागर का पानी दीवार होने के पश्चात् यहां तक आ सकता है।'

'इट्स ओ.के.।' निर्माता ने लापरवाही से कहा। उसका सिगार भी पानी से भीगकर बुझ चुका था। उसने उसे कार के अंदर ऐश-ट्रे में डाल दिया। बोला, 'यहां कोई भी नई अभिनेत्री आती है तो उसकी नादानी के कारण मुझे यही दंड भोगना पड़ता है।' उसे मानो इस बात का बड़ा अनुभव था। अभिनेत्रियां! अभिनेता उसने क्यों नहीं कहा, पुष्पा ध्यान नहीं दे सकी। निर्माता ने कहा, 'खैर कोई बात नहीं। सागर पार होते ही हम कार की सारी खिड़कियां खोल देंगे तो कपड़े हवा लगते ही सूख जाएंगे। डबिंग का थोड़ा काम होना अत्यंत आवश्यक है। इसके बाद पता नहीं कब अभिनेत्री समय देगी, कोई नहीं जानता। इनके नखरे उठाते-उठाते हम निर्माताओं का दीवाला निकल जाता है।'

अभिनेत्री? अर्थात् आज किसी अभिनेत्री से उसकी भेंट होने की पूरी संभावना है। वह दिल-ही-दिल में प्रसन्न हुई। सोचा, यदि वह अभिनेत्री बन गई तो अन्य निर्माता-अभिनेत्रियों समान कम-से-कम वह निर्माता ज्ञानेंद्र सेठी को कभी परेशान नहीं करेगी। उसी के कारण तो उसे फिल्म जगत में प्रवेश मिल रहा है। उसे वह हर बात में प्राथमिकता देगी।

उसने पूछा, 'किस अभिनेत्री की डबिंग है आज?'

'रूपकुमारी की।'

'रूपकुमारी!' पुष्पा प्रसन्नता से लगभग चीख-सी पड़ी। रूपकुमारी तो उसकी 'फेवरिट' अभिनेत्री थी। रोमांचित फिल्मों में उसने सर्वप्रथम इसी अभिनेत्री की फिल्म देखी भी और

तभी से वह अभिनेत्री पुष्पा के लिए सर्वप्रथम हो गई थी। उसके बाद उसने कोई भी फिल्म उसकी नहीं छोड़ी थी। फिल्में देखने के बाद वह उसी के समान लटें संवारने का प्रयत्न करती थी। और दर्पण के सामने खड़ी होकर रात के समय छिपकर घंटों उसके अभिनय की नकल किया करती थी। वह ही क्या, रूपकुमारी के दीवानों-दीवानियों की भारत में भरमार थी। जहां कहीं भी उसकी फिल्म लगती थी, वहां ब्लैक में टिकटें बिकने के अतिरिक्त फिल्म जुबली अवश्य मनाती थी। ऐसी सफल तथा उन्नतिशील अभिनेत्री थी रूपकुमारी, जिसके नाम पर डिस्ट्रीब्यूटर्स पहले ही फिल्म बुक कर लिया करते थे। आज उसी रूपकुमारी से पुष्पा की भेंट होने की पूरी संभावना थी, इसलिए वह सोचकर प्रसन्नता से पागल हुई जा रही थी।

इसी प्रसन्नता के विचारों में जाने कब मैरिन ड्राइव निकल गया। हवाओं के घने झोंके लगने से पुष्पा तथा निर्माता के कपड़े भी सूख गए। फिर कुछ देर बाद सड़क के किनारे एक बड़ी इमारत के सामने कार रुक गई। कार के पीछे और भी कारें रुक गईं, जिनमें निर्माता-निर्देशक के व्यक्ति बैठे थे।

'आइए।' ज्ञानेंद्र सेठी ने अपनी कार का द्वार खोलते हुए कहा। फिर कार से बाहर उतर गया।

पुष्पा ने भी दूसरी ओर का द्वार खोला और बाहर निकल आई। ज्ञानेंद्र सेठी को उसके व्यक्तियों ने घेर लिया, परंतु उसने किसी की भी चिंता नहीं की। पुष्पा से बोला, 'आइए मेरे साथ।' फिर वह सामने इमारत के अंदर प्रवेश कर गया।

पुष्पा भी उसके साथ चल पड़ी। एक अज्ञात प्रसन्नता के कारण उसका दिल जोर-जोर से धड़क रहा था। इमारत के अंदर कई छोटे-छोटे सिनेमा हॉल जैसे स्टूडियोज थे, जिनके द्वारों पर नंबर लिखे हुए थे। सभी स्टूडियोज के दरवाजे बंद थे। स्पष्ट था कि अंदर काम चल रहा है। कहीं स्क्रीनिंग हो रही थी तो कहीं फिल्म का ट्रायल चल रहा था। एक स्टूडियो का द्वार खोलकर ज्ञानेंद्र सेठी भी अंदर प्रविष्ट हुआ। पीछे-पीछे पुष्पा और अन्य लोग अंदर आ गए। द्वार बंद हो गया। पुष्पा ने देखा, यह तो अच्छा-भला छोटा-सा सिनेमा हॉल है। कुर्सियां गिनी-चुनी हैं, परंतु सोफे-समान हैं, क्योंकि ये साधारण जनता के लिए नहीं, फिल्म कर्मचारियों के लिए ही थीं। सामने फिल्म दिखाने के लिए एक पर्दा था। पर्दे से पहले कुछ दूर पर सामने से कुछ हटकर एक माइक लगा हुआ था। निर्माता-निर्देशक सेठी ने अपनी कलाई पर बंधी घड़ी देखी। फिर अपने समीप खड़े एक व्यक्ति से पूछा, 'रूपकुमारी का फोन तो नहीं आया था?'

'जी नहीं।'

निर्माता-निर्देशक सेठी ने पुष्पा को एक ओर बैठने को कहा। फिर अपने आदमियों से बातें करते हुए रूपकुमारी की प्रतीक्षा करने लगा, परंतु रूपकुमारी अपने निश्चित समय पर नहीं आई। एक घंटा बीत जाने के पश्चात् भी नहीं आईं तो पुष्पा बैठे-बैठे उकता गई, सोचने लगी यदि अधिक रात हो गई तो वह इतनी दूर ग्रीन होटल कैसे जाएगी? रूपकुमारी आएंगी तो

डबिंग में समय लगेगा ही, परंतु रूपकुमारी को समीप से देखने की वह इतनी अधिक इच्छुक थी कि उसने इस समय ग्रीन होटल जाने की इच्छा छोड़ दी। यह मुंबई है। लोकल ट्रेन बंद हो जाने पर उसे टैक्सी तो अवश्य मिल सकती थी, परंतु उसके हैंडबैग में जो गहने और रुपए थे, उनकी खनकी यदि टैक्सी वाले को मिल गई तो उसकी खैर नहीं रहेगी। टैक्सी वाला बदमाश और लुटेरा भी तो हो सकता है। किसी के चेहरे पर क्या लिखा है, कौन जाने? मुंबई स्मगलरों का यूं भी सबसे बड़ा अड्डा है। उसने तय कर लिया कि वह ज्ञानेंद्र सेठी से निवेदन करेगी कि वह उसे उसके होटल छोड़ दें।

एक घंटे बाद ज्ञानेंद्र ने अनेक स्थानों पर फोन करना आरंभ किया। आखिर एक होटल में फोन द्वारा उसकी भेंट रूपकुमारी से हो गई।

'आप कब तक आ रही हैं?' ज्ञानेंद्र सेठी ने अपने क्रोध को दबाते हुए पूछा। प्रतीक्षा करते-करते वह थक चुका था। 'यहां सब आपकी प्रतीक्षा में ठहरे हुए हैं।'

'आज मैं नहीं आ सकती।' दूसरी ओर से रूपकुमारी का स्वर सुनाई पड़ा। बोली, 'आप डबिंग स्थगित करके सैक्रेटरी से डेट ले लीजिएगा।'

'लेकिन...।' ज्ञानेंद्र सेठी मन-ही-मन झल्लाकर रह गया।

'इस पार्टी के बाद मुझे एक और पार्टी में जाना है, वरना अवश्य आ जाती।'

'क्या आप थोड़े समय के लिए भी नहीं आ सकतीं?' ज्ञानेंद्र सेठी ने पूछा, 'कुछ विशेष शॉट्स पर डबिंग का होना अत्यंत आवश्यक है।'

रूपकुमारी कुछ क्षण सोचती रही, फिर बोली, 'ठीक है, मैं दूसरी पार्टी में 10 मिनट की उपस्थिति देकर अभी आती हूं। आप प्रतीक्षा करें।'

'धन्यवाद!' ज्ञानेंद्र सेठी ने चैन की सांस ली।

परंतु रूपकुमारी 10 मिनट के बजाय पूरे एक घंटे बाद आई, और वह भी अकेली नहीं, एक अच्छी-भली बारात के साथ, जो उसके चमचे-चमचियां थीं। एक मोटी स्त्री अवश्य ऐसी थी, जो उसकी अम्मा बनकर उसके साथ हरदम चिपकी हुई थी। पुष्पा ने रूपकुमारी को ध्यान से देखा, पहचान भी लिया, परंतु विश्वास नहीं हुआ कि यही रूपकुमारी है, जिसे वह आरंभ से ही देखने की अभिलाषी थी। नाटा कद, यदि अत्यधिक ऊंची हील की सैंडिलें नहीं पहने होती तो और नाटी लगती। मेकअप का मोटा लेप स्पष्ट दिखाई पड़ रहा था। हां, बालों के बनाने का ढंग सुंदर था। हीरों के गहनों से लदकर उसने स्वयं को अधिक-से-अधिक सुंदर बनाने का प्रयत्न किया था। आते ही वह एक सोफे पर पसरकर बैठ गई, घुटने पर घुटना चढ़ाकर इस प्रकार कि उसकी साड़ी एक पिंडली के ऊपर तक सरककर चढ़ गई। पतली पिंडली, रंग सांवला। पुष्पा ने देखा तो दंग रह गई। क्या उसकी सर्वप्रिय अभिनेत्री का रंग सांवला है? कद भी कुछ नहीं, फिर वह पर्दे पर इतनी सुंदर कैसे दिखाई देती है? उसकी दृष्टि में रूपकुमारी का

सारा सम्मान गिर गया, बल्कि उसे उससे घृणा-सी हो गई, परंतु रूपकुमारी ने अपने ही घमंड में चूर होते हुए उसकी ओर देखना भी पसंद नहीं किया।

फिर डबिंग आरंभ हुई। रूपकुमारी माइक के सामने जा खड़ी हुई, हॉल के अंदर अंधेरा कर दिया गया। फिर फिल्म के लिए ली गई शूटिंग के बीच-बीच का एक-एक 'शॉट' सामने पर्दे पर सिनेमा-समान दिखाया जाने लगा–केवल वही शॉट, जिसमें रूपकुमारी अकेली थी या किसी के साथ, परंतु हर शॉट में उसके बोले हुए डायलॉग अवश्य थे। फिल्म सफेद-काली में थी, उसे पूरी करने के बाद ही रंगीन करना था। पर्दे पर दृश्य आता, पर्दे पर अभिनेत्री अपने संवाद बोलती, जो अस्पष्ट थे, परंतु जिन्हें स्पष्ट करने के लिए माइक पर खड़ी अभिनेत्री संवाद के इन शब्दों को मद्धिम स्वर में या मन-ही-मन दोहराकर याद करने लगती।

उसके बाद यही दृश्य फिर फिल्म-समान पर्दे पर दोहराया जाता, परंतु इस बार फिल्म साइलेंट (खामोश) होती। उस समय हॉल के अंदर किसी को अपनी गहरी सांस का स्वर फैलाने तक की आज्ञा तक नहीं होती। खामोश फिल्म में जब केवल अभिनेत्री के होंठ चलते तो वह मुखड़े के भाव के सहारे अपने ही होंठों के एक्शन-से-एक्शन मिलाकर माइक पर खड़ी-खड़ी अपने याद किए संवाद बहुत सुंदरता के साथ निभा देती थी। यही अभिनेत्री का असली स्वर था, जो स्पष्ट होकर फिल्म के साथ अलग टेप होता जा रहा था। फिल्म की रिलीज के बाद अभिनेत्री को अपने मीठे बोल द्वारा पर्दे पर आना था, डबिंग का यह काम अभिनेत्री के लिए आसान नहीं था, क्योंकि कुछ लंबे शाट्स के लंबे डायलॉग (संवाद) याद करने के लिए उसे अपने ही बोले हुए दृश्य पर्दे पर बार-बार दिखाए जाते थे, ताकि वह एक्शन के साथ इन्हें अच्छी तरह याद कर सके।

परंतु कभी-कभी अच्छी तरह अपने संवाद याद करने के पश्चात् खामोश फिल्म में अपनी तसवीर के एक्शन के साथ वह पूरा न्याय नहीं कर पाती थी। तब निर्देशक द्वारा उसे ओ.के. नहीं मिल पाता था, तब अभिनेत्री खिसियाकर रह जाती थी। डबिंग करते समय संवादों के साथ कभी खांसना पड़ता था तो कभी गहरी-गहरी सांस का स्वर भी हांफने के ढंग में निकालना पड़ता था। पर्दे की खामोश तसवीर के साथ कभी-कभी चीखना-चिल्लाना भी पड़ता था। यह सारी मेहनत फिल्म में वास्तविकता लाने के लिए की जाती थी। केवल डबिंग देखकर ही पुष्पा को अनुमान हो गया कि फिल्म अभिनेत्री बनना कोई तमाशा नहीं है। सुंदरता तो वास्तव में भगवान की देन है, परंतु भगवान से गुण को प्राप्त करना उससे भी बड़ी देन है, क्योंकि सुंदरता मिट जाती है, समय के साथ ढल जाती है, परंतु गुण अनुभव के साथ बढ़ता ही जाता है।

डबिंग का काम लगभग एक बजे समाप्त हुआ, वह भी उस समय, जब अभिनेत्री रूपकुमारी ने थकने के बाद काम करने से इनकार कर दिया। उसके बाद वह चलती बनी, अपने चमचे-चमचियों के साथ। निर्माता-निर्देशक सेठी ने अपने विशेष कर्मचारियों को कुछ

आवश्यक आदेश दिए। अगले दिन का प्रोग्राम सैक्रेटरी से पूछा। सैक्रेटरी ने यूं भी उसके छोटे-पतले फाइलिंग ब्रीफकेस में विशेष कागजों के साथ कल का प्रोग्राम रख दिया था। उसने अपना फाइलिंग बैग उठाया, फिर पुष्पा से बोला, 'आइए।'

इमारत से बाहर आकर दोनों कार के समीप पहुंचे। ड्राइवर कार की अगली सीट पर बैठा ऊंघ रहा था। निर्माता-निर्देशक ने उसे जगाया। फिर पीछे की सीट पर बैठ गए। कार चली और हवा से बातें करने लगी।

'आपने देखा, फिल्म बनाना देखने में जितना आसान है, उससे कहीं अधिक कठिन होता है।' कुछ देर बाद ज्ञानेंद्र सेठी ने कहा।

'जी हां, इसमें कोई संदेह नहीं।' पुष्पा ने अपने हैंडबैग को गोद में दबाते हुए कहा।

'यह तो कुछ भी नहीं।' फिल्म निर्माता-निर्देशक सेठी ने कहा, 'जिस समय शूटिंग होती है, उस समय मतानुसार अभिनय न मिलने पर हम निर्देशक ही 'कट-कट' कहते नहीं थक जाते हैं, बल्कि कलाकार भी उकताकर शूटिंग स्थगित कर देता है। फिल्म बनाते समय कैसे-कैसे पापड़ हमें बेलने पड़ते हैं, किन-किन बंधनों से होकर हमें जाना पड़ता है, यह हम ही जानते हैं। उसके बाद यदि फिल्म 'फ्लॉप' हो गई तो बेचारा निर्माता बेमौत मारा जाता है।'

पुष्पा ज्ञानेंद्र सेठी की बातें बहुत ध्यान से सुनती रही। जब उसे फिल्म अभिनेत्री बनने का अवसर प्राप्त होगा तो अपनी फिल्म की सफलता के लिए वह जान लड़ा देगी। सफलता किसे प्यारी नहीं होती?

कार-यात्रा काफी लंबी थी, परंतु बातें फिल्म की चलती रहीं, इसलिए पुष्पा की रुचि बनी रही। लगभग एक घंटे बाद एक बहुत ही सुंदर, शानदार बंगले के सामने रुकी। दरबान मुख्य द्वार खोलने लगा। तभी पुष्पा ने कार की हैडलाइट्स द्वारा मुख्य द्वार के खंभे पर लिखा देखा—जी. सेठी फिल्म्स—अर्थात् ज्ञानेंद्र सेठी फिल्म्स। लॉन पार करने के बाद कार पोर्टिको के नीचे रुकी। ड्राइवर ने तुरंत उतरकर एक के बाद एक दोनों ओर के द्वार खोले। ज्ञानेंद्र सेठी बाहर निकला तो पुष्पा को भी अपनी ओर से बाहर निकलना पड़ा। उसका मन हुआ, वह ज्ञानेंद्र सेठी से निवेदन कर दे, परंतु यहां आते ही ड्राइवर के सामने ऐसा कहना उचित नहीं था।

'आइए।' तभी ज्ञानेंद्र सेठी ने बड़े अधिकार के साथ उससे कहा और बरामदे की सीढ़ियां चढ़ गया।

पुष्पा एक क्षण सोचती रही। वह ज्ञानेंद्र सेठी की बात से इनकार नहीं कर सकती है। उसी पर उसका भविष्य निर्भर करता है। उसके साथ वह अंदर कुछ देर बैठेगी, बातें करेगी, आखिर इसमें डरने की क्या बात है? वह भी बरामदे पर चढ़ गई।

ज्ञानेंद्र सेठी ने कॉलबैल दबाई। अंदर घंटी बजी। कुछ देर बाद द्वार खुला। सामने एक नौकर खड़ा था। बंगला वातानुकूलित था, इसलिए अंदर की ठंडक बाहर तक आ गई। द्वार खोलते ही नौकर सामने से हट चुका था। ज्ञानेंद्र सेठी के पीछे-पीछे पुष्पा भी बंगले के अंदर

प्रविष्ट हो गई। नौकर ने द्वार अंदर से बंद कर दिया और अंदर की ओर चला गया। पुष्पा का दिल अज्ञात तौर पर बहुत तेजी के साथ धड़कने लगा। उसके दिल की धड़कन से अज्ञात ज्ञानेंद्र सेठी ने कहा, 'आप बैठिए, मैं अभी आया।' वह पुष्पा की बात की प्रतीक्षा किए बिना अंदर के दूसरे कमरे में चला गया।

यह कमरा बैठक था। पुष्पा ने देखा कमरे में सजी वस्तुएं लगभग विदेशी हैं। दीवार-से-दीवार तक कालीन। दीवारों पर गिनी-चुनी तसवीरों के साथ एक तसवीर प्रधानमंत्री की भी थी, तसवीरों में एक तसवीर ज्ञानेंद्र सेठी के कुटुम्ब की भी थी—कुछ वर्षों पहले की। ज्ञानेंद्र सेठी का व्यक्तित्व तब आज से कहीं सुंदर था, अत्यंत सुंदर। पत्नी के साथ दो जवान बेटियां भी थीं तथा एक छोटा लड़का भी। पुष्पा के दिल की बढ़ती धड़कनों को संतोष मिला। बंगले में ज्ञानेंद्र सेठी के साथ घरवाले भी हैं। ज्ञानेंद्र सेठी के साथ इतना समय बिताने के बाद भी उस पर हीन भावना छाई हुई थी, तब भी वह वहीं एक सोफे पर बैठ गई। बैठी तो उसका फूल-सा शरीर मुलायम कुशन के अंदर तक धंस गया। स्वयं पर काबू पाकर उसने एक ओर शो-केस में देखा। ज्ञानेंद्र सेठी द्वारा बनाई गई फिल्मों के जीते हुए अवार्ड्स रखे हुए थे, इन अवार्ड्स के विषय में पुष्पा पहले ही फिल्मी पत्रिकाओं में पढ़ चुकी थी।

अचानक बैठक में ज्ञानेंद्र सेठी प्रविष्ट हुआ। वह कपड़े बदलने के बाद 'एट इज' होकर आया था। शरीर पर सुंदर गाउन था। एक हाथ में सिगार था तथा दूसरे में एक जाम। ऐसा लगता था, मानो वह पहले ही अपने कमरे में काफी व्हिस्की पी चुका था, क्योंकि उसके कदम कुछ लड़खड़ा रहे थे। पुष्पा ने घबराकर इधर-उधर देखा, फिर उठ खड़ी हुई।

'बैठिए ना, खड़ी क्यों हैं?' ज्ञानेंद्र ने पुष्पा से समीप आकर कहा।

पुष्पा ने एक बार ज्ञानेंद्र सेठी के परिवार की तसवीर को देखा। फिर कुछ सोचकर वहीं सोफे पर बैठ गई।

ज्ञानेंद्र सेठी भी उसके साथ सोफे पर बैठ गया। जाम का उसने एक लंबा घूंट लिया। जाम खाली हो गया तो उसने सोफे के बगल में लगी कॉलबैल बजाई। फिर पुष्पा से बोला, 'दिन-भर काम करते-करते इतना अधिक थक जाता हूं कि केवल व्हिस्की द्वारा ही थकान उतरती है। मस्तिष्क की चिंता भी हल्की हो जाती है, इसलिए सो भी जाता हूं।'

तभी एक नौकर ज्ञानेंद्र सेठी के सामने आ खड़ा हुआ। नौकर से उसने कहा, 'तुम मेरी बोतल यहीं ले आओ। आप क्या लेना पसंद करेंगी?' उसने पुष्पा से पूछा।

'जी, मैं...।' पुष्पा ने कुछ हिचकिचाहट से साथ कहा, 'कुछ भी नहीं लेती हूं।'

'यह कैसे हो सकता है?' ज्ञानेंद्र सेठी ने कहा, 'आप फिल्मी संसार में पग रख रही हैं, फिर भी इसे एक नेक काम द्वारा आरंभ करने से इनकार कर रही हैं।'

'शराब पीना कोई नेक काम नहीं है।' पुष्पा ने कहा।

'यदि शराब पीना कोई नेक काम नहीं है तो आप कोई लाइट ड्रिंक ले लीजिए।' ज्ञानेंद्र सेठी ने एक मंझे हुए अभिनेता के समान नौकर के सामने चुटकी बजाई और बोला, 'मेमसाब के लिए एक जाम में सॉफ्ट ड्रिंक तथा मेरी पूरी बोतल उठा लाओ, जल्दी। फिर थोड़ी देर में डिनर के लिए खानसामा से कह देना। वैसे...।' अचानक सेठी पुष्पा की ओर मुड़ा। उसके मस्तिष्क पर नशे का सरूर छाना आरंभ हो गया था। उसने कहा, 'व्हिस्की पीना कोई बुरी बात नहीं है, विशेषकर हम फिल्मी संसार वालों के लिए। यदि व्हिस्की पीने के बाद हमारे मस्तिष्क को आराम न मिले तो हम दूसरे दिन इतनी अधिक फिल्मी मेहनत कैसे करेंगे?' ज्ञानेंद्र सेठी पुष्पा के और समीप सरक आया। पुष्पा सोफे के कोने में सिमट गई। ज्ञानेंद्र सेठी के मस्तिष्क को नशे का एक झटका लगा। उसने अपने होंठों के बीच एक अंगुली रखते हुए कहा, 'शी...!' उसके कहने का ढंग भेद-भरा था। उसने बात जारी रखी, बोला, 'कभी किसी से यह मत कहिएगा कि आप रात-भर मेरे बंगले में रही हैं, वरना ये समाचारपत्र वाले नमक-मिर्च लगाकर हमारी बातें ऐसी उछालेंगे कि हम सारे जहां में बदनाम हो जाएंगे।'

'लेकिन मैं यहां कहां रात में ठहरने वाली हूं!' पुष्पा ने मन-ही-मन कुछ कांपते हुए कहा, 'मैं तो तुरंत अपने होटल जाना चाहती हूं। अपने ड्राइवर से मुझे भिजवा दीजिए।' पुष्पा ने अपनी कलाई पर बंधी घड़ी देखी।

'लेकिन इतनी रात में आप अपने होटल में कैसे जा सकती हैं?' ज्ञानेंद्र सेठी ने कहा, 'क्या आपको ज्ञान नहीं कि यहां से आपका ग्रीन होटल 40 मील दूर है। और फिर हमारा ड्राइवर तो जा चुका है। दिन-भर वह भी मेरे साथ लगता रहता है, काम करता रहता है। आखिर उसे भी तो आराम की आवश्यकता पड़ती है।'

'तो क्या मैं इस समय अपने होटल नहीं जा सकूंगी?' पुष्पा ने धड़कते दिल के साथ निराश होकर पूछा।

'आपको यहां बड़े-बड़े होटलों से अधिक आराम मिलेगा। आप रात-भर यहीं रहिए। सुबह आपको होटल पहुंचा दिया जाएगा। फिर शाम को तीन बजे के आसपास आपके लिए स्क्रीन टेस्ट का प्रबंध कर दिया जाएगा।'

'स्क्रीन टेस्ट?' पुष्पा ने सोचा, 'स्क्रीन टेस्ट के लिए ही तो वह अपना घर-द्वार छोड़कर भागी है। माता-पिता, सखी-सहेलियों को छोड़ा है। तब भी उसने कहना चाहा, 'लेकिन...।'

तभी वहां एक ट्रे में खाली जाम के साथ वेटर एक बोतल भी ले आया था। साथ में चांदी के एक बर्तन में बर्फ के टुकड़े भी रखे हुए थे। ट्रे रखकर वह चला गया तो पुष्पा ने बोतल पर नाम पढ़ा—रॉयल सैल्यूट। निश्चय ही यह विदेशी शराब थी। ज्ञानेंद्र सेठी ने बोतल का ढक्कन हटाते हुए व्हिस्की उंडेली—पहले पुष्पा के जाम में आधा पैग, फिर अपने लिए उसने एक डबल पैग बनाया। फिर उसने दोनों जामों में बर्फ डाल दी।

'ये दो जाम आपने क्यों बनाए हैं?' पुष्पा ने पूछा।

'एक आपके लिए तथा दूसरा अपने लिए।'

'लेकिन मैंने आपसे कहा था ना कि मैं...।' पुष्पा ने इनकार में कहना चाहा।

'देखिए–।' ज्ञानेंद्र सेठी ने जाम उठाकर पुष्पा की ओर बढ़ते हुए कहा, 'इस विदेशी व्हिस्की का नाम रॉयल सैल्यूट है। इसकी एक बोतल का दाम 1600 रुपये होता है। इसे पीने से इनकार करना इसका अपमान है। आखिर आपको अभिनेत्री बनना है या नहीं? इसके बाद आपके लिए सॉफ्ट ड्रिंक सर्व हो जाएगी।'

अभिनेत्री? अभिनेत्री बनने का स्वप्न ही तो वह वर्षों से देखती आई थी। उसने कांपते हाथों से जाम ले लिया। फिर बिना झटके के एक ही बार में सारी व्हिस्की गले से नीचे उतार गई–बिना सोडा या पानी मिलाए, जो वहां था भी नहीं। यूं भी विदेशी अच्छी व्हिस्की केवल बर्फ के साथ ही पी जाती है। उसने व्हिस्की पीने से पहले अपनी आने वाली फिल्म की सफलता की कामना भी नहीं की थी। जीवन में पहली बार उसने शराब पी थी, फिर उसे इस औपचारिकता का ज्ञान कैसे होता? रॉयल सैल्यूट में ऐसा कड़वापन जरा भी नहीं था, जिसे वह सहन नहीं कर पाती। फिर भी उसके मस्तिष्क पर जब इसका मनोवैज्ञानिक प्रभाव पड़ा, तो वह मुंह बनाए बिना नहीं रह सकी।

ज्ञानेंद्र सेठी ने अपना जाम उठाकर पुष्पा की उन्नति की शुभकामना की। फिर एक बड़ा घूंट भरा। उसके बाद उसने व्हिस्की का एक पैग पुष्पा के जाम में डालना चाहा।

'जी नहीं, अब और अधिक मैं नहीं पी सकती।' पुष्पा ने स्पष्ट शब्दों में इनकार किया।

'सॉफ्ट ड्रिंक तो चलेगी ही?' ज्ञानेंद्र सेठी ने कहा।

पुष्पा खामोश हो गई।

ज्ञानेंद्र सेठी ने कॉलबैल बजाई। वेटर लपककर आया। उसने उसे तुरंत सॉफ्ट ड्रिंक का एक जाम लाने के लिए आज्ञा दी। सॉफ्ट ड्रिंक का जाम आया तो दोनों ने अपने जाम टकराए, ज्ञानेंद्र सेठी ने रॉयल सैल्यूट का एक बड़ा घूंट मारा और वेटर को जाम में व्हिस्की ऊपर तक भरने की आज्ञा दी। वेटर ने तुरंत आज्ञा का पालन किया। फिर अपने मालिक के संकेत पर वह अंदर के कमरे में चला गया। इस बीच पुष्पा सॉफ्ट ड्रिंक की एक चुस्की ले चुकी थी। सॉफ्ट ड्रिंक मीठी थी। मिठास भी बिलकुल अनोखी थी। पुष्पा को सॉफ्ट ड्रिंक पीने में आनंद आ गया। उसने दीवार पर टंगी ज्ञानेंद्र सेठी के परिवार की तसवीर फिर देखी। तसवीर कुछ-कुछ धुंधली दिखाई पड़ रही थी। शायद रॉयल सैल्यूट का प्रभाव था। शायद सॉफ्ट ड्रिंक में ही कोई नशीली वस्तु मिली हो। उसने अपने मस्तिष्क को झटका दिया। तसवीर का धुंधलापन दूर हो गया। उसने पूछा, 'यह आप ही के परिवार की तसवीर है ना?'

'जी हां।' ज्ञानेंद्र सेठी ने जाम का एक घूंट फिर लिया। पूछा, 'क्यों?'

'इस समय सब सो रहे होंगे। हमारी बातों से किसी की नींद तो भंग नहीं हो रही होगी?'

'इस समय इस बंगले में कोई नहीं है, सब कश्मीर गए हुए हैं। यदि कोई यहां होता तो मैं आपको इस बंगले की बजाय किसी होटल में नहीं ले जाता?'

'क्या?' पुष्पा को इसकी जरा भी आशा नहीं थी।

'सॉफ्ट ड्रिंक पीजिए।' ज्ञानेंद्र सेठी ने उसकी बात अनसुनी करके कहा। व्हिस्की उस पर काफी सीमा तक प्रभाव डाल चुकी थी। उसका मानव-मुखड़ा अब धीरे-धीरे पशु के रूप में बदलने लगा था।

पुष्पा को उसका इरादा भांपते देर नहीं लगी। वह अपना पर्स उठाकर तुरंत खड़ी हो गई। उसने अपनी कलाई पर बंधी घड़ी देखी। बोली, 'साढ़े तीन बज चुके हैं। सुबह होने में अब अधिक देर नहीं है, मैं चल रही हूं।'

'क्यों? तुम्हें फिल्म अभिनेत्री नहीं बनना है?' ज्ञानेंद्र सेठी ने एक ही घूंट में अपने जाम की सारी व्हिस्की गले से नीचे उतार दी। खड़े-खड़े वह लड़खड़ा गया, तो एक ही झटके में उसका असली पशुपन सामने झलक आया। वासनामयी दृष्टि से उसने पुष्पा को देखा।

'ऐसा फिल्मी संसार चूल्हे-भाड़ में जाए, जहां अभिनेत्री बनने के लिए नारी को अपनी लाज का सौदा करना पड़ता है।' पुष्पा ने ताव में आकर कहा।

'हा-हा-हा-हा-हा-हा—हा-हा-हा-हा-हा।' ज्ञानेंद्र सेठी ने बहुत जोर का ठहाका लगाया, इस प्रकार मानो पुष्पा ने उससे कोई बहुत बड़ा मजाक कर दिया था, वह गंभीर हुआ, फिर बोला, 'मेमसाब, यह फिल्मी संसार है। खानदानी अभिनेत्रियों या नर्तकियों की लाज तो फिल्मों में सुरक्षित रह जाती है, परंतु उन सब लड़कियों को अपनी लाज की आहुति देनी ही पड़ती है, जो पहली बार फिल्म में काम ढूंढने आती हैं। कोई निर्माता इतना पागल नहीं है, जो करोड़ों रुपये की फिल्म एक नई अभिनेत्री को लेकर बनाना पसंद करेगा।' ज्ञानेंद्र सेठी ने इस बार व्हिस्की जाम में डालने के बजाय बोतल मुंह से लगा ली। कई घूंट वह एक साथ ही पी गया। व्हिस्की उसके होंठों के दोनों किनारों से टपकने लगी। उसने बोतल मेज पर रखी, उस पर अब नशे का भूत सवार हो चुका था। उसने वासना-भरी दृष्टि से पुष्पा को देखा। पुष्पा इधर-उधर देखकर भागने का रास्ता तलाश कर रही थी, यदि बैठक के प्रवेश द्वार की ओर ज्ञानेंद्र सेठी नहीं होता तो वह निश्चय ही उसके बोतल द्वारा व्हिस्की पीते समय बगल से निकल भागती।

ज्ञानेंद्र सेठी को पुष्पा नशे की स्थिति में और अधिक सुंदर लगी। उसने अपने होंठों के दोनों ओर लार-समान टपकी व्हिस्की को जबान से कुत्ते-समान चाटा। सिगार एक ऐश-ट्रे में रख दी, फिर बोला, 'तुम यहां से किसी भी स्थिति में मेरी वासना की भूख मिटाए बिना नहीं जा सकतीं। तुमने मेरा बहुत अधिक समय नष्ट किया है। आओ और सीधे ढंग से मान जाओ। मैं तुम्हें अभिनेत्री नहीं बना सका तो खलनायिका बनाने का प्रयत्न अवश्य करूंगा, परंतु यह सब तुम्हारे टैलेंट पर निर्भर करता है। यदि तुम सीधी तरह मेरी मनोकामना पूरी नहीं करोगी तो

मुझे जबरदस्ती करनी पड़ेगी। ज्ञानेंद्र सेठी जिस बात को एक बार ठान लेता है, उसे अवश्य पूरा करता है।' ज्ञानेंद्र सेठी पुष्पा की ओर बढ़ा—एक दैत्य-समान, जो उसका वास्तविक रूप था। उसने उसकी ओर अपने दोनों हाथ फैला दिए।

'खबरदार, जो तुमने मुझे हाथ लगाने की भी सोची!' पुष्पा फिल्म अभिनेत्री बनने की दीवानी अवश्य थी, परंतु निर्लज्ज नहीं, वह कांपकर पीछे हट गई।

'हाथ क्यों नहीं लगाऊं?' ज्ञानेंद्र सेठी ने कहा, 'क्या इस बची हुई रात को भी इसी प्रकार बीत जाने दूं?' ज्ञानेंद्र सेठी आगे बढ़ा। पुष्पा अपने बचाव में तुरंत और पीछे हटी। चाहा कि पलटकर यह स्थान छोड़ दे, परंतु तभी वह अपने पीछे वाले लंबे सोफे से टकरा गई। वह वहीं सोफे पर गिर पड़ी। उसने तुरंत उठकर संभल जाना चाहा कि तभी ज्ञानेंद्र सेठी अवसर पाकर एक भेड़िए-समान उस पर कूद पड़ा। उसने पुष्पा की कलाई सख्ती से पकड़ ली। ऐसान हो कि कलाई छूटने पर वह सयानी बिल्ली के समान उस पर झपटते हुए अपने लंबे नाखून उसकी आंखों में गड़ा दे या चेहरा बुरी तरह घायल करके अपने आपको स्वतंत्र करती हुई भाग निकले। अपनी कलाई को उसने पुष्पा के दांतों से भी दूर रखा। लाज बचाने के लिए नारी दांतों द्वारा लुटेरे की खाली खींचने से भी नहीं चूकती। ज्ञानेंद्र सेठी को मानो लड़कियों की लाज लूटने का एक लंबा अनुभव था। जाने कितनी जवान लड़कियां इससे पहले भी उसके बंगले या होटलों के बिस्तर की शोभा बन चुकी थीं।

'कमीने, कुत्ते, शैतान—छोड़ दे मुझे, वरना मैं शोर मचा दूंगी।' पुष्पा ने ज्ञानेंद्र सेठी की पकड़ से बचने के लिए पूरी शक्ति लगा दी। अपना बचाव करते समय उसके हाथ से हैंडबैग छूटकर सोफे के पीछे जा गिरा। गहनों का एक छनाका हुआ, परंतु पुष्पा ने इसकी चिंता न की, न ज्ञानेंद्र सेठी ने की।

'शोर मचा दोगी तो मचा दो। यहां तुम्हारी चीख सुनने वाला कौन है? क्या तुम्हें पता नहीं कि वातानुकूलित कमरे से स्वर एक भनक बनकर भी बाहर नहीं जाता?' ज्ञानेंद्र सेठी पुष्पा पर और झुका।

परंतु पुष्पा लखनऊ की एक तेज लड़की थी। अपनी लाज का बचाव करने के लिए वह कुछ भी करने को तैयार थी—किसी भी ढंग से। ज्ञानेंद्र सेठी एक पुरुष था—बूढ़ा ही सही, परंतु उसके अंदर बल था, शरीर में भार था। पुष्पा उसके शरीर के दबाव में आकर अर्ध-सी लेट गई। वह अपना बचाव करते-करते थक गई थी। एक 16 वर्ष की कमसिन और निर्बल लड़की एक दैत्य से मुकाबला कब तक करती? वह बुरी तरह हांफने लगी। उसकी सांसों द्वारा उसकी छाती का उतार-चढ़ाव देखकर ज्ञानेंद्र सेठल मानो पागल हो गया। अपना शराब से महका मुंह उसने पुष्पा की ओर बढ़ा दिया।

पुष्पा ने अपनी आंखें बंद कर लीं। शरीर ढीला छोड़ दिया, इस प्रकार, मानो परिस्थिति के आगे वह स्वयं को समर्पण करने को तैयार हो गई हो। ज्ञानेंद्र सेठी के होंठ उसके होंठों के और समीप आ गए। उसकी गर्म-गर्म सांसें पुष्पा के कपोलों से टकराने लगीं, तो पुष्पा ने अपनी आंखें खोलीं। ज्ञानेंद्र सेठी के होंठ उसके होंठों से टकराने ही वाले थे, कि उसने स्वयं को संभाला, अपना मुखड़ा दूसरी ओर फेरती हुई बोली, 'ठहरिए, जब अभिनेत्री बनना ही है तो लाज की इस झूठी शान की क्या चिंता करना, परंतु पहले मुझे पूरा जाम भरकर व्हिस्की पिला दीजिए ताकि...।'

'यह बात कही है तुमने मेरे मन के योग्य।' ज्ञानेंद्र सेठी ने उसकी बात काटकर उसका शरीर ढीला छोड़ते हुए कहा, 'मैं समझ गया, तुम इतनी अधिक व्हिस्की क्यों पीना चाहती हो। अब हमारी शेष रात तो क्या, दिन भी इसी प्रकार बहुत सुंदर बीतेगा, कल का सारा काम स्थगित।' ज्ञानेंद्र सेठी ने पुष्पा की कलाइयां छोड़ दीं। पुष्पा की जान-में-जान आई। वह उठकर बैठ गई। अपनी कलाइयों को एक के बाद दूसरे हाथ से सहलाते हुए वह मन-ही-मन ज्ञानेंद्र सेठी को कोसती हुई अपने बच निकलने का रास्ता ढूंढने लगी।

ज्ञानेंद्र सेठी पुष्पा पर एक नजर डालने के बाद अब बहुत संतोष के साथ पुष्पा का जाम व्हिस्की से भर रहा था। पुष्पा ने अपनी दृष्टि बचाकर इधर-उधर देखा। उसके सोफे के समीप वाली छोटी मेज पर बेल्जियम के काफी मोटे शीशे का एक सुंदर ऐश-ट्रे रखा था। ऐश-ट्रे का किनारा गुलाब के फूल समान डिजाइनदार था, जिसके चारों ओर शीशे द्वारा नुकीले कांटे भी थे। पुष्पा सोफे के और किनारे सरक गई—ऐश-ट्रे की मेज की ओर। ज्ञानेंद्र सेठी ने पुष्पा का ही नहीं, अपना जाम भी ऊपर तक भर लिया।

ज्ञानेंद्र सेठी अपनी वासना की प्यास बुझाने के लिए बुरी तरह तड़प रहा था। जाम भरने के बाद वह कुछ अधिक दांत निकालकर मुस्कराते हुए दोनों हाथों में जाम लिए पुष्पा के पास आया। पुष्पा की आंखों में वासना भरी दृष्टि से देखते हुए उसने एक जाम उसकी ओर बढ़ा दिया। पुष्पा ने न चाहते हुए भी अपने होंठों पर मुस्कान उत्पन्न करने का प्रयत्न किया। आंखों में खुमार उत्पन्न करने का असफल प्रयत्न किया। फिर हाथ बढ़ाकर जाम ले लिया। ज्ञानेंद्र सेठी के चेहरे पर रौनक दोगुनी हो गई। पक्षी के पंख काट दिए जाएं तो वह कहां उड़कर जा सकता है? उसने अपना जाम होंठों से लगाने से पहले कहा, 'चीयर्स—एंड गुडलक फॉर योर फ्यूचर।' वह पुष्पा के समीप बैठ गया।

'चीयर्स!' पुष्पा को भी कहना पड़ा, परंतु उसने जाम अपने होंठों की ओर बढ़ाया भी नहीं।

ज्ञानेंद्र सेठी ने जाम का एक बड़ा घूंट लिया। उसकी आंखों की लालिमा वासना की उत्तेजना से और बढ़ गई। पुष्पा को वह बांहों में लेने को तड़प उठा। उसने अपना जाम सामने

की मेज पर रखा, फिर पुष्पा की ओर झुकते हुए उसे अपनी बांहों में समाना चाहा—बिलकुल निश्चिंत होकर। इन फूल और कलियों जैसी लड़कियों को तो उसकी बांहों की शोभा बनने में गर्व प्रतीत होता होगा। फिल्मी संसार की अभिनेत्री बनने का मोह ही ऐसा है, परंतु उसने स्वप्न में भी नहीं सोचा था कि पुष्पा मन में कुछ और इरादा किए बैठी है। ज्ञानेंद्र सेठी ज्यों ही पुष्पा पर झुका, पुष्पा ने अपनी जाम भरी व्हिस्की ज्ञानेंद्र सेठी के मुंह पर दे फेंकी, इस प्रकार कि व्हिस्की ज्ञानेंद्र सेठी की आंखों के अंदर जा पहुंची।

ज्ञानेंद्र सेठी अभी संभल भी नहीं पाया था कि पुष्पा ने जाम फेंकने के बाद तुरंत गल की छोटी मेज पर से कांटेदार शीशे का ऐश-ट्रे उठाया और ज्ञानेंद्र सेठी के मुखड़े पर पूरे बल से दे मारा। ज्ञानेंद्र सेठी के मुखड़े पर ऐश-ट्रे के कांटे अंदर तक चुभ गए। मुखड़ा रक्त से तर हो गया। आंखें फूटते-फूटते बचीं। आंखें फूट जातीं तो पुष्पा के दिल की सुलगती आग ठंडी हो जाती। फिर भी मुखड़े के घाव से ज्ञानेंद्र सेठी को क्षण-भर के लिए चक्कर आ गया। पुष्पा के लिए इतना ही अवसर बहुत था। वह तुरंत उठी, बैठक का निकास द्वार खोला और बाहर बरामदे में आ गई। सावधानी बरतते हुए उसने बरामदे का द्वार बाहर से बंद कर दिया। ऐसा न हो कि होश में आते ही ज्ञानेंद्र सेठी उसके पीछे लपक पड़े या अपने नौकर दौड़ा दे। थकवाट तथा जल्दबाजी में वह यह भूल रही थी कि बंगले से बाहर निकलने के लिए और भी कई द्वार होते हैं। वह तेजी के साथ बरामदे की सीढ़ी उतरी। लॉन लगभग दौड़ते हुए पार किया। सड़क पर आई, सड़क पर मरकरी लैंप जगमगा रहे थे, क्योंकि पौ फटने में अभी बहुत देर थी। सड़क के किनारे लगे पेड़ों की छांव में छिपते-छिपते वह आगे बढ़ गई—नामालूम रास्ते की ओर। मुंबई का कोई भी रास्ता उसे ज्ञात नहीं था।

अचानक उसे अपना हैंडबैग याद आया। उसका दिल बहुत जोर से धड़का अब? हैंडबैग को लेने ज्ञानेंद्र सेठी के यहां जाना अपनी लाज लुटवाने का दोबारा न्यौता देना था। पैसे भी उसके पास बिलकुल नहीं थे। केवल कानों में सोने की हल्की बालियां थीं तथा गले में पतली सोने की जंजीर। इन्हें ही उसने इस समय अपनी आवश्यकता के अनुसार काफी समझा। कुछ सोचकर उसने तुरंत उलझी लटों के साथ बालियां तथा सोने की जंजीर साड़ी द्वारा पूरी ढंक ली। फिर चलते समय जहां कहीं उसे पुलिस की सीटी सुनाई पड़ी, उसका साहस बढ़ गया। वह जानती थी कि यदि आस-पास कोई गुंडा या बदमाश होगा भी तो पुलिस की छाया से दूर भागने का प्रयत्न करेगा। पुष्पा की उपस्थिति से अज्ञात पुलिस निश्चिंत होकर आगे-आगे चल रही थी और पुष्पा पीछे-पीछे ताकि यदि किसी बदमाश से पाला पड़े तो वह सहायता के लिए चिल्ला सके।

एक ओर मनमानी चलते-चलते पुष्पा थक गई। बुरी तरह वह हांफ रही थी। बगल में उसे एक छोटा तथा उजाड़-सा पार्क मिला। छोटा-सा गेट खुला हुआ था। वह उसमें प्रविष्ट हो गई। कुछेक गरीब इधर-उधर पेड़ के नीचे या बेंच पर गहरी निद्रा में सो रहे थे। बिना कोई खटका

किए पुष्पा ने भी इधर-उधर देखा। एक भी बेंच खाली नहीं थी। एक वृक्ष की जड़ का सहारा लेकर वह भी बैठ गई। रात-भर वह सोई नहीं थी। पिछली यात्रा की थकान यूं भी उसे शेष ही थी। बैठते ही झपकी आ गई, तो वह बेसुध होकर सो गई।

लोकल ट्रेन की घड़घड़ाहट के कारण जब उसकी आंखें खुलीं तो सुबह का दूधिया प्रकाश दूर-दूर तक छिटक चुका था। पार्क में सोए अधिकांश लोग अपने-अपने कामों पर निकल चुके थे। उठकर वह समीप के नल के पास गई। मुंह-हाथ धोया तो हाथ कानों पर लगे। दिल धक् से रह गया, परंतु उसकी बालियां तथा चेन सलामत थी। उसके दिल को बड़ा संतोष मिला। ले-देकर उसके पास यही तो एक पूंजी बची थी। मुंह-हाथ धोने के बाद वह ताजादम हुई। शरीर की स्फूर्ति दोगुनी हो गई। लोकल स्टेशन से ट्रेन की घड़घड़ाहट सुनाई पड़ रही थी, परंतु नकद पैसा एक भी नहीं था। भूख के मारे पेट में ऐंठन अलग मची हुई थी। एक कप चाय पीने को मिल जाती, तब भी बहुत था, परंतु वह मजबूर थी। सब्र करके रह गई। जाकर वह चुपचाप उजड़े हुए लॉन की उस बेंच पर बैठ गई, जो अब खाली पड़ी थी तथा जहां झंखाड़ की आड़ से वह आने-जाने वालों को देख सकती थी, परंतु कोई उसे देखने की चिंता नहीं कर सकता था।

धीरे-धीरे और समय टला। फिर 10 बज गए तो पुष्पा सर्वप्रथम पता लगाकर एक सुनार की दुकान पर पहुंची। सुनार बूढ़ा था, जो दुकान खोल ही रहा था। दुकान की सफाई करते हुए उसने पुष्पा को देखा, अपने चश्मे के नीचे से। आज उसकी बोहनी अच्छी होने वाली है।

'क्या बात है बेटी?' सुनार ने उसके समीप आकर पूछा, 'कुछ खरीदना है क्या?'

'जी नहीं—।' पुष्पा ने कहा, 'कुछ बेचना है—सोना।'

'ही-ही-ही-ही!' अपने बूढ़े कंधे झुलाकर सुनार बेढंगे तौर पर हंसा। बोला, 'मेरे लिए तो दोनों ही बातें बराबर हैं। आ-आ-आ, अंदर आओ।' सुनार ने उसे दुकान के अंदर बुलाया। दुकान में सफाई हो चुकी थी। सुनार दुकान के अंदर एक छोटी-सी पीतल की रेलिंग के पीछे नीचे जा बैठा। फिर उसने अपने सामने रेलिंग के उस पार पुष्पा को बैठने का संकेत करते हुए कहा, 'बैठो-बैठो, खड़ी क्यों हो?'

फर्श पर मोटा गद्दा बिछा था, जिस पर सफेद चादर थी। पुष्पा वहीं नीचे गद्दे पर बैठ गई—सुनार के ठीक सामने।

'हां—।' सुनार ने व्यापार की बात आरंभ की। पूछा, 'क्या बेचना है आपको?'

'यही थोड़ा-सा सोना है, जिसे बेचने की आवश्यकता पड़ गई है।' पुष्पा ने अपने गले से सोने की चेन उतारी, कानों से बालियां उतारीं, फिर उन्हें सुनार की ओर बढ़ा दिया।

सुनार ने गहने लेकर चमकती दृष्टि से देखा। कसौटी पर घिसकर परखा। फिर खरीदने का भाव बताने के बाद उसने गहने छोटे-से तराजू पर तोल दिए। एक कागज पर लिखकर उसने हिसाब लगाया। फिर बोला, 'इन गहनों की पूरी कीमत 155 रुपए होती है।'

'बस?' पुष्पा को निराशा हुई। 80 रुपए तो उसे एक दिन होटल में ठहरने के ही दे देने पड़ेंगे। फिर वह अपने शहर कैसे वापस जाएगी? माता-पिता पर उसे अभी भी पूरा भरोसा था। वह उनकी अकेली बेटी है। उनके चरणों पर गिरकर आंसू बहाती हुई अपने आपको क्षमा मांगेगी तो वे उसका पाप संसार से छिपाते हुए उसे अवश्य क्षमा कर देंगे। उसके विवश मस्तिष्क में एक तरकीब आई। विवशता मानव को क्या कर देने पर बाध्य नहीं कर देती! उसने तय कर लिया, वह ग्रीन होटल चेक टाइम (दिन के 12 बजे) नहीं छोड़ेगी। कुछ दिन और ठहरने के बहाने वह वहां रुकेगी। फिर शाम को टहलने के बहाने होटल से बाहर निकलेगी। साथ में किसी प्रकार एक साड़ी भी छिपा लेगी। उसके बाद वह सीधी स्टेशन पहुंचेगी और फिर वहां से चुपचाप अपने शहर के लिए भाग जाएगी। होटल के रजिस्टर में उसने अपना नाम-पता यूं भी गलत लिखा था। घर से भागी हुई लड़कियों ने होटलों को कभी अपना सही नाम-पता देने का भय मोल लिया है? अपनी तरकीब उसके मन में जम गई।

'आपने बताया नहीं कि यह सौदा आपको स्वीकार है या नहीं?' सहसा पुष्पा को खामोश और खोया देखकर सुनार ने कहा, 'यह मेरी बोहनी का समय है, इसलिए इतने पैसे देने को तैयार हूं, बाद में आइएगा तो ये भी नहीं मिलेंगे।'

'आप मुझे 155 रुपये ही दे दीजिए।' पुष्पा ने तुरंत कहा।

सुनार ने रुपये अदा किए। पुष्पा दुकान से बाहर निकली। फिर समीप का लोकल स्टेशन पूछकर उस ओर बढ़ गई।

अचानक रास्ते में उसे पर्स तथा हैंडबैग की दुकान मिली। कुछ सोचकर उसने एक हैंडबैग खरीद लिया—कुछ बड़ा।

वह ग्रीन होटल पहुंची। द्वार पर आज का समाचारपत्र पड़ा हुआ था। उसने द्वार खोलकर समाचारपत्र उठाया। कमरे में प्रविष्ट हुई। पलंग पर किनारे समाचारपत्र फेंक दिया। उसने नहाया-धोया, फिर पेट भरकर नाश्ता किया। उसके बाद वह आराम करने के लिए पलंग पर लेट गई। बहुत अधिक थकी हुई वह यूं भी थी। उसने समाचारपत्र उठाकर मोटे-मोटे शब्द पढ़ना आरंभ किए कि तभी उसकी बोझिल पलकों को नींद आ गई।

लगभग 12 बजे वह उठी। बालों को सुंदरता से संवारा। सबसे अच्छी साड़ी पहनी। फिर लाउंज में बैठने के बहाने वह अपने कमरे से बाहर निकल आई। वह लाउंज के सामने से होकर जा ही रही थी कि अचानक उसकी दृष्टि एक परिचित स्त्री पर पड़ी तो वह चौंक गई। परिचित स्त्री भी उसे देख चुकी थी। उसे देखते ही वह मुस्कराकर उठ खड़ी हुई। यह वही स्त्री थी, जिसने मुंबई आते समय पुष्पा के साथ मेल-जोल बढ़ा लिया था। पुष्पा उसके पास जा खड़ी हुई।

'तुम इसी होटल में ठहरी हो?' वृद्धा ने पूछा।

'जी हां।' पुष्पा ने गंभीरतापूर्वक उत्तर दिया, 'लेकिन आप...?' पुष्पा ने पूछना चाहा।

'मेरे पति के एक मित्र आने वाले हैं। उन्हीं के लिए कमरा बुक कराने आई थी।' वृद्धा ने कहा, 'घर में जवान-जवान लड़कियां हैं और पति शहर से बाहर गए हुए हैं, वरना उन्हें अपने घर में ही ठहरा लेती। आज ही तो पति के मित्र का तार मिला है कि वह कल सुबह मुंबई पहुंच रहे हैं। सोचा, आई हूं तो कुछ ठंडा ही पीती जाऊं।'

पुष्पा खामोश रही।

'बैठो ना, खड़ी क्यों हो?' वृद्धा ने अपने सोफे पर बैठते हुए उसे भी एक सोफे पर बैठने का संकेत किया, 'कब तक मुंबई शहर में ठहरने का विचार है?' वृद्धा ने मानो टोह ली।

'आज ही शाम वापस जाना चाहती हूं।' पुष्पा के होंठों से आप-ही-आप निकल गया।

'आज ही?' वृद्धा ने अपनी कलाई पर बंधी घड़ी देखी। एक बजना चाहता था। उसने कहा, 'चेक टाइम तो हो चुका है, फिर एक-आध घंटा अधिक ठहरने में कोई हर्ज नहीं होता। तुम ऐसा करो कि इसी समय मेरे घर चलो, वरना यह होटल वाला अगले पूरे दिन का किराया भी काट लेगा। शाम तक तुम मेरे घर में आराम से रहना। तुम्हारी हमउम्र बच्चियां हैं, इसलिए तुम्हारा दिल भी लग जाएगा। इस बीच मैं तुम्हारा रिजर्वेशन भी करा दूंगी और शाम को ड्राइवर द्वारा अपनी कार से तुम्हें स्टेशन भी छुड़वा दूंगी।'

पुष्पा को वृद्धा की बात भा गई। शाम के समय होटल से निकलकर स्टेशन जाने के बजाय यदि वह वृद्धा के घर से सीधी स्टेशन पहुंचेगी तो आसानी होगी। दिल में चोर था, इसलिए वह चोरी से भागने के लिए हर प्रकार का प्रयत्न करने को तैयार थी। जाने क्यों पिछली रात उसे इतना बुरा अनुभव प्राप्त करने के पश्चात् इस वृद्धा पर नाममात्र भी किसी प्रकार का संदेह नहीं हुआ। शायद उसे विश्वास था कि एक नारी ही दूसरी नारी के काम आती है। उसे इस होटल को बिना बिल चुकाए यूं भी छोड़ने की जल्दी थी।

उसने कहा, 'आप ठहरिए, मैं अभी दो मिनट में आई।' वह उठी और तुरंत अपने कमरे में पहुंच गई। उसने जल्दी-जल्दी दो साड़ियां और ब्लाउज अपने हैंडबैग में ठूंसे, फिर द्वार बंद करने के बाद मैनेजर के काउंटर पर पहुंची। चाबी उनके काउंटर पर रखी और निश्चिंतता प्रकट करती हुई वह वृद्धा के समीप जा खड़ी हुई। इस बीच वृद्धा एक नहीं, दो 'पाइन एम्पल जूस' मंगा चुकी थी। उसने वृद्धा के कहने पर 'पाइन एप्पल जूस' एक ही बार में समाप्त कर दिया। वृद्धा को भी ऐसा ही करना पड़ा। फिर वृद्धा ने बिल अदा किया। दोनों चलने को उठ खड़ी हुईं।

'तुम्हारा वह सूटकेस कहां है, जो तुम अपने साथ लाई थीं?' अचानक वृद्धा ने उसके हाथ में केवल हैंडबैग देखकर पूछा।

'वह सूटकेस?' पुष्पा अचानक बौखला गई, परंतु फिर तुरंत स्वयं पर काबू करके हंसने का प्रयत्न करती हुई बोली, 'वह मैंने अपने सखी के घर छोड़ दिया था। स्टेशन पर आएगी तो

लेती आएगी।' पुष्पा को वृद्धा की बात याद थी कि वह अपने ड्राइवर द्वारा स्टेशन पर छुड़वाएगी। ड्राइवर को उसके लिए स्टेशन पर छोड़ना कोई कठिन काम नहीं था।

दोनों होटल से बाहर निकलीं। वृद्धा ने एक टैक्सी की। फिर मानो अपनी सफाई देती हुई बोली, 'हमारे एक ही कार है। जब देखो, तब लड़कियां उसे लिए उड़ी रहती हैं। यही कारण है कि मुझे अधिकतर टैक्सी में जाना पड़ता है, परंतु तुम घबराओ नहीं, इस समय लंच के लिए वे सब घर पर अवश्य उपस्थित होंगी। नहीं होंगी तो मैं उन्हें फोन करके उनकी सहेलियों के यहां से बुला लूंगी, ताकि तुम्हें तो कम-से-कम संगति मिल सके।'

पुष्पा सोचने लगी, यह वृद्धा कितनी अच्छी है। थोड़े समय की जान-पहचान है, फिर भी उसका ध्यान अपनी बेटी समान रख रही है। आजकल ऐसे लोग कहां मिलते हैं?

कुछ देर बाद सड़क पर एक के बाद एक मोड़ आने लगे। टैक्सी रास्ता काटती हुई बढ़ती चली गई। उसके बाद टैक्सी एक कोठी के सामने रुकी—बहुत ही शानदार कोठी थी यह। पुष्पा देखती ही रह गई।

'आओ बेटी—।' वृद्धा ने अपनी ओर का द्वार खोलकर टैक्सी से बाहर निकलते हुए कहा। पुष्पा भी अपना हैंडबैग संभालकर टैक्सी से बाहर निकल आई। दोनों मुख्य द्वार में आगे-पीछे प्रविष्ट हुईं। बंगले के प्रवेश द्वार पर रेशम का बहुमूल्य पर्दा पड़ा हुआ था। पर्दा सरकाकर दोनों अंदर कमरे में प्रविष्ट हुईं। यह एक शानदार गोल बैठक थी। अत्यंत मोटा कालीन, बहुमूल्य सोफे तथा अन्य फर्नीचर कॉरनर्स पर गुलदान में ताजे फूल सजे हुए थे। कमरा महका-महका था। दीवार पर एक ओर महात्मा गांधी की बड़ी तसवीर थी, तो एक ताक पर भगवान की सुंदर मूर्ति थी, जिसके दोनों ओर लौबान जल रही थी। बैठक क्या थी, मानो भगवान का मंदिर था। वृद्धा के प्रति पुष्पा के मन में श्रद्धा दोगुनी हो गई। यह कोई स्त्री नहीं, देवी है। जब ही तो उसका इतना ध्यान कर रही है।

तभी एक नौकर कमरे में आया। उसने पुष्पा को उसकी दृष्टि से अज्ञात बहुत ध्यान से देखा। देखता ही रह गया वह—फटी-फटी आंखों से। तभी उसका ध्यान अपनी ओर खींचते हुए वृद्धा ने पूछा, 'बच्चियां अभी तक लंच पर नहीं आईं क्या?'

'अभी तक तो नहीं आईं।' नौकर ने उत्तर दिया।

'उनकी जितनी सहेलियां हैं, सबको फोन करके तुरंत बुला लो।' वृद्धा ने आज्ञा दी।

'जी, बहुत अच्छा।' नौकर ने अदब से झुककर कहा और अंदर चला गया।

'आओ, तुम्हें कोठी के अंदर का भाग भी दिखा दूं।' वृद्धा ने कहा और अंदर के कमरे में प्रविष्ट हो गई। यह बैठक से भी अधिक सुंदर कमरा था। हर वस्तु सुंदरता के साथ सजी हुई थी। ऐसा लगता था, यह कमरा कुछ विशेष बड़े लोगों के लिए सुरक्षित है। पुष्पा ने वृद्धा की शान की मन-ही-मन दाद दी। उसके बाद दोनों अगले कमरे में प्रविष्ट हुईं। यह कमरा बहुत लंबा था।

बैठने के लिए सोफे भी लंबे-लंबे थे। बीच-बीच में लंबी-लंबी मेजें भी रखी थीं, जिन पर थोड़ी-थोड़ी दूरी पर रखे हुए ऐश-ट्रे चांदी समान चमक रहे थे। पुष्पा ने देखा, कमरे के दोनों ओर होटल समान कमरे बने हैं। चलते-चलते उसने कुछेक कमरों में झांका। मोटे गद्देदार सुंदर पलंग– शृंगार मेज, जिन पर शृंगार करने के अनेक 'कॉस्मेटिक्स' रखे हुए थे। कमरों में शीशेदार कवर्ड भी थे।

'ये सब मेरी बच्चियों के कमरे हैं।' वृद्धा ने स्वयं ही आगे बढ़ते हुए कहा, 'रईस खानदार की बेटियां हैं ना, इसलिए कमरों के साथ अलग-अलग वस्तुओं का शौक भी पूरा करना पड़ता है।'

'आपके पास कोई बेटा नहीं है क्या?' पुष्पा ने पूछा।

'है, परंतु इस समय लंदन में डॉक्टरी कर रहा है। एक ही लड़का है, इसलिए उसके शौक का पूरा ध्यान रखना पड़ता है।' वृद्धा ने जैसे एक आह ली।

फिर एक द्वार और आया। द्वार बहुत ही चौड़ा था, जिस पर रंगीन शीशे की पतली नलियों का सुंदर तथा घना पर्दा था। दोनों लगभग एक साथ ही पर्दा सरकाकर अगले कमरे में प्रविष्ट हुईं, परंतु वहां पर जो दृश्य पुष्पा ने देखा तो उसका दिल अचानक ही बहुत जोर से धड़क उठा। कहीं वह दोबारा तो किसी नरक में नहीं आ फंसी है? उसके कदमों तले बिलकुल ही चिकना फर्श था, संगमरमर का–डिजाइनदार और कमरे के चारों ओर मोटे कुशनदार गद्दों पर मखमली चादर बिछी हुई थी। जगह-जगह पर मखमल के गिलाफ चढ़े गावतकिए भी रखे हुए थे। चांदी के चमकते ऐश-ट्रे की भरमार थी।

एक ओर हारमोनियम, तबला, सितार, सारंगी आदि साज रखे हुए थे। कमरे की खिड़कियां चारों ही ओर से बंद थीं। एक दरवाजा भी पीछे से आने-जाने के लिए था। सभी पर पड़ा ताला तथा रेशमी पर्दे सुनहरे तारों के साथ चमक रहे थे। दरवाजे पर पड़ा ताला रेशमी पर्दे के पीछे साफ झूल रहा था। दीवारों पर चारों ओर मन को उत्तेजित करने के लिए बड़ी-बड़ी बिलकुल नग्न तसवीरें फ्रेम में मंढ़कर कमरे की वास्तविकता प्रकट कर रही थीं। तसवीर में कोई लड़की थिरकती हुई अपने अंगों का प्रदर्शन कर रही थी, तो कोई खुजराहो की कला बनी किसी पुरुष से लिपटी हुई थी।

सहसा पुष्पा के कानों में हारमोनियम, तबला, सितार, सारंगी जैसे साजों का स्वर सुनाई पड़ा। उसने कमरे में रखे साजों की ओर देखा। सभी साज खामोश थे। फिर भी ऐसा लग रहा था, मानो संगीत इन खामोश साजों द्वारा ही फूट रहा हो। तभी उसके कानों में घुंघरुओं की छमछम के साथ किसी लड़की की एक सुरीली आवाज टपकी। उसने कमरे में थिरकती लड़की की तसवीर देखी, तसवीर भी खामोश थी। अचानक उसने महसूस किया कि संगीत का स्वर बाहर से आ रहा है, कोठी के पिछले भाग से। वह लपककर खिड़की के पास पहुंची।

एक झटके द्वारा पर्दा हटाकर खिड़की खोली तो सींत का स्वर तेज हो गया। उसने झांककर बाहर देखा एक पतली सड़क के उस पार कोठी का पिछला भाग कोठे समान था–वेश्याओं के कोठे समान।

एक बड़ी इमारत थी। हर खिड़कियों पर गंदी चिक (चटाई) या पर्दे पड़े थे। पुष्पा को हर बात समझते देर नहीं लगी। खिड़की बंद करते हुए उसने अपने मस्तक पर बल डालकर पलटते हुए वृद्धा को देखा। वृद्धा बहुत ध्यान से उसकी प्रतिक्रिया को देख रही थी। पुष्पा ने कुछ रुष्ट स्वर में पूछा, 'यह आप मुझे कहां ले आईं? मैं यहां एक मिनट भी नहीं रहना चाहती। मैं चल रही हूं।'

पुष्पा जिधर से आई थी, उधर वापस बढ़ी। उसने शीशे की पतली नालियों वाले पर्दे को एक झटके से अलग किया। लंबा कमरा पार किया। द्वार पर पहुंची। परंतु यह क्या? आते समय द्वार खुला था और जाते समय बंद। दरवाजा खोलना चाहा, परंतु दरवाजा बाहर से पहले ही बंद हो चुका था। उसने पलटकर वृद्धा को देखा। उससे विनती करती हुई बोली, 'कृपया द्वार खुलवा दीजिए। मैं यहां से जाना चाहती हूं। मैं समझ गई, आपकी अपनी एक भी संतान नहीं है। आप मुझे धोखा देकर यहां लाई हैं।'

'लड़कियों में मेरी अपनी लड़की तो एक भी नहीं है, परंतु मैं उन्हें अपनी सगी बेटियों से कम नहीं समझती।' वृद्धा ने सामने मेज पर रखा पानदान खोला। पुष्पा की समझ में आया कि जाते समय तो पानदान था नहीं, फिर अब कहां से आ गया? वहीं पर एक पीकदान भी रखा हुआ था, परंतु अपना बचाव करने की चिंता में उसने इन बातों पर ध्यान नहीं दिया। वृद्धा ने पानदान खोला। गिलौरियां उसमें पहले से बनी हुई रखी थीं। वृद्धा ने बड़ी लापरवाही से एक गिलौरी मुंह में डाली। फिर पान चबाती हुई भद्दे स्वर में बोली, 'तुम चाहो तो तुम भी मेरी उन बेटियों में से एक बेटी बहुत हंसी-खुशी बन सकती हो, क्योंकि तुम बहुत सुंदर हो। तुम नहीं जानतीं, तुम्हें प्राप्त करने के लिए मैंने कितना अधिक कष्ट उठाया है। दादर में उतरने के बाद मैं दूसरे डिब्बे में छिपकर बैठ गई थी। उसके बाद दूर से तुम्हारा पीछा किया। तुम ग्रीन होटल में ठहरीं तो मिलने के बहाने दो बार शाम को वहां डिनर खाने गई। रात-भर काफी प्रतीक्षा करने के बाद सुबह होटल में कमरा बुक कराने के बहाने पहुंची तो मालूम हुआ कि तुम रात-भर होटल से गायब रही थीं। मैं समझ गई कि तुम किसी अभिनेता, निर्देशक, निर्माता या फाइनेंसर की बांहें गर्म कर रही होगी।'

'आप मुझे गलत समझ रही हैं। मैं ऐसी लड़की हरगिज नहीं हूं।' पुष्पा ने लगभग रोते हुए कहा।

'घर से भागी हुई लड़की कैसी होती है, मैं खूब जानती हूं।' वृद्धा ने पीकदान उठाकर उसमें बहुत गंदी तरह पीक थूकी। बात जारी रखती हुई बोली, 'मैं उड़ती हुई चिड़िया के पंख गिनना खूब जानती हूं।'

'लेकिन...।' पुष्पा ने बात बढ़ाने के बहाने इधर-उधर देखा। शायद यहां से भाग जाने का कोई और द्वार मिल जाए।

परंतु वृद्धा की दृष्टि उकाब के समान तेज थी। वर्षों का उसे अनुभव था। उसने कहा, 'तुम यहां से कहीं भी नहीं भाग सकतीं। इस कमरे में आने के बाद कोई भी हसीना यहां से कभी वापस नहीं जा सकी है। तुम्हें अब सदा के लिए यहीं रहना है। मेरी इच्छा का आदर करते हुए अब तुम्हें रोज मेरे ग्राहकों के सामने नाच-नाचकर उनका मन रिझाना होगा। फिर किसी ग्राहक के साथ रात बिताने के लिए तुम्हें सब लड़कियों के समान एक कमरा मिलता रहेगा। यहां सभी लड़कियां शाम साढ़े सात बजे से पहले पहुंच जाती हैं।

'जब मुझे तुम पर विश्वास हो जाएगा तो अपने कुछेक व्यक्तियों के साथ तुम्हें भी शाम साढ़े सात बजे तक के लिए बाहर जाने का समय मिल जाया करेगा। साढ़े सात बजे के बाद ही यहां शहर के एक से बढ़कर एक प्रतिष्ठित लोग आना आरंभ कर देते हैं। उसके बाद यहां वह रौनक होती है कि लोग दिल थामकर रह जाते हैं। आज मैं विशेष तौर पर तुम्हारे लिए एक मेकअप करने वाली औरत बुलाऊंगी ताकि वह तुम्हें अधिक-से-अधिक सुंदर बनाकर प्रस्तुत कर सके, क्योंकि आज अरब का एक बड़ा शेख हमारे यहां तशरीफ ला रहा है। आज तुम्हें हर तरह से उसका दिल जीतना होगा।' वृद्धा एक सोफे पर टांग-पर-टांग चढ़ाकर बैठ गई।

'देखिए...।' पुष्पा वृद्धा के सामने हाथ जोड़कर रो पड़ी। बोली, 'मैं फिर आपको विश्वास दिलाती हूं कि...।'

'तुम्हें नाच-गाना आता है?' उस बात की चिंता न करते हुए वृद्धा ने उसकी बात काटी।

'जी, बिलकुल भी नहीं।' पुष्पा ने झूठ का सहारा लेना चाहा।

'कोई बात नहीं। आज तुम्हारी सुंदरता से ही काम चल जाएगा।' वृद्धा ने कहा, 'बस तुम अपने कसे हुए शरीर के साथ आंखें मटकाकर काम चलाती रहना और पान की गिलौरियां बार-बार अपने हाथों से शेख के मुंह में डालती रहना। नाचने तथा गाने का भार तुम्हारे समीप थिरकती हुई अन्य लड़कियां संभाल लेंगी।'

पुष्पा फूट-फूटकर रो पड़ी। यह उसके भाग्य को क्या हो गया है? क्या माता-पिता की आज्ञा का पालन न करने की इतनी बड़ी सजा मिलती है? वह वृद्धा के चरणों में गिर पड़ी। बिलख-बिलख कर रोती हुई विनती करने लगी, 'मुझे जाने दीजिए। मुझे मत रोकिए। मैं मर जाऊंगी, परंतु ऐसा काम नहीं कर सकूंगी। मुझ पर दया कीजिए। भगवान के लिए मुझे जाने दीजिए।'

'तुम नहीं मरोगी। तुम मरना चाहोगी भी तो हम तुम्हें आसानी से नहीं मरने देंगे।' वृद्धा ने लापरवाही से कहा। फिर आवाज दी, 'कल्लम मियां।'

कल्लन एक कमरे में आड़ लिए पहले ही बैठा था। वह तुरंत लंबे कमरे में वृद्धा के सामने आ खड़ा हुआ छाती फुलाए तनकर। पुष्पा ने वृद्धा के चरणों में पड़े-पड़े पलटकर देखा तो

कांपकर उठ बैठी। लंबा-चौड़ा तथा भयानक सूरत का एक शैतान जैसा व्यक्ति—चेहरे पर दो जगह छुरियों द्वारा कटे गहरे दाग थे। आंखें सुर्ख थीं। होंठ बुलडॉग समान मोटे थे। उसके हाथ में एक कोड़ा था। उसने पुष्पा को देखा। फिर वृद्धा को देखने के बाद कोड़ा ताने वृद्धा की आज्ञा की प्रतीक्षा करने लगा। पुष्पा की तो मानो जान ही निकल गई।

'जो हमारी इच्छा के विरुद्ध काम करता है, उसको हम कल्लन मियां द्वारा कोड़े से पिटवाकर खाल खिंचवा लेते हैं। उसके बाद एक कमरे में जंजीर द्वारा बांधकर कई दिनों भूखा रखते हैं, इस प्रकार वह इच्छुक होते हुए भी आत्महत्या न कर सके।' वृद्धा कल्लन मियां की ओर मुड़ी, 'तुम जा सकते हो। अब मेरी बातें इस लड़की की समझ में आ गई होंगी।'

कल्लन बाहर जाने वाले द्वार पर पहुंचा। द्वार पर उसने थपकी दी। द्वार खुला। वह बाहर निकला तो द्वार फिर बंद हो गया। वृद्धा खड़ी हुई एक कमरे की ओर इशारा करती हुई बोली, 'तुम उस कमरे में जाकर आराम कर सकती हो। शाम साढ़े सात बजे तुम्हें उठा दिया जाएगा।'

पुष्पा भारी पगों से कमरे की ओर बढ़ गई, इस प्रकार मानो अपनी अर्थी स्वयं उठाने के लिए उसका समय आ गया है। वृद्धा अपनी जीत पर मुस्कराई। आज उसके जाल में सुरखाब आ फंसा था। उसने पानदान उठाया और कल्लन के समान थपकी देकर द्वार से बाहर निकल गई। पुष्पा ने भी अपने कमरे में पहुंचकर द्वार अंदर से बंद कर लिया। एक ओर अपना हैंडबैग फेंका। फिर बिस्तर पर गिरकर तकिये में मुंह छुपाते हुए फूट-फूटकर रो पड़ी।

दो

'खट-खट-खट—।' सहसा द्वार पर थपकी हुई।

'....।' कोई आवाज नहीं आई। पुष्पा अपनी सिसकियों में उसी प्रकार डूबी रही।

'खट-खट-खट-खट।' थपकी फिर हुई।

आखिर पुष्पा के सूने कानों में यह थपकी शोला बनकर प्रविष्ट हो ही गई। उसने एक बहुत ही गहरी सांस ली—जीवन से थकी-हारी। आखिर उसके भाग्य ने उसे कहां ला पटका? कमरे में अंधकार था, फिर उसने महसूस किया कि वह पलंग पर पड़ी-पड़ी इतना अधिक अपने दुर्भाग्य पर रोती रही है कि उसके आंसुओं से तकिया एक ओर भीगकर बिलकुल तर हो गया है। गाल भी भीगे थे। उसने अपनी कलाई पर बंधी घड़ी देखी। अंधकार में चमकते मरकरी डायल पर सुइयां साढ़े सात बजा रही थीं। समय हो गया था उठने का और वह भारी मन से उठ बैठी। आंखों के पपोटों को उसने छुआ तो जलन-सी उत्पन्न हुई। इतने अधिक आंसू बहाते रहने के बाद पपोटों में जलन ही नहीं आती, आंखें लाल भी हो जाती हैं।

अपनी आंखों के कोने उसने अपनी अंगुलियों द्वारा साफ किए। हथेलियों से गाली को पोंछा। फिर उठ खड़ी हुई वह और द्वार खोलने के लिए आगे बढ़ गई, इस प्रकार मानो अपनी चिंता में अपने ही हाथों से अग्नि देने जा रही हो। उसके लिए अपने अरमानों की लाश की,

चिता जलने के बाद, खाक बनाने का समय आ गया था। वह द्वार पर पहुंची। एक गहरी सांस ली। फिर द्वार खोल दिया।

तभी उसके मुखड़े पर घना धुआं सफेद बादलों का टुकड़ा बनकर छा गया, इस प्रकार कि वह द्वार पर खड़े किसी को देख नहीं सकी। द्वार पर शायद कल्लन है, जिसने सिगरेट का एक गहरा कश लेकर द्वार खुलते ही धुआं उसके मुखड़े पर छोड़ दिया है। धुएं में सिगरेट की ही गंध थी। कल्लन पर उसे सख्त क्रोध आया। एक पग पीछे हटकर वह अपनी आंखें मलती हुई धुआं साफ करने लगी। फिर उसने अपनी आंखें ठीक से खोलीं। धुआं उड़कर लुप्त हो चुका था। उसने कांपते दिल के साथ सामने देखा। शायद उसके अरमानों की मौत उसकी प्रतीक्षा कर रही है। उसका दिल खून के आंसू रो पड़ा।

परंतु यह क्या? यह कैसे हो सकता है? यह...य...यह...हां, यह कैसे हो सकता है? अपनी आंखों पर उसे विश्वास ही नहीं हुआ। उसकी आंखों के सामने सुनील खड़ा हुआ था, इस प्रकार मानो बादलों के छंटते ही सूर्य सामने प्रकट होकर मुस्कराने लगता है। सुनील के मुखड़े पर भी कुछ ऐसी ही मुस्कान थी। उसके शरीर पर एक ऊनी गाउन था। लटें बिखरकर मस्तक पर इस प्रकार छा गई थीं कि उसका तीखा नाक-नक्शा और आकर्षक हो गया था। सुनील के हाथ में जलती हुई एक सिगरेट थी, जिसका गहरा कश उस समय लिया था, जब दोबारा थपकी देने के बाद भी गेस्टरूम का द्वार नहीं खुला था और खुला उस समय जब वह गलती से अपने सामने गहरे कश का धुआं निकाल चुका था। यही कारण था कि सिगरेट का धुआं पुष्पा के मुखड़े पर छा गया था।

फटी-फटी आंखों से पुष्पा सुनील को देखते ही रह गई। सुनील गेस्टरूम के द्वार के पार जिस कमरे में खड़ा था, उस कमरे में उजाला था, क्योंकि उस कमरे की सारी ही खिड़कियां खुली हुई थीं। उजाला सुबह का था—चढ़ते सूर्य का उजाला। पुष्पा अब भी इस वास्तविकता पर विश्वास करने में असमर्थ रही। कहीं दुर्भाग्य उसके साथ अब कोई दूसरा मजाक तो नहीं कर रहा है? गुमसुम खड़ी वह कभी कमरे में चढ़ते उजाले को देखती तो कभी सुनील को।

'क्या बात है पुष्पाजी?' सुनील ने पुष्पा को आश्चर्य में डूबा देखा तो स्वयं भी आश्चर्य में पड़ गया। उसने गंभीर होकर पूछा, 'आप कुछ परेशान दिखाई पड़ रही है। लगता है, मेरे इस गेस्टरूम में आपको आराम से नींद नहीं प्राप्त हुई।'

गेस्टरूम? पुष्पा ने पलटकर गेस्टरूम को एक बार देखते हुए अपने संदेह की पुष्टि कर लेनी चाही, परंतु फिर उसने ऐसा नहीं किया। उसे तुरंत याद आ गया कि वह पिछली रात सुनील के बंगले के गेस्टरूम में ही सोई थी, दिन के समय मुंबई की उस कोठी में नहीं, जहां सुंदरियों का व्यापार होता है। इस समय शाम के नहीं, सुबह के साढ़े सांझ बज रहे हैं। उसने वास्तविकता पर विश्वास किया तो उसकी सूनी आंखों में चमक उत्पन्न हो गई। उदास मुखड़े पर रौनक लपक आई। होंठों पर कलियों समान मुस्कान आ गई। फिर वह तुरंत ही फूल-समान

खिल उठी, इस प्रकार, मानो वह किसी नरक में पहुंचने के पश्चात स्वर्ग में चली आई थी। अपनी इस प्रसन्नता पर वह काबू नहीं कर सकी। वह एक झटके से आगे बढ़ी और फिर तुरंत ही सुनील के गले से लिपट गई, इस प्रकार मानो ठीक समय पर आकर भगवान ने उसकी रक्षा कर दी हो।

सुनील बुत बना उसी प्रकार खड़ा रह गया—बिलकुल खामोश। कुछ समय में नहीं आया कि यह सब क्या है। पुष्पा की प्रसन्नता अपनी सीमा को पार करने लगी तो उसने सुनील के गालों तथा मस्तक पर अपने होंठों द्वारा चुंबन की बौछार आरंभ कर दी, इस प्रकार मानो उसे किसी प्रकार का दौरा पड़ गया हो। सुनील तब भी कुछ नहीं समझा। मन हुआ, वह पुष्पा को डांट दे। आखिर यह सब क्या असभ्यता है?

उसने पुष्पा की बांहें पकड़कर उसे अपने से अलग भी कर देना चाहा, परंतु तभी पुष्पा उसे प्यार करते-करते अचानक फूट-फूटकर रो पड़ी। उसके सीने पर सिर रखकर, वह इस प्रकार आंसू बहाने लगी, मानो वर्षा की झड़ी लग गई हो। सिसकियों के साथ उसका पूरा शरीर कांप जाता था। पुष्पा के लिए ये आंसू, ये हिचकियां असीमित प्रसन्नता प्राप्त करने के कारण ही थीं। जब प्रसन्नता सीमा से बाहर निकल जाती है तो इसे आंसुओं की लड़ियों में पिरोकर काबू में करना ही पड़ता है।

परंतु सुनील पुष्पा की इस असाधारण बात को समझने से वंचित रह गया, वरन् पुष्पा की यह हरकत उसके लिए एक पहेली बन गई। उसने पुष्पा को डांटने के बजाय अपनी जबान रोक ली। उसे अपने से अलग भी नहीं किया, बल्कि पुष्पा के आंसू देखकर उसका दिल पिघल गया। उसकी हिचकियों का आभास करके उसका अपना दिल कांप गया। वह भी प्यार का मारा हुआ था। आखिर पुष्पा पर दया आती भी क्यों नहीं? उसने पुष्पा की पीठ पर बहुत प्यार से हाथ फेरा। पुष्पा के आंसू धारा में परिवर्तित हो गए। हिचकियां बढ़ गईं।

प्रायः जब मानव को उसका दुःख बांटने वाला कोई मिल जाता है, तो वह रो-धोकर आंसुओं द्वारा अपने गम का सारा बोझ इकट्ठा ही कम कर लेना चाहता है। सुनील ने पुष्पा के दिल का गम समझने का प्रयत्न किया। अवश्य उसके दिल में भी प्यार की कोई इतनी बड़ी आग लगी हुई है, जो उसे अंदर-ही-अंदर झुलसा देना चाहती है या फिर उसने किसी और प्रकार का कोई बड़ा धोखा खाया है, वरना इतनी अधिक सुंदर तथा सभ्य और साथ ही दयालु होने के पश्चात् वह होटलों में गाने वाली एक नर्तकी कभी नहीं होती। पिछली रात होटल में उसकी नशे की चूर स्थिति में पुष्पा ने दया करके जिस प्रकार उसे यहां तक पहुंचाया था, वह उसके स्त्रीत्व का प्रमाण देने के लिए बहुत था।

पुष्पा को उसने संभाला। अपने से लगाकर उसे कमर में थामा। फिर ले जाकर एक अलग ऐसे कमरे में बैठा गया, जहां सूर्य एक बड़ी खिड़की द्वारा बिलकुल सामने चढ़ता था। पुष्पा को उसने वहीं खिड़की के सम्मुख एक सोफे पर बिठा दिया। खिड़की पर पर्दा पड़ा हुआ था,

इसलिए कमरे में उजाला कम था। उसने खिड़की का पर्दा सरकाते हुए कहा, 'प्रायः यहां आजकल सुबह सात बजे बिजली चली जाती है, समीप ही यहां बिजली का एक प्लांट जो लग रहा है। इसलिए बंद कमरों के अंदर जब तक घड़ी न देखी जाए, सुबह होने का पता ही नहीं चलता।'

खिड़की का पर्दा सरकाते हुए सूर्य का प्रकाश कमरे में सीधा इस प्रकार प्रविष्ट हुआ कि पुष्पा पर छा गया। वह अभी तक रेशमी गाउन पहने हुए थी। ठंड के कारण शरीर में कंपन समाया हुआ था, जिसका एहसास वह अपने गम के कारण अब तक नहीं कर पाई थी। सूर्य के प्रकाश ने उसे गर्मी प्रदान की, परंतु इसकी प्रतिक्रिया क्षण-भर के लिए विपरीत हुई। वह पूरे शरीर सहित बुरी तरह ठिठुरने लगी। वह घुटनों को समेटकर सिकुड़ती हुई बैठ गई। सुनील कमरे की अन्य सभी खिड़कियों के पर्दे सरकाने लगा तो कमरा दिन के समान प्रकाशमान होने लगा।

अंतिम खिड़की का पर्दा सरकाते हुए उसने उसी प्रकार बात जारी रखी। पुष्पा की ओर देखे बिना ही उसने पूछा, 'सात बजे बिजली जाते ही नाइट बल्ब ऑफ तथा हीटर बंद होने के बाद आपको भी तो सुबह होने का अनुमान नहीं हुआ होगा?' उसने सिगरेट का अंतिम कश लिया, फिर उसे ऐश-ट्रे में मसल दिया।

पुष्पा ने कोई उत्तर नहीं दिया। सुनील ने जो कुछ कहा था, अपने अनुमानानुसार ठीक ही कहा था। वह अब पूर्णतया संभल चुकी थी। आंसू अंगुलियों द्वारा सुखा चुकी थी और हिचकियों पर पूर्णतया काबू पा चुकी थी। अब उसकी सांसों में भी एक ठहराव-सा था। सुनील पुष्पा के समीप ही सोफे पर बैठने वाला था कि उसका ध्यान पुष्पा के शरीर पर गया। इस बला की ठंड और पुष्पा के शरीर पर केवल एक रेशमी गाउन? उसने आश्चर्य से कहा, 'अरे, यह क्या? आप केवल एक पतला गाउन ही पहने हुए हैं।'

'क्षमा कीजिएगा।' पुष्पा ने उठते हुए कहा, 'इसे पहनने के लिए मैंने आपसे तो आज्ञा ही नहीं ली थी, परंतु बलराम ने अवश्य इसकी आज्ञा दे दी थी। यद्यपि उसकी आज्ञा का महत्व मुझे नहीं रखना चाहिए था, परंतु जब इसे देखा तो सोचा आखिर पहनने में हर्ज ही क्या है?'

'चलिए, इसी बहाने इतने वर्षों बाद इसका उपयोग तो हुआ।' सुनील ने मुस्कराने का प्रयत्न किया। बोला, 'आप यहीं धूप लीजिए। मैं आपके लिए गर्म कपड़े स्वयं लेकर आता हूं।' सुनील ने पुष्पा की बात की प्रतीक्षा नहीं की और अंदर के कमरे में प्रविष्ट हो गया।

पुष्पा उठते-उठते रह गई। अपने हाथों को मोड़कर उसने ठंड से बचने के लिए अपनी छाती ढंक ली।

कुछ देर बाद सुनील वापस आया तो उसके हाथ में लंबे रेशों वाला ऊन का एक गाउन था, बिलकुल काला गाउन। पुष्पा ने उसे देखा तो उसके सम्मान में तुरंत खड़ी हो गई। गाउन को उसने देखा, यह रेशमी नरम, परंतु गर्म गाउन उसके शरीर के लिए ही तो नहीं है?

'अपने हाथ फैलाकर थोड़ा ऊपर और सीधा कीजिए।' सुनील ने उसकी ओर गाउन बढ़ाते हुए कहा।

पुष्पा को अपने हाथ उसी अंदाज में ऊपर उठाने पड़े।

सुनील पुष्पा की बगल में आया—बिलकुल समीप। गाउन की एक आस्तीन उसने पुष्पा के हाथ पर पहना दी। फिर वह उसके पीछे आया—दूसरे हाथ की ओर। दूसरे हाथ पर भी उसने गाउन की आस्तीन बढ़ा दी—बिलकुल अंग्रेजी सभ्यता के अनुसार, जैसा कि एक पुरुष स्त्री को कोट पहनने में सहायता देना कर्तव्य समझता है। नर्तकी बनने के बाद पुष्पा ये सब बातें अंग्रेजी फिल्मों में अनेक बार देख चुकी थी, इसलिए उसे गाउन पहनने के इस अंग्रेजी ढंग का अनुसरण करने में अधिक कठिनाई नहीं हुई। गाउन उसके शरीर समान कोमल था। सुनील गाउन को पुष्पा के शरीर पर डालने के बाद बगल से हटा और पुष्पा के सामने खड़ा हो गया। पुष्पा ने अपनी कोहनी मोड़कर हाथ ऊपर उठाया और अपनी काली तथा घनी लटों की बदलियों को अपने कंधों पर फैला दिया। उसके बाद उसने गाउन के कॉलर को लटों के अंदर गर्दन पर समेटा। फिर दोनों ओर से गाउन शरीर पर समेटने के बाद उसने अपनी कमर पर बैल्ट कस ली। उसके शरीर को गर्मी के साथ चुस्ती भी प्राप्त हुई। उसने मुस्कराती दृष्टि से सुनील को देखा, इस प्रकार मानो वह पूछ रही हो कि ऊपर से नीचे तब इस काले रेशेदार गाउन में वह कैसी लग रही है?

'जानती हो तुम इस गाउन में कैसी लग रही हो?' सुनील ने मानो पुष्पा के मन की बात पूछी।

'कैसी लग रही हूं?' पुष्पा को पूछना पड़ा। वह मुस्कराई।

सुनील ने उत्तर देने से पहले कमरे की सारी खिड़कियां बंद कर दीं। पर्दे सरकाते हुए फैला दिए। कमरे में अंधकार की गहरी धुंध छा गई। वह पुष्पा के समीप आया। पुष्पा को उसने अंधकार की धुंध में ऊपर से नीचे तक देखा। काले गाउन में कंधे पर बिछी पुष्पा की काली लटें, गाउन के रेशों से घुल-मिलकर एक समान हो गई थीं। सुनील हल्के से मुस्कराया। फिर बोला, 'पुष्पा, तुम्हें देखकर ऐसा लगता है, जैसे सारा संसार बदली की मोटी परत से ढंक गया है। फिर भी उसके नीचे चंद्रमा आ निकला है, तुम्हारा सुंदर तथा गोरा मुखड़ा बनकर।'

'आप तो कवियों जैसी बातें करने लगे।' पुष्पा ने कहा, 'क्या कविता से आपकी काफी रुचि है?'

'कभी थी—थोड़ी-बहुत, जो मेरे अंदर अपने आप ही उत्पन्न हो गई थी, परंतु अब...।' सुनील ने एक गहरी सांस लेकर कुछ कहना चाहा।

परंतु तभी बंगले में बिजली आ गई। रात के समय इस कमरे में केवल एक बल्ब जला करता था। बल्ब जला तो अपनी बात अधूरी छोड़कर सुनील ने कहा, 'बिजली आ गई है। मैं

जरा कमरे की बत्तियां जला दूं।' सुनील आगे बढ़ा। एक के बाद एक उसने सारी ही बत्तियां जला दीं। कमरा ट्यूबलाइट से प्रकाशमान हो गया।

तभी कमरे में ट्राली लेकर बलराम प्रविष्ट हुआ। ट्रे पर सिल्वर प्लेटेड चाय की एक केतली थी। दो प्याले तश्तरी में थे। चीनी तथा दूध के बर्तन अलग थे।

'आज बेड-टी लाने में तुमने बहुत देर कर दी, बलराम?' सुनील ने मेज पर से सिगरेट का पैकेट उठाते हुए कहा।

'देर कर दी?' बलराम को बड़ा आश्चर्य हुआ। उसने ट्राली उसी प्रकार लाते हुए सुनील से कहा, 'आज से पहले तो मैंने आपकी आंखें पलंग पर नौ बजे से पहले खुली हुई कभी देखी ही नहीं, फिर आज कैसे समय से पहले बैड-टी पहुंचाने का साहस करता। बीबीजी भी देर में सोई थीं, इसलिए इन्हें भी बैड-टी के लिए जगाना मैंने उचित नहीं समझा।' उसने पुष्पा की ओर देखा। बात जारी रखते हुए उसने कहा, 'यह आप दोनों की फुस-फुस थी, जो किचन में पहुंची तो समझ में आया कि आप दोनों जाग ही नहीं गए हैं, बल्कि इस कमरे में बैठे हुए हैं।'

फुस-फुस? सुनील तथा पुष्पा दोनों ने ही एक-दूसरे को देखा।

'बस, इसलिए बैड-टी बनाकर सीधा यहीं ले आया।' बलराम ने फिर कहा। ट्राली उसने एक लंबे सोफे के समीप खड़ी कर दी।

सुनील के इशारे पर पुष्पा ट्राली के सामने सोफे पर बैठ गई। उससे कुछ दूर हटकर उसी सोफे पर सुनील भी बैठ गया। उसने सिगरेट के पैकेट से एक सिगरेट निकाली। सिगरेट होंठों से लगाई, फिर अपने गाउन के पॉकेट में से एक लाइटर निकालकर सिगरेट जलाई। फिर एक गहरा कश लेने के बाद उसने धुआं हवा में छोड़ दिया। उसने सुना पुष्पा बलराम से कह रही थी, 'तुम जाओ, चाय मैं बना लूंगी।'

सुनील ने देखा, बलराम चाय बनाने के लिए ट्राली पर झुका था। अपने हाथों से चाय बनाकर अपने मालिक को देने की उसकी प्रतिदिन की आदत थी। पुष्पा का आदेश पाते ही उसने वहां रुकना उचित नहीं समझा। वह पलटा। फिर तुरंत कमरे से बाहर चला गया। पुष्पा ने चाय की ट्रे अपने कुछ और समीप करके संभाल ली। फिर प्यालों में चाय बनाने लगी। सुनील सिगरेट के कश लेने लगा।

'चीनी?' पुष्पा ने प्याला सुनील की ओर बढ़ाने से पहले पूछा।

'केवल एक चम्मच।' सुनील ने उत्तर दिया।

पुष्पा ने चाय में चीनी डालने के बाद प्याला सुनील की ओर बढ़ा दिया। सुनील ने धन्यवाद के साथ प्याला ले लिया। उसने सिगरेट का एक कश लिया, फिर पुष्पा की ओर देखा। पुष्पा अपने चाय के प्याले में चीनी डालने के बाद चम्मच द्वारा चीनी घोल रही थी। सुनील भी अपने प्याले में चीनी घोलने लगा। उसने चाय की एक चुस्की ली। फिर सिगरेट का

कश लेते हुए पुष्पा को देखा, पुष्पा भी चाय की एक हल्की चुस्की ले रही थी—अपने कलियों समान होंठों को बहुत हल्का-सा खोलकर बड़े प्यारे अंदाज के साथ—बिलकुल बेआवाज।

'आप...।' पुष्पा ने सुनील को देखते हुए पूछा, 'बंगले में लाइट आते ही आप कुछ कहते-कहते रह गए थे।' पुष्पा को मानो सुनील की पूरी बात ज्ञात करने की उत्सुकता बहुत देर से थी।

'मैं कुछ कहते-कहते रह गया था?' सुनील ने आश्चर्य से पूछा।

'जी हां।' पुष्पा ने उसे याद दिलाया, 'यही...कविता वाली बातें कि कभी आपके अंदर भी इसके प्रति थोड़ी-बहुत रुचि उत्पन्न हो गई थी।'

'ओह!' सुनील को याद आया। चाय का प्याला सामने मेज पर रखते हुए उसने कहा, 'वह तो मैंने यूं ही कह दिया था।' सुनील हंस पड़ा।

'बिना गड्ढे के पानी नहीं रुकता।' पुष्पा ने मानो सुनील की नब्ज पकड़ ली। बोली, 'कोई बात तो अवश्य ही होगी, आपके कहने के उस अंदाज में। कौन थी वह जिसे आप इतना अधिक प्यार करते थे और अंत तक उसी की याद में तड़प रहे हैं।'

'थी एक—अभागिन।' सुनील ने एक आह भरी, फिर बोला, 'बड़ी लंबी कहानी है यह, बड़ी ही विचित्र।'

'क्या आप शराब इसलिए इतना अधिक पीते हैं, क्योंकि वह आपको धोखा दे गई?' पुष्पा ने उत्सुक होकर पूछा।

'नहीं-नहीं, ऐसा मत कहिए।' सुनील ने मन-ही-मन तड़पकर कहा, 'उसने मुझे कोई धोखा नहीं दिया। उसे तो जबरदस्ती समाज के अटूट बंधनों में जकड़ दिया गया था। धोखा तो मैंने उसे दिया था, उसकी भोली-भाली समझ से अज्ञात, और वह भी उसके विवाहित जीवन में। वह तो एक आदर्श नारी थी, पतिव्रता स्त्री थी। वह तो मेरी छाया तक से दूर रहना चाहती थी।'

पुष्पा कुछ समझी नहीं। सुनील की बातें पहेलियों जैसी थीं।

'मैंने भी उसे धोखा दिया था तो कुछ सोच-समझकर।' सुनील कहते हुए खो-सा गया। उसने अपने आप ही कहा, 'ताकि वह प्रसन्न रह सके, क्योंकि उसके पति की प्रसन्नता तथा सुख ही उसकी अपनी प्रसन्नता और सुख था। सरिता सही अर्थों में एक भारतीय आदर्श नारी थी।'

सरिता? पुष्पा ने मन-ही-मन नाम दोहराया। सोचा, कितनी मूर्ख लड़की थी वह! उसे तो समाज का हर बंधन तोड़कर सुनील की बन जाना चाहिए। इतना प्यार किस लड़की को प्राप्त होता है? आखिर क्यों उसे सुनील जैसे व्यक्ति का प्यार ठुकराकर एक पराया व्यक्ति स्वीकार करना पड़ा—और वह भी अपने प्रति के रूप में? क्या इस आधुनिक काल में भी नारी समाज

के बंधनों से कभी स्वतंत्र नहीं हो सकती? कभी उसने स्वयं भी तो एक स्वतंत्र पक्षी के समान उड़ जाना चाहा था, उड़ भी गई थी, परंतु परिणाम क्या मिला, केवल वही जानती है। वह समय उसे जब भी याद आता है तो दिल कांप जाता है। उसने अपने गमों पर पर्दा डालते हुए कहा, 'आपके जीवन की कहानी तो वास्तव में एक पहेली जान पड़ती है। क्या आप इसे कभी विस्तारपूर्वक बताना पसंद करेंगे?' पुष्पा ने वातावरण की गंभीरता पर मुस्कान की मिठास छिड़कने का असफल प्रयत्न किया।

'यदि समय तथा परिस्थिति ने आज्ञा दी तो बताने में कोई हर्ज नहीं समझूंगा।' सुनील ने कहा, 'वैसे आपके जीवन में भी कोई-न-कोई भेद अवश्य पहेली बनकर काम कर रहा है।'

'यह आपने कैसे जाना?' पुष्पा ने रुचि लेकर पूछा।

'सुबह-सुबह गेस्टरूम का द्वार खोलने के बाद मुझे देखने का वह भयभीत-सा अंदाज, फिर एकदम से मुझसे लिपट जाना, प्यार करना, फिर अचानक ही रो पड़ना और वह भी फूट-फूटकर, क्या यह सिद्ध नहीं करता कि आपके दिल में भी कोई दर्द-भरा भेद है?' सुनील ने पूछा।

'भेद तो है—बहुत बड़ा भेद।' पुष्पा ने एक आह भरी। बोली, 'वरना मैं आज होटलों में नाच-गाकर ग्राहकों के लिए दिल बहलाने का खिलौना नहीं होती।'

'क्या मुझे आपके इस भेद-भरे जीवन को विस्तारपूर्वक जानने का अवसर प्राप्त हो सकेगा?' सुनील ने पूछा।

'यदि समय और परिस्थिति ने आज्ञा दी।' पुष्पा ने सुनील के प्रश्न पर उसे उस जैसा ही उत्तर दिया।

सुनील हल्के से मुस्कराकर रह गया। दुःख बांटने से कम होता है। परंतु दुखिया के साथ दुःख बांटने से बहुत ही हल्का हो जाता है। दोनों ही एक नाव के दो यात्री थे, परंतु सुबह से ही यह बात चलती रही तो दोनों का सारा दिन खराब हो जाता। इस बात को सुनील से अधिक पुष्पा ने महसूस किया, तो बोली, 'चाय पीजिए।' पुष्पा ने सामने मेज पर सुनील के रखे प्याले की ओर संकेत किया।

और सुनील चाय का प्याला उठाकर चाय की चुस्कियां लेने लगा।

* * *

सुनील का एक अलग-थलग निजी जीवन था। निजी जीवन की एक कहानी थी, कभी बंगलौर में उत्पन्न हुई थी और वहीं दफन भी हो गई थी, केवल याद बची हुई थी उसके दिल में, जिसका घाव जहर बनहर उसके शरीर में दौड़ रहा था तथा जिसका दर्द सहन करने के लिए बंगलौर छोड़कर वह इतनी दूर इस शहर में चला आया था, परंतु उसका भाव भरने की बजाय बढ़ता ही चला गया।

अतीत कभी पीछा नहीं छोड़ता, बल्कि अतीत से पीछा छुड़ाने के लिए अपनी जान से हाथ धोना पड़ जाता है। बंगलौर से इस शरीर में आने के बाद कुछ ऐसी स्थिति सुनील की भी हो गई थी। घाव नासूर बन गया, पीव जहर बनकर नस-नस में दौड़ने लगी, तो उसने पहले से भी अधिक शराब पीना आरंभ कर दिया। जब उसने आवश्यकता से अधिक शराब पीना आरंभ किया तो उसके अंदर दर्द सहन करने की शक्ति आने लगी, बल्कि अनिच्छुक होते हुए भी उसके अंदर जीवित रहने की इच्छा जागृत हो चली। मर-मरकर जीने का अंदाज ही अलग होता है। तड़प-तड़पकर जीवित रहने में भी एक विचित्र मिठास प्राप्त होती है।

धन की उसके पास कमी नहीं थी। जब उसने आवश्यकता से अधिक शराब पी तो शराब ने भी उसे पीना आरंभ कर दिया। परंतु बंगलौर से यहां आने के बाद उसे कुछ-न-कुछ तो करना ही था, ताकि स्वयं को व्यस्त रख सके। यहां कुछ ही दिनों बाद उसने एक फैक्टरी खरीद ली थी। अपना सारा काम उसने एक विश्वसनीय मैनेजर पर छोड़ दिया। फिर भी नियमित रूप से वह प्रतिदिन फैक्टरी के दफ्तर जाना नहीं भूलता था। शाम डूब भी नहीं पाती थी कि वह शराब पीना आरंभ कर देता था, अपने बंगले में या किसी बॉर में जाकर।

जब शराब उसे पीने लगी तो उसने छुट्टियों के दिन सुबह से ही शराब पीना आरंभ कर दिया। शराब उसकी साथी थी, जो उसके हलक में उतरते ही उसे संसार के सारे गमों से मुक्त कर देती थी या उसके दर्द को मिठास में परिवर्तित कर देती थी। धीरे-धीरे शराब के लिए 'औलगा होटल' का 'बार' उसका अड्डा बन गया। यहां बैठकर खूब शराब पीता था। शराब के नशे में डूबा तथा अपनी धुन में तल्लीन उसे यह भी ध्यान नहीं रहता था कि सामने स्टेज पर कौन नर्तकी गा रही है या नृत्य कर रही है या नृत्य द्वारा अपने अर्द्धनग्न शरीर का प्रदर्शन कर रही है। उसे आरंभ से ही किसी अन्य लड़की में कोई रुचि नहीं थी। उसकी रुचि थी तो केवल सरिता में, जो उसका अतीत बनकर उसके मन और मस्तिष्क में जोंक के समान चिपकी थी। सरिता का वह पापी था, बिना कोई पाप किए उसकी मृत्यु का जिम्मेदार था, इसलिए हत्यारा भी था, बिना कोई हत्या किए हुए।

'औलगा होटल' में वह लगातार पिछले दो वर्षों से आ रहा था, परंतु उसने कभी एक बार भी किसी नर्तकी की ओर आंख उठाकर नहीं देखा था, जबकि इस बीच कितनी नर्तकियां आईं और चली गई थीं। व्हिस्की पीते समय वह होता और उसका अतीत। सिगरेट का कश लेने के बाद वह धुआं हवा में छोड़ता तो उसमें भी उसे केवल सरिता का ही आकार दिखाई पड़ता। ऐसा था उसका दीवाना प्यार बिलकुल ही निःस्वार्थ।

फिर जब होटल बंद हो जाता तो वह लड़खड़ाता हुआ 'बार' से बाहर निकलता। नहीं निकल पाता तो होटल के वेटर उसके ड्राइवर को खबर कर देते कि वह अपने मालिक को संभालकर ले जाए। ड्राइवर छुट्टी पर होता तो होटल से वेटर उसे स्वयं किसी प्रकार उसकी कार में ले जाकर स्टेयरिंग के सामने बैठा देते थे। शराबी आदमी का हाथ एक बार स्टेयरिंग पर

पहुंच जाए तो वह स्वयं कार चलाकर अपने द्वार पर पहुंच जाता है, परंतु इस ड्राइविंग के मध्य यदिशराब का एक हल्का-सा झटका भी लगता है, तो उसकी पलक अवश्य झपक जाती है और यही क्षण जीवन की एक बड़ी दुर्घटना सिद्ध होता है।

तीन मास पहले उसकी कार की दुर्घटना कुछ ऐसी ही हुई थी, परंतु भाग्य से कोई व्यक्ति उसकी कार के सामने नहीं आया। वह स्वयं ही सड़क पर पहले पटरी से टकराई तथा आड़े-तिरछे खड़े दो ट्रकों के सामने चली गई। रात का समय था, गहरा सन्नाटा। वर्षा हो रही थी, परंतु उसकी कार का 'वाइपर' सामने के शीशे पर ठीक से काम नहीं कर रहा था, इसलिए सुनील को भी रास्ता ठीक से सुझाई या दिखाई नहीं दे रहा था।

उस दिन भी उसने सदा के समान काफी पी रखी थी। कार की रफ्तार भी काफी तेज थी। अचानक रास्ते के एक मोड़ पर उसके सामने एक कार आ गई। सामने के कार-चालक ने जाने क्यों, कैसे या किस स्थिति में 'डिपर' नहीं दिया। शराब की झोंक में सुनील ने भी किसी प्रकार का 'डिपर' देने की आवश्यकता नहीं समझी थी। 'हैडलाइट्स' का आपस में टकराव हुआ। क्षण-भर के लिए सुनील को कुछ दिखाई नहीं दिया। तभी सुनील की पलकें भी प्रकाश के टकराव के कारण क्षण-भर के लिए झपक गई थीं। उसे दिखाई तब दिया, जब सामने से आती कार निकल जाने के तुरंत बाद ही उसकी अपनी कार कुछ दूर खड़े ट्रकों से जा भिड़ी थी। इस प्रकार कि उसकी कार के सामने का भाग बिलकुल पिचक गया। बोनट खिचड़ी बन गया। शीश टूटकर चूर होते हुए छिटक गया। सुनील की जान जाते-जाते बची थी।

तभी से उसकी कार एक गैरेज में बनने को पड़ी थी, लगभग तीन मास से। वरना वह पुष्पा को उसी रात अपनी कार द्वारा ड्राइवर से कहकर उसके होटल वापस अवश्य भेज देता।

उस रात पुष्पा पलंग पर लेटी तो सुनील के विचित्र व्यक्तित्व पर ध्यान दिए बिना नहीं रह सकी। सुनील के प्रति उसकी रुचि और बढ़ गई थी, इस वास्तविकता के पश्चात् उसे मानव-जाति का एक कठोर तथा कटु अनुभव था। हां, कटु अनुभव ही था उसे, विशेष तौर पर एक स्त्री का, जो स्त्री होकर भी उसे एक शेख के हाथ बेच देना चाहती थी, उसकी सुंदरता को सोने में तौलकर।

जब वह उस बदमाश वृद्धा की कोठी के एक कमरे में कैद थी, तो उसके द्वार पर थपकी हुई थी—खट-खट-खट-खटा।

पुष्पा ने कोई उत्तर नहीं दिया। सिसकियों में वह उसी प्रकार डूबी हुई थी।

'खट-खट-खट-खटा।'

आखिर पुष्पा के मानों में ये थपकियां शोले बनकर उतर ही गई थी। अपने भाग्य को दोष देते हुए उसने अपनी कलाई पर बंधी घड़ी देखी थी। मरकरी डायल पर सुई साढ़े सात बजा रही थी। कल्लन आ गया है, अब उसका शृंगार होगा। उसे अधिक-से-अधिक सुंदर बनाया जाएगा। फिर शेख उसका भाव लगाएगा। बोली चढ़ेगी और फिर...।

उसने उठकर द्वार खोल दिया था।

परंतु यह क्या? उसके सामने एक पुलिस का आदमी खड़ा था। घूरकर वह उसे देख रहा था। 'चलो-चलो, तुम भी चलो। आज बहुत दिनों के बाद तुम सबको एक साथ पकड़ा है।' पुलिसमैन ने कहा था।

और तब पुष्पा को पता चला था कि कोठी पर पुलिस के जत्थे ने धावा बोला है। उसने एक शांति की सांस ली थी। पुलिस धावा मानो उसके लिए एक दूत बनकर आया था। परंतु फिर अचानक ही वह गंभीर हो गई थी। यहां से उसे जाने कहां ले जाया जाएगा? जेल? अनाथ आश्रम? पता नहीं वहां उसका क्या परिणाम हो? कुंवारापन बचेगा भी या नहीं, जिसकी सुरक्षा वह अब तक करती आई थी? उसने तुरंत पुलिस वाले के आगे हाथ जोड़ दिए थे। रो-रोकर उसने विनती की थी, 'कृपया मुझे गिरफ्तार मत कीजिए। मुझे जाने दीजिए, मैं अपने घर जाना चाहती हूं, मेरी लाज अब भी सुरक्षित है। इस कोठी की उस बुढ़िया ने मुझे बहकाकर आज ही अपने जाल में फांसा है, ताकि एक शेख के हाथों मेरा सौदा कर दे। मैं जीवन-भर आपके गुण गाऊंगी। मुझे जाने दीजिए। मुझे छोड़ दीजिए, वरना मैं भगवान की सौगंध खाकर कहती हूं कि मुझे आत्महत्या करनी पड़ेगी। मैं आपके पैर पड़ती हूं।' पुष्पा पुलिसवाले के कदमों में गिर पड़ी थी।

और उस पुलिस के व्यक्ति को उस पर दया आ ही गई थी। उसने उसे छोड़ ही नहीं दिया, चुपचाप निकल जाने भी दिया था। आखिर पुलिस वाले भी तो मानव ही होते हैं।

मुंबई से बचकर वह किसी प्रकार अपने शहर पहुंची थी तो ऐसा लगा था, मानो वह युगों बाद अपने देश पहुंची है। वह अपने घर पहुंची, परंतु वहां पता चला कि उसके माता-पिता ने उसके घर से भाग जाने के बाद वास्तव में आत्महत्या कर ली थी। वह सन्न रह गई थी। सन्न रहती भी क्यों नहीं? घर की सारी पूंजी तो वह ही लेकर भाग गई थी। अड़ोस-पड़ोस ने उसे धिक्कारा, उसे दुराचारिन ठहराया। उसके मुंह पर थूकना चाहा, तो वह अपना शहर छोड़कर भाग गई। वह शहर, जहां रहकर उसने क्या-क्या स्वप्न नहीं देखे थे और उसके सपनों की ताबीर क्या हुई, वह आज भी भोग रही थी।

परंतु इतना कटु अनुभव होने के पश्चात् उसके अंदर की नारी नहीं मरी थी। नारीत्व कभी नहीं मरता और यही कारण था कि इस समय वह केवल सुनील के विषय में ही सोचने पर विवश थी, और उसने सुनील के विषय में जितना सोचा, उसके अंदर सुनील के प्रति उतनी ही रुचि बढ़ती चली गई। धीमे-धीमे यही रुचि प्यार में परिवर्तित होने लगी। दिल के अंदर एक मीठी धड़कन उत्पन्न होने लगी। उत्पन्न होती भी क्यों नहीं? आखिर वह भी तो एक नारी ही थी—कुंवारी, फूल समान कोमल तथा कीचड़ में गिरने के पश्चात् कंवल समान स्वच्छ—पवित्र। सुनील को उसने आरंभ से ही अपनी ओर से लापरवाह पाया था, जो उसकी सुंदरता को एक चुनौती थी। इस धारणा को ध्यान में लाने के बाद यदि वह उसकी ओर आकर्षित हो गई थी तो

कोई बड़ी बात नहीं हुई थी। फिर आज की भेंट के बाद सुनील के विषय में सब कुछ ज्ञात कर लेने की उत्सुकता उत्पन्न होना उसके लिए स्वाभाविक ही था।

परंतु जो उसका अपना अतीत था, उसे ज्ञात करके सुनील पर क्या प्रतिक्रिया होगी, इसका अनुमान लगाना पुष्पा के लिए कठिन हो रहा था। नारी तो पुरुष के हजार पाप भी क्षमा करना जानती है, परंतु पुरुष नारी को एक बार भी संदेह की दृष्टि से देख ले तो उसके लिए नारी को क्षमा करना कठिन हो जाता है।

* * *

मुलाकातें बढ़ीं। मुलाकातें व्यक्तिगत रूप से केवल छुट्टियों के दिन ही हुआ करती थीं, क्योंकि अन्य दिन सुनील अपना अधिकांश समय दफ्तर में बिताता था। शाम के समय वह दूसरे होटल के 'बार' में चला जाता था, क्योंकि एक बार शराब पीकर अपमानित होने के बाद उसके लिए अब औलगा होटल जाने का प्रश्न ही नहीं उठता था। अपमानित होने का कारण भी वह स्वयं ही था, वरना औलगा होटल के मैनेजर पर वह मान-हानि का दावा अवश्य कर देता। इसके अतिरिक्त उसका अतीत भी ऐसा घिनौना था कि अदालत में उसके विरुद्ध अगर सारी बातें आ जातीं तो उसका इस शहर में रहना भी कठिन हो जाता।

पुष्पा ने स्वयं भी उसे औलगा होटल आने को मना कर दिया था। सुनील का अपमान अब उसका अपना अपमान था। इसके अतिरिक्त अब वह नहीं चाहती थी कि सुनील की दृष्टि के सामने वह दर्शकों तथा ग्राहकों के लिए नाचने तथा गाने का तमाशा बने। इस होटल में नाचने तथा गाने के लिए उसने तीन मास का कांट्रेक्ट कर रखा था। यदि ऐसा नहीं होता तो वह समय से पहले ही होटल छोड़कर कोई और सम्माननीय नौकरी ढूंढने का प्रयत्न करती। उसे विश्वास था कि सुनील इस प्रयत्न में उसकी सहायता अवश्य करता। उसे पैसों की आवश्यकता थी—सख्त आवश्यकता, अपने लिए न सही, किसी और के लिए। यदि उसका एक अतीत कटु था तो दूसरे अतीत ने उसके दिल के घाव पर मरहम भी रख दिया था। उसने सोच लिया था कि जब वह सुनील को अपनी जीवनी सुनाएगी तो उसके आगे एक-एक घटना खोलकर रख देगी, वह सुनील को यह भी बता देगी कि वह उसे प्यार करने लगी है, परंतु वह उससे किसी प्रकार की आशा नहीं रखती है। उसका पेशा ही इतना सस्ता तथा गिरा हुआ है। होटलों में नाचने तथा गाने वाली सुंदरियां केवल देखने के लिए ही होती हैं, प्यार करने के लिए नहीं। इस बात से पुष्पा पूर्णतया सहमत थी। पुरुष जिसे प्यार करता है, उसे अपनी पत्नी बनाकर सुरक्षित कर लेना चाहता है और वह सुनील की पत्नी बनने योग्य किसी भी स्थिति में नहीं थी। प्यार करने वाले परिणाम की चिंता नहीं करते।

सुनील से भेंट करने के लिए पुष्पा सदैव इच्छुक रहती थी, जो उसे रविवार या अन्य छुट्टियों में केवल दिन के समय तक ही प्राप्त होता था। शाम के समय उसे इन दिनों जरा जल्दी

78

ही अपने नृत्य का प्रोग्राम प्रस्तुत करना पड़ता था, क्योंकि छुट्टी होने के कारण 'बार' में और दिनों से अधिक ग्राहक आया करते थे। इन दिनों नृत्य का 'सेशन' भी दोगुना हुआ करता था। फिर रात में नृत्य की थकावट के पश्चात् वह पलंग पर लेटती तो देर तक सुनील के विचारों में तल्लीन रहती। फिर जब सुबह होती, सर्वप्रथम सुनील का स्वर सुनने के लिए उसके कान तरस जाते थे। एक अंगड़ाई के साथ वह उस ओर करवट लेती, जिधर छोटी मेज पर फोन रखा रहता था। होटल के 'एक्सचेंज' द्वारा वह सुनील के बंगले का टेलीफोन मिलाती। फिर उससे उसे जितनी देर बातें करने का अवसर प्राप्त होता, वह बातें करती ही जाती।

'पिछली रात अधिक तो नहीं पी?'

'रात में नींद तो अच्छी तरह आई ना?'

'बैड-टी ले ली?'

'अपने स्वास्थ्य का ध्यान रखिएगा।'

'काम मन लगाकर किया कीजिएगा तो दिल बहला रहेगा।'

'अगली छुट्टी में हम दिन-भर के लिए फलां स्थान पर पिकनिक मनाएंगे।'

पुष्पा हर प्रकार की बातें करके सुनील को उलझाए रखती, ताकि बातों का सिलसिला कभी न टूटे, परंतु सुनील पर उसने अपने दिल का प्यार कभी प्रकट नहीं किया। ऐसा न हो कि सुनील उसके दिल की वास्तविकता ज्ञात करने के बाद उससे सदा के लिए किनारा कर ले। वह तो उस पक्षी के समान उसे प्यार किए जा रही थी, जो शाम डूबने के बाद सगर की ओर उड़ जाता है, यह सोचे बिना कि उसे सागर का दूसरा किनारा मिलेगा भी या नहीं। प्यार की दीवानगी कुछ ऐसी ही होती है।

सुनील ने भी पुष्पा से टेलीफोन पर देर तक बातें करने या उसके साथ कहीं आने-जाने में कभी किसी प्रकार की आपत्ति नहीं की, परंतु इसके पीछे उसका कोई ऐसा स्वार्थ नहीं था, जिसमें प्रेम की भावनाएं सम्मिलित हों। पुष्पा के अंदर उसने अपनत्व प्राप्त किया, जो उसके दिल के बहते नासूर पर ठंडा फाहा रखने में काफी सीमा तक सफल था।

मानव को सहानुभूति ही प्राप्त हो जाए तो यह उसके जीने का सहारा बन जाती है। परंतु पुष्पा की सहानुभूति के पीछे प्यार की जो भावना थी, वह सुनील से कभी छिपी नहीं रह सकी। इस वास्तविकता के पश्चात् वह पुष्पा को स्वयं से प्यार करने से नहीं रोक सका। पुष्पा के अंदर जाने कौन-सी छिपी शक्ति थी, जो उसे यह कहने से रोक देती थी कि वह सरिता के अतिरिक्त किसी और को अपने दिल में कभी स्थान नहीं दे सकता। प्यार पर किसका अधिकार रहा है? प्रायः वह सोचता, संभवतः वह उसका बहम ही हो कि पुष्पा उससे प्यार करती है। आखिर उसे भी तो पुष्पा की संगति पसंद थी। क्या स्त्री-पुरुष का संबंध केवल प्यार तक ही सीमित है?

* * *

औलगा होटल में पुष्पा के तीन मास के कांट्रेक्ट के अंतिम दिन एक विशेष प्रोग्राम था–सुंदरी प्रतियोगिता–क्योंकि उस दिन होटल की जयंती मनाई जाती थी और इस होटल की यह 10वीं जयंती थी। सर्वश्रेष्ठ सुंदरी का चुनाव शहर के प्रतिष्ठित व्यक्ति किया करते थे, जिनके लिए हॉल के अंदर सबसे आगे मंच के समीप सोफे सुरक्षित रखे जाते थे, ताकि वहां बैठकर वह सुंदरी के एक-एक अंग को भलीभांति देखने के बाद अपना निर्णय दे सकें। यह प्रतियोगिता औलगा होटल के सबसे बड़े हॉल में हुआ करती थी, जहां मेजों से लगी कुर्सियों पर पूरे 300 व्यक्तियों के बैठने का प्रबंध था।

जब 10वीं जयंती का दिन समीप आने लगा तो इसका विज्ञापन भी अंग्रेजी समाचारपत्रों में छपने लगा। विज्ञापन के साथ पुष्पा की अर्धनग्न नृत्य करती तसवीर भी छपी थी, क्योंकि उस दिन उसे अपना विशेष प्रोग्राम देकर ग्राहकों का दिल मोह लेना था। विज्ञापन में अपनी तसवीर देखकर पुष्पा की चिंता बढ़ी। सुनील पर इस तसीवर का जाने क्या प्रभाव पड़ा हो? सुनील की दृष्टि से उसकी तसवीर बच जाए, ऐसा असंभव था।

सुनील से वह प्रति सुबह ही बातें किया करती थी। छुट्टियों में दिन के समय उसके साथ अपना समय बिताना भी उसने नहीं छोड़ा, परंतु सुनील ने कभी भी समाचारपत्रों में प्रकाशित उसकी अर्धनग्न तसवीर का विषय नहीं छेड़ा, तो उसे बड़ा आश्चर्य हुआ। क्या सुनील अपने अतीत में इस प्रकार डूबा रहता है कि उसे समाचारपत्र देखने तक का समय नहीं मिलता? वह भी खामोशी धारण कर लेती। सोचती, सुनील का उसकी अर्धनग्न तसवीर को समाचारपत्रों में न देखना ही अच्छा है। यदि उसने स्वयं इसकी ओर सुनील का ध्यान दिलाया तो सुनील को दुःख ही होगा। वह किसका साथ कर बैठा! फिर वह सुनील की संगति भी प्राप्त करने से वंचित रह जाएगी।

परंतु ऐसी बात नहीं थी कि सुनील ने औलगा होटल की 10वीं जयंती का विज्ञापन नहीं देखा था। विज्ञापन उसे देखना था, प्रोग्राम भी पढ़ा था। प्रायः सुबह वह बैड-टी लेते समय एक सरसरी दृष्टि समाचारपत्र पर डाल लिया करता था। समाचारपत्र में जब उसने पुष्पा की अर्धनग्न तसवीर का विज्ञापन देखा तो उस पर उसकी दृष्टि चिपककर रह गई थी। यदि उसके वश में होता तो वह पुष्पा की इस अर्धनग्न तसवीर को विज्ञापन के साथ कभी नहीं छपने देता, परंतु यह बात उसके वश के बाहर थी। पुष्पा का कांट्रेक्ट ही ऐसा था।

विज्ञापन देखने के बाद सुनील एक गहरी सोच में डूब गया था। एक योजना उसके मन में जागृत हो उठी थी और इस योजना से वह तुरंत सहमत हो गया था। उसने भी इस विज्ञापन का विषय पुष्पा से कभी नहीं छेड़ा। ऐसा न हो कि पुष्पा को लज्जित होना पड़े। मानव को जिससे सहानुभूति या लगाव होता है, उसका कुछ तो ध्यान रखना ही पड़ता है।

औलगा होटल की 10वीं जयंती से पहले वाले रविवार के समाचारपत्रों में पुष्पा की तसवीर के साथ सुंदरी प्रतियोगिता का विज्ञापन बहुत जोर-शोर के साथ छपा–एक बहुत बड़े

कॉलम में। विज्ञापन में 'बॉल रूम डांस' तथा अन्य मनोरंजक खेल-कूदों की सूची के साथ यह भी प्रकाशित हुआ था कि 'प्रोग्राम' की टिकटें आज शाम चार बजे से बिकना आरंभ हो जाएंगी। टिकट शहर के किन दुकानदारों द्वारा उपलब्ध हो सकेंगी, उनका नाम और पता भी विज्ञापन में दिया गया था, जिनमें औलगा होटल का भी एक काउंटर सम्मिलित था।

पुष्पा ने विज्ञापन देखा तो मन हुआ वह होटल छोड़कर भाग जाए, ऐसा करना उसके कांट्रेक्ट के साथ न्याय नहीं होता। उसके चुपचाप निकल भागने पर होटल का मैनेजर उस पर कानूनी कार्यवाही कर सकता था। अपने हरजाने का दावा कर सकता था तथा साथ में चोरी का दोष भी लगा सकता था। इन दोषों या अपराधों के आधार पर उसके विरुद्ध 'वारंट' कटते क्या देर लगती? पुष्पा अपनी विवशता पर मन-ही-मन रोकर तड़पती रह गई। और कर भी क्या सकती थी? जब कांट्रेक्ट पर हस्ताक्षर किया था तो हस्ताक्षर का आदर भी स्थिर रखना था।

* * *

आखिर औलगा होटल की 10वीं जयंती का वह दिन भी आ गया, जिसकी प्रतीक्षा ऊंचे समाज में रंगरलियां मनाने वालों को मानो युगों से थी। होटल की सजावट इस शुभ अवसर के लिए तो बहुत पहले से आरंभ कर दी गई थी—'हॉल' के अंदर तथा इमारत के बाहर भी। परंतु जयंती वाले दिन शमा डूबने से पहले ही होटल की इमारत रंगीन बल्बों द्वारा इस प्रकार जगमगा उठी थी कि रास्ता चलते यात्री भी कुछ देर के लिए रुककर होटल की सजावट देखने पर विवश हो जाते थे। होटल की रंगीनी दूर-दूर तक अपने प्रकाश का जाल बिछाए हुए थी। प्रकाश का यह जाल अपनी जगमगाहट के साथ और फैलता जा रहा था, जैसे-जैसे अंधकार बढ़ने का प्रयत्न कर रहा था।

इमारत के ऊपर बिलकुल ट्यूबलाइट द्वारा बड़े-बड़े शब्दों में लिखा था—10—अर्थात् 10वीं जयंती। होटल के मुख्य द्वार में एक-से-एक अच्छी कारें आती थीं, रुकती थीं, उच्च समाज का आनंद उठाने वाले ग्राहक उतरते थे, टिकट काउंटर की ओर बढ़ते थे, फिर उन्हें निराश होकर वापस चले जाना पड़ता था। पतार लगता था कि यहीं नहीं, शहर के उन सारे ही स्टालों पर इस जोरदार प्रोग्राम के सारे टिकट पहले ही दिन बिक चुके हैं—पिछले रविवार को ही। होटल के मालिक तथा कर्मचारी बहुत प्रसन्न थे, क्योंकि शहर के अंदर यह पहला अवसर था, जब किसी महत्वपूर्ण प्रोग्राम के सारे टिकट 'एडवांस' में पहले ही दिन बिककर समाप्त हो गए थे।

सुंदरी प्रतियोगिता के लिए होटल का हॉल भी दुल्हन समान सजाया गया था। हॉल के अंदर पुष्पा के नृत्य का मंच यदि किसी सुंदरी का फूल जैसा मुखड़ा था, तो हॉल के शेष भाग उस सुंदरी का तराशा हुआ आकर्षक शरीर था। रंगीन गुब्बारे एक किनारे से दूसरे किनारे तक

81

छाए हुए थे। हर गुब्बारे पर औलगा होटल तथा 10वीं जयंती छपा हुआ था। चमकदार कागजों से हॉल की जगमगाहट दोगुनी होकर चमक रही थी, क्योंकि हॉल के अंदर मरकरी बल्ब भी रंगीन थे। मंच के समीप आगे चिकने फर्श पर बॉलरूम डांस के लिए थोड़ा स्थान छोड़ दिया गया था। उसके बाद सुंदरी प्रतियोगिता में भाग लेने वाली सुंदरियों पर अपना निर्णय देने के लिए जजों के सोफे बिछे हुए थे, परंतु बीच में आने-जाने के लिए स्थान छोड़कर। यह आने-जाने का रास्ता हॉल के प्रवेश-द्वार से लेकर मंच तक गया हुआ था, जिसके दोनों ओर, जजों के सोफों के पीछे मेजें सजी हुई थीं—दो, चार, छह और आठ कुर्सियों के साथ।

आगे वाली कुर्सियों पर बैठने के टिकट का मूल्य अधिक था तथा पीछे का कम। सभी मेजों पर सफेद चादरें बिछी हुई थीं तथा सभी पर रिजर्व्ड (सुरक्षित) का छोट-छोटा बोर्ड भी रखा हुआ था। साथ में एक प्लास्टिक की पतली प्लेट पर मेज सुरक्षित करने वाले का नाम भी लिखा था—फलां-फलां एंड फैमिली, फलां-फलां एंड पार्टी या फलां-फलां श्रीमान तथा श्रीमती। स्पष्ट था कि आज होटल की भरपूर आय की शाम थी, क्योंकि सुरक्षित कुर्सियों पर अपने-अपने समूह के साथ बैठने के बाद हर ग्राहक आज के विशेष प्रोग्राम का भरपूर आनंद उठाने के लिए ‘व्हिस्की’ की चुस्कियां अवश्य लेता होगा। लड़कियां जो व्हिस्की नहीं पीती होंगी, वे सॉफ्ट ड्रिंक से अपना काम चला लेंगी। स्नैक्स की वैरायटीज में कमी नहीं होगी, इसलिए इसका दौर भी बहुत देर तक चलता रहेगा। पुष्पा का नृत्य देखकर तथा संगीत सुनकर ग्राहक यूं भी मदहोश होते रहेंगे, जिसे ‘कॉकटेल’ का नशा देने के लिए एक के बाद व्हिस्की के पैग की आवश्यकता पड़ती रहेगी।

फिर ‘बॉलरूम डांस’ के मध्य हल्के-फुल्के वातावरण में पुरुष टिकटें खरीदकर स्वयं भी भाग नहीं लेंगे, बल्कि नशे के जोश में अपनी प्रेमिकाओं के लिए भी महंगे से महंगा टिकट लेकर देने में नहीं सकुचाएंगे। हर खेल में विजेताओं के लिए विशेष उपहार सुरक्षित थे। ‘लकी लॉटरी’ के टिकट तो प्रेमी अपनी प्रेमिकाओं को इतनी अधिक मात्रा में खरीदकर देंगे, मानो लॉटरी का इनाम उन्हीं का मिलना चाहिए। नशे के जोश में पुरुष कितना खर्च कर सकता है, कुछ पता ही नहीं चलता। फिर अत्यधिक महंगे डिनर का बिल अलग बनेगा। इसी बीच सुंदरी प्रतियोगिता की प्रक्रिया भी चलती रहेगी।

जिन सुंदरियों को ‘बॉलरूम डांस’ के मध्य चुनकर स्टेज पर आने का अवसर मिलेगा, वे इसे अपना सौभाग्य समझकर एक के बाद एक बारी-बारी एक ओर से स्टेज पर प्रविष्ट होंगी, मुस्कराहटों की फुलझड़ियां बिखेरती हुई। अपने सुंदर मुखड़े तथा सुडौल शरीर का प्रदर्शन बड़ी आशाओं के साथ नृत्य के हल्के अंदाज में करेंगी, कुछ इस प्रकार कि जजों के साथ दर्शकों का दिल भी जीत लें। उसके बाद वे दूसरी ओर से उसी प्रकार मुस्कराती हुई स्टेज से बाहर निकल जाएंगी। ऐसा करते समय सुंदरी की एक-एक अदा पर दर्शक झूम-झूमकर निछावर होते हुए इतनी जोर से ताली बजाएंगे कि हॉल की दीवारें भी कांप जाएंगी। नारी मानो

एक सुंदर फूल नहीं, तमाशा दिखाने वाली एक कठपुतली है–कुछ पुरुषों की ऐसी ही धारणा है।

परंतु ऐसा कुछ भी नहीं हुआ, जिसकी आशा की गई थी। शाम पूर्णतयाः डूब गई। अंधकार घना हो गया। अंधकार के घनत्व के कारण औलगा होटल की जगमगाहट और भी दूर तक फैल गई, यहां तक कि होटल के प्रोग्राम का समय भी हो गया। जज आ गए तथा अपने सुरक्षित सोफों पर विराजे तो पुष्पा ने उनके मनोरंजन के लिए आर्केस्ट्रा की धुन पर अपना संगीत भी आरंभ कर दिया, परंतु प्रोग्राम का यह 'हॉल' बिलकुल खाली पड़ा रहा। सारी मेजें 'रिजर्व' होने के पश्चात कोई भी ग्राहक नहीं आया था। कुर्सियां दर्शकों को जगह देने के लिए मानो तरस रही थीं। जजों की समझ में नहीं आया कि आखिर ग्राहकों को इस उत्सव में पहुंचने में देर क्यों हो रही है? होटल के कर्मचारी अलग चकित थे। सारी सीट्स रिजर्व होने के पश्चात् नए-नए ग्राहक उत्सव में सम्मिलित होने के लिए टिकट लेने अब तक आ रहे थे, परंतु 'सीट' खाली होती तो मिलती भी। ग्राहक आते और वापस लौट जाते थे। जिनकी सीटें रिजर्व थीं, वे बाद में आ जाते तो उन्हें कहां बिठाया जाता?

फिर देर ही नहीं बहुत देर हो गई। जो सुंदरियां प्रतियोगिता में भाग लेने के लिए आईं, वे उत्सव का 'हॉल' खाली देखकर अपना अपमान समझती हुई वापस लौट गई। आखिर कौन कब तक हॉल में दर्शकों या ग्राहकों के आने की प्रतीक्षा करता? केवल गिने-चुने जजों को ही अपनी सुंदरता दिखाने का प्रश्न तो उठता नहीं था। सुंदरियां एक के बाद एक आकर वापस जाने लगीं तो जजों ने भी इसे अपना अपमान समझा।

पुष्पा 'स्टेज' पर संगीत बिखेर रही थी, फिर भी उन्होंने उसके संगीत की समाप्ति की प्रतीक्षा नहीं की। सबके सब क्रोध में उठ खड़े हुए, फिर 'हॉल' से बाहर निकल गए। होटल मैनेजर तथा अन्य आयोजकों की जिद् के पश्चात् उन्होंने वहां एक क्षण भी ठहरना उचित नहीं समझा था। दर्शकों से 'हॉल' पहले ही खाली था, जज भी चले गए तो उत्सव को दोबारा किसी भी स्थिति में आरंभ करने का प्रश्न ही नहीं उठता था। जिन पत्रकारों को निमंत्रण दिया गया था, वे सब भी निराश तथा समय की बर्बादी के कारण चलते बने। सारा बना-बनाया खेल बिगड़ गया। सब कुछ नष्ट हो गया।

आज का पूरा 'डिनर' बर्बाद हो गया। होटल के आयोजकों को आज के प्रोग्राम से जितना लाभ उठाने की आशा थी, उससे कहीं अधिक उन्हें हानि उठानी पड़ी। उन्हें समझते देर नहीं लगी कि यह निश्चय ही सिकी की शरात है, जिसने होटल के इतने बड़े अवसर को अपनी चालाकियों द्वारा निष्फल बना दिया है, परंतु ऐसा व्यक्ति कौन हो सकता है, यह अनुमान वह नहीं लगा सके। आखिर विवश होकर पुष्पा को भी अपना संगीत बंद कर देना पड़ा। आज मन-ही-मन वह बहुत खुश थी, क्योंकि उसके नृत्य का 'कांट्रेक्ट' आज के बाद समाप्त हो गया था। उसने तय कर लिया कि अगली सुबह अपना हिसाब लेकर वह इस होटल को ही नहीं,

नृत्य के पेशे को भी सदा के लिए छोड़ देगी। आज के उत्सव की असफलता मानो, उसकी निजी सफलता सिद्ध हुई थी।

संयोगवश अगले दिन सरकारी छुट्टी थी। सुबह होते ही पुष्पा ने सुनील को फोन द्वारा सूचित कर दिया कि वह अपना हिसाब-किताब समाप्त करके दिन के समय उसके बंगले पहुंच जाएगी। उसके बाद वह जैसी राय देगा, उसका आदर करने का पूरा प्रयत्न करेगी। सुनील ने उसका कांट्रेक्ट समाप्त होने पर उसे बधाई दी, फिर अधिक बातें न करते हुए उसने मिलने की प्रतीक्षा में फोन बंद कर दिया। पुष्पा भी जल्द-से-जल्द सुनील के पास पहुंच जाने के लिए अधीन थी। पिछले रविवार सुनील से व्यक्तिगत रूप से भेंट न होने के कारण उसे ऐसा लग रहा था, मानो सुनील को देखे हुए उसे एक युग बीत गया।

लगभग दिन के 12 बजे वह अपना थोड़ा-सा सामान एक सूटकेस में 'पैक' करके टैक्सी द्वारा जवाहरनगर पहुंची—सुनील के बंगले के सामने। बंगले का मुख्य द्वार खुला हुआ था, इसलिए उसने टैक्सी चालक को टैक्सी पोर्टिको के समीप तक ले जाने को कह दिया। पोर्टिको के नीचे सुनील की कार पहले ही खड़ी बंगले में उसकी उपस्थिति का सबूत दे रही थी। पुष्पा का दिल सुनील से मिलने के लिए और भी तड़प उठा। टैक्सी का द्वार खोलकर वह बाहर निकली और किराया चुकाकर लपककर बरामदे में आ गई। तभी कार का स्वर सुनकर वहां बलराम आ गया। टैक्सी चालक 'डिक्की' से पुष्पा का सूटकेस निकाल रहा था। बलराम ने पुष्पा को नमस्ते की। फिर बोला, 'साहब अपने ऊपर वाले कमरे में हैं। आप जाइए, मैं सूटकेस लेकर आ रहा हूं।'

पुष्पा बैठक में प्रविष्ट हुई। उसके बाद सुनील के कमरे में पहुंचने के लिए वह आगे बढ़ी। अंदर का द्वार पार करने के बाद उसने जैसे ही ऊपर जाने वाली सीढ़ी पर पग रखा, उसके एक कदम द्वारा कागज पर एक रंगीन टुकड़ा दबते-दबते रह गया, वह चौंक पड़ी। कागज का वह टुकड़ा टिकट समान बीच से फटा हुआ था, फिर भी वह उसे परिचित जान पड़ा। झुककर उसने उसे तुरंत उठा लिया। यह वास्तव में एक टिकट था, औलगा होटल की 10वीं जयंती के प्रोग्राम का, जिस पर सुंदरी प्रतियोगिता के साथ अन्य छोटी-बड़ी प्रतियोगिताओं का विवरण छोटे-छोटे शब्दों में पढ़ने योग्य प्रकाशित था।

टिकट के फटे हुए भाग पर पुष्पा की अर्धनग्न तसवीर होनी चाहिए थी, जो इस समय नहीं थी। पुष्पा के मन में अनेक विचार तूफान की गति लेकर आए और चले गए। अनेक प्रकार का संदेह भी उसके मन में उठा। निश्चय ही इस टिकट पर छपी उसकी तसवीर सुनील ने काटकर फेंक दी है। कहीं अनजाने तौर पर वह भी तो सुनील के मन में स्थान प्राप्त नहीं करती जा रही है? ऐसा विचार आते ही उसके मन के अंदर अनेक फूल खिल उठे, परंतु फिर वह अचानक गंभीर हो गई। ऐसा कैसे हो सकता है? हां, ऐसा होना कैसे संभव है? वह तो सुनील के पैरों की धूल बराबर भी नहीं है।

उसने दृष्टि उठाकर ऊपर देखा, चढ़ती हुई सीढ़ियों की ओर, परंतु यह क्या? आगे सीढ़ियों पर तो और भी ढेर सारे टिकट के टुकड़े पड़े थे–कूड़े-कर्कट समान–बेगिनती–बेहिसाब, इस प्रकार मानो 'औलगा होटल' के पिछले प्रोग्राम की सारी 'सीटों' को सुनील ने केवल अपने लिए ही सुरक्षित कर रखा था। पुष्पा लपककर सीढ़ियां फलांगती हुई ऊपर चढ़ने लगी। सीढ़ियां फलांगते समय उसकी दृष्टि नीचे बिछी हुई थी–टिकटों पर, जिनमें उसे एक पर भी अपनी तसवीर दिखाई नहीं पड़ रही थी।

सीढ़ियां पार करने के बाद वह जैसे ही बालकनी में आई, उसकी दृष्टि ठिठक गई। पग जहां-के-तहां रुक गए। दिल धड़क उठा। बालकनी में कुछ ही दूर अपने कमरे के द्वार पर सुनील खड़ा हुआ उसी को देख रहा था। उसके एक हाथ में व्हिस्की का जाम था तथा दूसरे हाथ में सिगरेट। उसके खड़े होने का ढंग ही बता रहा था कि वह काफी देर तक व्हिस्की पीते रहने के कारण इस समय नशे में चूर है। फिर भी वह बहुत प्रसन्न था। आंखों में नशे की हल्की लालिमा के साथ एक चमक भी थी तथा होंठों पर मुस्कान–मन को संतुष्ट करने वाली जीत की मुस्कान।

'आओ-आओ पुष्पा, मैं तुम्हारी ही प्रतीक्षा कर रहा था।' सुनील ने उसी मुस्कान के साथ कहा, 'आज मैं बहुत प्रसन्न हूं–बहुत अधिक–और इसी प्रसन्नता के कारण मैंने 'औलगा होटल' के पिछले प्रोग्राम के सारे टिकटों को तुम्हारे स्वागत में फूल समान बिछा दिया है। देती हो ना तुम मेरी बुद्धि की दाद?' उसने प्रशंसा प्राप्त करने के लिए पुष्पा की आंखों में झांका।

'तो यह सब आपने किया था?' पुष्पा ने आगे बढ़ते हुए फटी-फटी आंखों द्वारा सुनील को देखा। पूछा, 'औलगा होटल' के इतने बड़े प्रोग्राम की असफलता तथा होटल की इतनी बड़ी बदनामी के पीछे आप ही का हाथ था?'

'हां–।' सुनील ने कहते हुए पुष्पा के लिए रास्ता छोड़ा। पुष्पा अंदर आई तो वहां भी फर्श पर औलगा होटल की 10वीं जयंती के फटे टिकट फर्श पर छितराए हुए थे। पुष्पा के साथ चलते सुनील ने कहा, 'औलगा होटल के अंदर पिछले दो वर्षों के अंदर मैंने शराब के पीछे लाखों रुपये बर्बाद किए थे, परंतु उसके एक मामूली मैनेजर का इतना बड़ा साहस हो गया कि उस रात एक साधारण-सा कालीन गंदा होने पर उसने मुझे अपने होटल के वेटरों द्वारा बाहर फिकवाने की आज्ञा दे दी?'

'तो इसका अर्थ यह हुआ कि आपने अपने उस दिन के अपमान का बदला लेने के लिए ही होटल का सारा प्रोग्राम नष्ट किया है?' पुष्पा ने पूछा।

'हां–।' सुनील ने शराब का एक बड़ा घूंट लेकर अपना जाम समाप्त किया। फिर पूछा, 'तुम्हें तो उस प्रोग्राम की असफलता का दुःख नहीं है ना?'

'हर्गिज नहीं–।' पुष्पा ने कहा, 'बल्कि खुशी है कि पिछली रात मुझे अपने प्रोग्राम से जल्दी छुट्टी मिल गई, परंतु जब आपको उस होने वाले प्रोग्राम के विषय में सब कुछ ज्ञात था तो आपने मुझसे इसका जिक्र क्यों नहीं किया?'

'तुमने भी तो मुझे इस विषय में कभी कुछ नहीं बताया था।' सुनील ने भी शिकायत की। फिर एक लंबे सोफे की ओर संकेत करते हुए कहा, 'बैठो।' पुष्पा बैठ गई तो सुनील भी उसी के पास सोफे पर बैठ गया, जहां एक किनारे उसके समीप व्हिस्की की एक बोतल रखी हुई थी। अपना खाली जाम उसने वहीं मेज पर रख दिया।

'बताना तो चाहती थी, परंतु फिर यह सोचकर खामोश हो जाती थी कि क्या 'रिएक्शन' होता। यदि आप वहां पहुंच जाते तो आपको देखने के बाद मैं अपने नृत्य तथा संगीत से न्याय भी नहीं कर पाती।'

'और मैंने तुमसे इस विषय में इसलिए कुछ नहीं कहा, ताकि तुम मन-ही-मन मेरी दृष्टि में गिरकर लज्जित न हो सको।' सुनील ने भी अपनी सफाई दी।

सुनील को उसकी भावनाओं का इतना अधिक ध्यान है? पुष्पा ने सोचा तो उसके दिल की बंद कली चटककर मुस्कराने की आशा कर बैठी।

'पिछली शाम तुम्हारे कांट्रेक्ट का अंतिम दिन था, इसलिए मैंने अपने अपमान का बदला औलगा होटल से लेने में और भी बुराई नहीं समझी थी।' सुनील ने सिगरेट का एक कश लेने के बाद फिर कहा, 'मैं कई दिन से होटली की 10वीं जयंती वाले प्रोग्राम का विज्ञापन बराबर देखता आ रहा था, इसलिए अपनी फैक्टरी के मैनेजर से मिलकर उस प्रोग्राम को पूर्णतया असफल बनाने की योजना भी बनाता आ रहा था, जिसका अवसर प्राप्त करने में मुझे जरा भी कठिनाई पेश नहीं आई। जब पिछले रविवार के समाचारपत्र के विज्ञापन में उस जयंती के प्रोग्राम के लिए टिकट बेचने वाले स्टालों का पता छपा तो मेरे मैनेजर ने तुरंत अपनी फैक्टरी के कर्मचारियों को भेजकर सारी-की-सारी टिकटें फर्जी नामों से खरीदकर हॉल के अंदर की तमाम कुर्सियां और मेजें सुरक्षित करा लीं। ऐसा करने में मुझ पर केवल टिकटों के दामों का ही खर्च आया है, परंतु जो हानि तथा अपमान औलगा होटल को उठाना पड़ा है, वह तुम आज के समाचारपत्र में पढ़ चुकी होगी।'

'नृत्य के पेशे से सदा के लिए छुट्टी पाने की प्रसन्नता में मैं समाचारपत्र देखना ही भूल गई।' पुष्पा ने कहा, 'परंतु होटल की हानि तथा अपमान का अनुमान मुझे अच्छी तरह है। अब वहां के किसी भी उत्सव में जाने की रुचि लोग कम ही लेंगे। पिछली रात के बाद अब वहां की प्रतियोगिताओं में शहर का कोई आदरणीय प्रतिष्ठित व्यक्ति जज बनना भी स्वीकार नहीं करेगा।'

'तुम नृत्य का पेशा छोड़कर वास्तव में बहुत प्रसन्न हो?' सुनील ने अचानक पूछा, इस प्रकार मानो उसे पुष्पा की बात पर विश्वास नहीं था।

'बहुत अधिक।' पुष्पा ने फर्श पर पड़े टिकट के टुकड़े को देखते हुए कहा, 'और अब यह प्रसन्नता तो और भी अधिक हो गई है।'

'वह कैसे?' सुनील ने लापरवाही से सिगरेट का अंतिम कश लिया और फिर उसे ऐश-ट्रे में मसलने लगा।

'वह इस प्रकार कि आपने औलगा होटल के टिकटों को फाड़कर मेरी तसवीर अलग करने के बाद ही इनका मजाक उड़ाया है।' पुष्पा के दिल की कली मुस्कराने के लिए कुछ और चटकी। उसने एक सुंदर स्वप्न भी देख लिया—आशा के विपरीत।

सुनील अचानक गंभीर हो गया। उसके विश्वास की पुष्टि हो गई कि पुष्पा दिल की गहराई से उसे प्यार करने लगी है—बल्कि करती आ रही है, शायद पहली ही भेंट से। उसने सोचा, अब समय आ गया है, जब उसे पुष्पा के आगे अपने दिल की बात कह देनी चाहिए। पुष्पा को वास्तविकता से परिचित करा देना चाहिए ताकि वह उसे समझने का प्रयत्न करे। अभी भी कुछ नहीं बिगड़ा है। वह संभल सकती है। प्रेम में बढ़े पग रोक सकती है। शायद पीछे भी हट सकती है।

नारी जिसे प्यार करने लगती है, उस पर निछावर होकर उसके लिए अपना सब कुछ लुटा बैठने से कभी नहीं चूकती। यह सत्य है—और बिलकुल सत्य है। नारी का स्वभाव ही ऐसा है, भले ही वह अपने प्रेमी से धोखा खाने के बाद जीवन-भर पछताए, पुष्पा उसे प्यार करती है। उस पर निछावर भी है, परंतु इसकी जिम्मेदारी सुनील ने अपने ऊपर महसूस नहीं की, क्योंकि प्रेम के सागर में बहकर पुष्पा ने कुछ खोया नहीं था। कुछ क्षण वह खामोश रहा। सोचता रहा। फिर बोला, 'पुष्पा, तुम कुछ भी रही हो, परंतु तुमने एक रात औलगा होटल के बार में मुझे अपमानित होने से जिस प्रकार बचाया था, उसे मैं कभी नहीं भूल सकता। यही कारण है कि मैं तुम्हारा सम्मान करता हूं—केवल सम्मान और इसलिए मैं चाहता हूं कि तुम्हारा भविष्य उज्ज्वल होने के साथ-साथ सम्माननीय भी रहे।

'तुम्हारे उज्ज्वल भविष्य की चिंता मुझे सता देती है। इन सब बातों के पीछे निश्चय ही एक लगाव है, एक अज्ञात संबंध है, जो निश्चय ही टूट तो नहीं सकता, परंतु तुम्हारे मतानुसार एक हो भी नहीं सकता... यदि मैं गलत नहीं कह रहा हूं या तुम्हें समझने में भूल नहीं कर रहा हूं। मैं केवल इतना चाहता हूं कि तुम मुझे कभी गलत मत समझना। मैंने अपने जीवन में केवल एक ही लड़की को प्यार किया है। इसी प्यार के कारण मैंने उसे धोखा दिया था और इसलिए उसकी दृष्टि में पापी बनने के पश्चात् मैं अंतिम सांसों तक उसी को प्यार करता रहूंगा। केवल उसी को प्यार करते रहने के मामले में तुम मुझे सदा दिल की भावनाओं से अलग ही रखना।'

पुष्पा के दिल की कली लगभग चटक चुकी थी कि सुनील की बात सुनने के बाद तुरंत ही मुर्झा गई। पंखुड़ियां दिल के अरमानों समान टूटकर बिखर गईं। उसने क्यों आशा के

विपरीत आशा की और वह भी सुनील के दिल की वास्तविकता जानने के पश्चात्? उसका मुखड़ा बहुत गंभीर हो गया—बहुत ही उदास उस पक्षी के समान, जिसके पंख आकाश में खुशियों की कलाबाजी लगाने से पहले ही किसी निर्दयी ने काट दिए हों। ऐसी चुभन उठी दिल के अंदर कि उसके दिल का दर्द असहनीय हो गया। आंखों के किनारे गीले हो गए।

पुष्पा ने आंखों के गीले किनारों को छिपाते हुए मुस्कराने का प्रयत्न किया। वह इसमें सफल भी हो गई, क्योंकि सुनील इस समय बगल की छोटी मेज पर से बोतल उठाकर अपने जाम में व्हिस्की डाल रहा था। सुनील शायद ऐसा जान-बूझकर कर रहा था, ताकि पुष्पा की ओर से लापरवाही प्रकट कर सके, परंतु क्या वह ऐसा करने में सफल था? क्या वह इस बात को समझने से वंचित था कि एक कुंवारी लड़की की सहानुभूति धीमे-धीमे बढ़कर प्यार में परिवर्तित नहीं होती? सुनील का ध्यान पुष्पा की गंभीरता पर बिन देखे ही लगा रहा—कुछ चिंतित-सा होकर। उसने पुष्पा की खामोशी से बहुत कुछ अनुमान लगाया। आखिर पुष्पा भी तो एक नारी ही थी। उसने पुष्पा से अपने दिल की बात कहकर उचित किया या नहीं, वह स्वयं अनुमान लगाने से वंचित था।

सुनील ने जाम व्हिस्की से ऊपर तक भर दिया... बेख्याली में इस प्रकार कि व्हिस्की छलक पड़ी। उसने स्वयं को संभाला। बोतल मेज पर रखी तो पुष्पा अपने आप पर काबू पा चुकी थी। सुनील ने जाम उठाया, एक बड़ा-सा घूंट लिया, बहुत ही बड़ा, इस प्रकार मानो जहर पीकर दिल का जहर उगल देना चाहता हो। उसने एक गहरी सांस ली। शराब से भीगे होंठ फड़फड़ाए। पुष्पा की ओर उसने एक बार भी नहीं देखा। शायद पुष्पा की दयनीय स्थिति देखने की उसमें क्षमता नहीं थी।

जाम उसी प्रकार हाथ में लिए हुए उसने कहा, 'पुष्पा आज से 12 वर्ष पहले की बात है, जब मैं अपने माता-पिता का एकमात्र पुत्र होने के कारण बंगलौर में बहुत स्वतंत्र तथा निश्चिंत जीवन व्यतीत कर रहा था। तब मेरी आयु केवल 18 वर्ष की थी। हमारा घराना शहर के बहुत धनाढ्य तथा प्रतिष्ठित घरानों में गिना जाता था। सन एंड शाइन कंपनी प्राइवेट लिमिटेड के हम मालिक थे।' सुनील एक क्षण रुका। उसे एक-एक बात तुरंत याद आने लगी, तो दिल पर छुरियां चलने लगीं।

अपने दिल पर काबू करने के लिए उसने जाम का एक बड़ा घूंट और लिया। मुंह कड़वा हो गया। ऐसा लगा, मानो दिल का जहर कै बनकर गले में आ फंसा है। स्वाद बदलने के लिए उसने जाम मेज पर रखा और एक सिगरेट जलाई। एक के बाद एक कश लिए—गहरे कश। धुआं हवा में बिखरकर बादलों-समान उड़ने लगा। उसने सिगरेट सामने ऐश-ट्र में रखी। फिर बची हुई व्हिस्की पीकर जाम खाली कर दिया। जाम मेज पर रखने के बाद सोफे पर पीछे टेक

लगाकर बैठ गया। उसने सामने ऊपर छत से लटके चमकदार झाड़-फानूस को देखा। सिगरेट का धुआं उसे ढांप लेने का असफल प्रयत्न कर रहा था।

पुष्पा भी धुएं को देखने लगी।

क्षण-भर बाद सुनील ने उसी प्रकार बैठे हुए कहा, 'एक रात की बात है, जब मैं अपने मित्र की दी गई पार्टी से लौट रहा था तो कार काफी तेज चला रहा था, क्योंकि सड़क सुनसान थी। यूं भी कार तेज चलाने में मुझे बहुत आनंद आता था। शायद यह मेरी जवान तथा उमंग मारती आयु का तकाजा था, सड़क पर मुझे केवल सामने से ही आती हुई कारें दिखाई पड़ जाती थीं, और वे भी गिनी-चुनी। जाती हुई...।'

सुनील कह रहा था, परंतु पुष्पा की आंखें अब तक सिगरेट के उस धुएं पर जमी हुई थीं, जिसका घनत्व धीमे-धीमे कम होता जा रहा था। केवल ऐश-ट्रे में रखी सिगरेट का धुआं ही एक हल्की-सी लकीर के साथ ऊपर उठकर बिखर-बिखर जाता था। कुछ इस प्रकार, मानो सुनील के शब्दों को लिखते हुए उसके अतीत को चलती-फिरती शाम का आंचल पहना रहा हो।

सुनील कह रहा था और वह सुनने के साथ देख रही थी—स्पष्ट। रात के अंधकार में तथा सड़क पर अगल-बगल लगे बिजली के चमकते-दमकते खंभों के बीच, एक विदेशी कार बहुत तेजी के साथ चली जा रही है। यह कार हर जाती हुई कार को 'ओवरटेक' करती हुई जा रही थी। कार चालक और कोई नहीं सुनील है। कार चलाने में सुनील को बड़ा आनंद आ रहा था, क्योंकि सड़क लगभग सुनसान-सी थी, पैदल यात्रियों से और भी खाली, अचानक सुनील की कार के सामने जाती हुई एक कार के पीछे की दोनों बत्तियां एकदम लाल हो गईं। स्पष्ट था कि सामने वाली कार के चालक ने ब्रेक दबाया था, परंतु सुनील ने इन लाल बत्तियों की परवाह जरा भी नहीं की। उसका विचार था कि उसकी कार की तेज गति को 'रियर-व्यू-मिरर' में देखकर उसे 'ओवरटेक' के लिए पास मिला है। उसके बगल से होकर अपनी कार कुछ तेज गति से करते हुए आगे बढ़ा दी। तभी कार की 'हैडलाइट्स के सामने एक मानव छाया दमक उठी। उसने तुरंत कार 'ब्रेक' पर अपने पैर 'जाम' कर दिए। गाड़ी के पहिए चीखें, परंतु इस चीख के साथ एक स्त्री की चीख भी उभरकर डूब गई थी। कार रुकते-रुकते भी उस स्त्री से टकराई थी, जो सड़क पार कर रही थी।

सुनील नवयुवक था, जोशीला था, निश्चिंत जीवन व्यतीत करने का आदी था। इच्छा हुई कि जब दुर्घटना हो ही गई है तो वह किसी की चिंता न करते हुए भाग निकले। दुर्घटना पर न पकड़े जाने के कारण उसका कुछ भी नहीं बिगड़ सकता था। यदि कोई गाड़ी का नंबर नोट करता तो वह इसे अदालत में गलत भी सिद्ध कर सकता था। रात तो रात, दिन में भी ऐसी दुर्घटनाओं में नंबर नोट करते समय किससे गलती नहीं होती? इसके अतिरिक्त उसके पिता की

जो प्रतिष्ठा थी, उसको दृष्टि में रखते हुए उसका कुछ भी नहीं बिगड़ सकता था। परंतु मानव के अंदर अंतरात्मा होती है। सुनील की 18 वर्ष की यह आयु ऐसी थी, जब किसी परिस्थिति के कारण या तो उसकी अंतरात्मा सदा के लिए मर जाती है या फिर जागृत हो उठती है। सुनील कुछ भी था, परंतु घराना उसका भला था। किसी को प्रतिष्ठता यूं ही मुफ्त में नहीं मिल जाती। उसकी अंतरात्मा भी इस दुर्घटना के कारण तुरंत जागृत हो उठी।

कार स्त्री से टकराकर आगे बढ़ चुकी थी। स्त्री छिटककर दूर जा गिरी थी। सुनील ने जो पैर ब्रेक पर दबाया था, उसे उठाया नहीं। कार उसने रोक दी—वहीं-की-वहीं। उसने अपनी ओर का द्वार खोला और तुरंत बाहर निकला। लपककर वह उस स्त्री के पास पहुंचा, जिससे उसकी दुर्घटना हुई थी, ताकि उसकी मृत्यु का जिम्मेदार अनजाने में भी उसके सिर न पड़े। वहां गिने-चुने लोग एकत्र होने लगे थे। कुछेक कारें भी इस दुर्घटना के कारण वहां रुक गईं, परंतु सुनील ने किसी की भी परवाह नहीं की। आंखें बंद थीं तथा कनपटी के पास से रक्त बहता हुआ उसके मुखड़े को लाल कर रहा था।

उसका दिल धक् से रह गया। फिर भी उसने साहस एकत्र करके स्त्री को तुरंत उठाकर अपनी कार की पिछली सीट पर लिटा दिया। द्वार बंद करने के बाद उसने कार स्टार्ट की तो कुछ लोग उसकी कार का नंबर नोट कर चुके थे। किसी की चिंता न करते हुए वह शहर के सबसे अच्छे अस्पताल में पहुंचा और स्त्री को डॉक्टर की सुरक्षा में अपनी जिम्मेदारी पर दे गया। डॉक्टर ने स्त्री की जांच की। जांच स्त्री की थी, इसलिए सुनील को स्त्री के समीप रहने का अवसर नहीं मिला। उसने इसकी चेष्टा भी नहीं की। वह केवल यह जान लेने के लिए चिंतित था कि उसकी कार से टकराने वाली स्त्री की स्थिति कैसी है।

'चोट अधिक नहीं आई है।' सहसा डॉक्टर ने उसके पास आकर उसे बताया। बोला, 'हाथ-पैर की चमड़ी कहीं-कहीं छिल गई है। कनपटी पर भी अधिक चोट नहीं आई है, जिसका अनुमान रक्त देखकर हो रहा था। हां, चोट से अधिक उसे शायद 'शॉक' पहुंचा है, जिसके कारण वह अब भी बेहोश है। वैसे उसके जीवन को किसी प्रकार का भय नहीं है। आप निश्चिंत होकर जा सकते हैं। यदि कोई बात होगी तो आपको फोन द्वारा सूचित कर दिया जाएगा। मैं शीघ्र ही आपकी इच्छानुसार उसे 'प्राइवेट वार्ड' में भेजने का प्रबंध कर दूंगा। 'वार्ड नंबर-16' याद रखिएगा। केवल यही 'वार्ड' इस समय खाली है।'

सुनील एक गहरी सांस लेकर उस स्त्री की ओर से निश्चिंत हो गया।

उस रात सुनील अपने बंगले पर बहुत देर में पहुंचा। माता-पिता सो चुके थे, इसलिए वह भी कपड़े बदलकर अपने पलंग पर लेट गया, परंतु नींद उसे शीघ्र नहीं आ सकी। वह सोचने पर विवश हो गया कि आखिर उस स्त्री को उसी कार से क्यों टकराना था? कौन है वह? उसका नाम तथा पता भी तो किसी को नहीं मालूम। मालूम होता तो वह उसके घरवालों को

सूचित करता। उसके घरवाले उसके घर न पहुंचने पर कितना अधिक चिंतित हो रहे होंगे। भगवान उसके घरवालों के दिलों को अनुचित अनुमान लगाने से बचाए।

अगली सुबह सुनील ने इस दुर्घटना के विषय में अपने माता-पिता को बताया तो उसकी आशा के विपरीत दोनों ही उस पर बरस पड़े।

'दुर्घटना के बाद वहां कार रोकने की क्या आवश्यकता थी?' उसके पिता ने उसे फटकारा।

'यदि वह लड़की मर गई होती, तब क्या होता?' मां भी उस पर बरस पड़ी।

'ऐसी स्थिति में कभी कार नहीं रोकनी चाहिए।' पिता ने उसे सख्त शब्दों में समझाया, 'कार रोकने के बाद जनता चालक के साथ कैसा व्यवहार करे, कौन जानता है।'

'अस्पताल में देखकर डॉक्टर ने क्या बताया?' मां ने पूछा।

'उसकी जान को जरा भी खतरा नहीं। चोट से अधिक शॉक पहुंचा है।' सुनील ने उत्तर दिया।

'उस पर अस्पताल का जो भी खर्च आएगा, उसे मुनीम से कहकर अदा कर देना।' सुनील के पिता ने अपने गौरव में डूबकर बात समाप्त कर दी।

मां ने भी कुछ नहीं कहा। स्त्री के इलाज का खर्च अपने सिर लेकर सुनील के माता-पिता ही, अपनी जिम्मेदारी से मानो मुक्त हो गए थे। उन्होंने यह भी सोचने की आवश्यकता नहीं समझी कि दुर्घटना उनके अपने लड़के से हुई है। कम-से-कम अस्पताल जाकर घायल स्त्री को एक बार देख तो आएं। और कुछ नहीं तो उससे थोड़ी सहानुभूति ही प्रकट कर दें। घायल मानव को सहानुभूति प्राप्त हो जाए तो उसका आधा घाव यूं ही भर जाता है।

परंतु सुनील स्वयं को अस्पताल जाने से नहीं रोक सका। उस स्त्री के प्रति उसका चिंतित होना स्वाभाविक ही था, उसकी अंतरात्मा जाग उठी थी, इसलिए उसके पास जाकर उससे सहानुभूति भी प्रकट करना स्वाभाविक था। अपने मित्र से मिलने के बहाने वह अपने बंगले से निकला। मित्र के बहाने इसलिए, क्योंकि उसके अंदर अस्पताल पहुंचने की जल्दी थी। अस्पताल का नाम सुनकर उसके माता-पिता उसे वहां जाने से रोक सकते थे। लड़का नामसमझ है। अस्पताल जाकर किसी और उलझन में न फंस जाए। फिर जाने वह स्त्री कौन हो? रात में सड़कों पर घूमने वाली लड़कियां उसे ब्लैकमेल करने वाली भी तो हो सकती हैं।

वह अस्पताल पहुंचा। वार्ड नंबर-16 का रास्ता पकड़ा। वार्ड पर पर्दा पड़ा हुआ था। वार्ड के द्वार पर उसने थपकी दी।

'कौन है? आजाइए।' वार्ड के अंदर से मानो कोयल कूक उठी।

सुनील को अपने कानों पर विश्वास नहीं हुआ। पर्दा उठाकर वह वार्ड के अंदर प्रविष्ट हो गया। उसे अपनी आंखों पर भी विश्वास नहीं हुआ। उसके सामने पलंग की सफेद चादर पर मानो किसी ने एक गुलाब रख दिया था—सफेद गुलाब, ऐसा सुंदर मुखड़ा था उस स्त्री का—स्त्री

का नहीं, नवयुवती का। उसका शरीर चादर से ढंका हुआ था। पलंग पर यदि कालिमा छाई हुई थी तो केवल उसकी खिबरी तथा अर्ध-घुंघराली लटों की। ऐसी कालिमा उसकी पलकों में ही नहीं, पलकों के अंदर आंखों में भी थी–उदास। उसके होंठ भी बंद कली के समान खामोश थे। फिर भी उसकी उदासीनता में ऐसा आकर्षण था कि सुनील उसे एकटक खड़ा-खड़ा देखता ही रह गया–फटी-फटी आंखों से।

नवयुवती की जिस कनपटी पर चोट पहुंची थी, वहां सफेद पट्टी का एक टुकड़ा इस प्रकार चिपका हुआ था, जो उसके मुखड़े के रंग से बिलकुल घुल-मिल गया था। सुनील सोचने पर विवश हो गया कि पिछली रात उसने सुंदरता की इस प्रतिमा पर ध्यान नहीं दिया? परंतु पिछली रात दुर्घटना ही ऐसी हुई थी कि घबराहट में उसके लिए नवयुवती पर ध्यान देने का प्रश्न ही नहीं उठता था। मानव के नाते तुरंत उस नवयुवती को अस्पताल पहुंचाना आवश्यक हो गया था।

'आप...।' लड़की ने उसे आश्चर्य से देखते हुए मानो उसका परिचय जानना चाहा। पिछली रात दुर्घटना के बाद अचेत स्थिति में ही उसे अस्पताल के अंदर नींद आ गई थी और होश आया था कि चोट एक ओर के कूल्हे पर बहुत आई है, जो पंजों तक सुन्न पड़ गया है।

'मैं...।' सुनील ने कुछ लज्जित होते हुए एक पग आगे बढ़ाकर कहा, 'वही अभागा व्यक्ति हूं, जिसकी कार के नीचे आकर आपकी यह दशा हुई है।'

'ओह! लड़की ने कहा, इस प्रकार मानो पिछली रात की दुर्घटना उसकी आंखों में वापस आ गई हो। वह खामोश हो गई और ऊपर छत की ओर निहारने लगी।

'मैं...वास्तव में अपनी लापरवाही ड्राइविंग पर बहुत लज्जित हूं।' सुनील ने कहा, 'आप इसके लिए जिस प्रकार चाहें मुझे दंड दे सकती है।'

लड़की ने सुनील को ध्यान से देखा, ऊपर से नीचे तक। वह हल्के से मुस्कराई परंतु मुस्कान भी ऐसी थी कि मानो, कली शबनम के आंसू रो पड़ी हो। उसने कहा, 'दंड आपको क्यों मिलना चाहिए? दंड तो मुझे मिलना चाहिए था, जो मिल चुका है। न गलत समय पर सड़क पार करने का प्रयत्न करती और न ऐसी दुर्घटना होती। यह काम कम आपने किया, जो मुझे अस्पताल तक पहुंचा दिया और इस समय देखने भी आए गए?'

'क्या मैं यहां बैठने का साहस कर सकता हूं?' सुनील ने बातों का विषय परिवर्तित करते हुए पलंग के समीप ही रखे हुए सोफे की ओर संकेत किया।

'ऐसी बात पूछकर आप मुझे लज्जित कर रहे हैं।' लड़की एक बार फिर मुस्कराई। बोली, 'सुबह-ही-सुबह डॉक्टर द्वारा मुझे इतना पता चल चुका है कि अस्पताल में भर्ती करने वाले सज्जन कौन साहब हैं। आपकी उदारता से मैं अनुगृहित हूं।'

सुनील सोफे पर बैठ गया। क्षण-भर खामोश रहने के बाद उसने पूछा, 'आपको चोट तो निश्चय ही बहुत आई होगी। अब आप कैसा महसूस कर रही हैं?'

लड़की ने अपना सारा हाल बता दिया—वही कूल्हे पर लगने वाली चोट तथा उसके बाद पंजों तक सुन्न होने वाली बात।

'आप घबराइए नहीं, सब ठीक हो जाएगा।' सुनील ने पूरे विश्वास से कहा, 'आपके स्वास्थ्य का जिम्मेदार मैं हूं और इसको सुंदर तथा स्थिर रखने के लिए मुझे जो भी करना पड़े, उसे मैं कम ही समझूंगा।' 18 वर्ष का नवयुवक सुनील वास्तव में लड़की की सुंदरता तथा बातों से इतना प्रभावित हो चुका था कि वह उसके लिए कुछ भी करने को तैयार था।

लड़की उसकी बातों से प्रभावित हुए बिना नहीं रह सकी। इस बार वह इस प्रकार मुस्कराई, मानो उसका शारीरिक दर्द वास्तव में कम हो गया है। उसने गर्दन तो पहले ही सुनील की ओर घुमा रखी थी, अपने सुन्न कूल्हे को कोहनी द्वारा तथा सुन्न घुटनों को हथेली द्वारा सहारा देकर उसने किसी प्रकार बड़ी कठिनाई से सुनील की ओर करवट ले ली, परंतु अपने मस्तक पर उसने अपने दर्द की एक लकीर भी आने नहीं दी।

सुनील ने लड़की की वास्तविकता समझी। वह जानता था कि लड़की उसकी लापरवाह ड्राइविंग से पीड़ित है। फिर भी वह उसकी अनुगृहित होकर उसके लिए पीड़ा-रहित प्रदर्शक बनी हुई है। उसने एक बार फिर बातों का विषय बदलना आवश्यक समझा। वह कुछ झेंप-सा भी गया। शायद यह लड़की मासूमियत का प्रभाव था। उसने पूछा, 'आपके घर से क्या कोई भी अभी तक देखने नहीं आया?'

'सुबह होश में आते ही डॉक्टर द्वारा घर खबर पहुंचा दी है। पिताजी नौकरी से 'रिटायर' होने के बाद अधिकतर बीमार रहते हैं। दमा के मरीज वह आरंभ से ही रहे हैं, इसलिए मां को उनकी सेवा करने से कम ही फुर्सत है। मैं ही नौकरी करती हूं—एक टीचर की, जिसके द्वारा घर चलता है। घर खबर पहुंच चुकी है, इसलिए पिताजी दमा के कारण न आएं परंतु मांजी अवश्य आती होंगी।' लड़की ने एक गहरी सांस ली, इस प्रकार मानो, कूल्हे में अचानक उठे दर्द पर काबू पाना चाहती हो। उसने बात जारी रखते हुए फिर कहा, 'मांजी तो आपकी जीवन-भर अनुगृहित रहेंगी, जिन्होंने उनकी एकमात्र बेटी को अपनी कार द्वारा टक्कर मारकर भागने के बजाय उसे अस्पताल ही नहीं पहुंचाया, बल्कि उसकी चिकित्सा का सारा प्रबंध भी कर दिया, वरना हम गरीब इस योग्य कहां थे?'

'आप यह सब कहकर मुझे लज्जित कर रही हैं।' सुनील ने कहा, 'यह तो मेरा धर्म था और है, बल्कि मैं इसको अपना अहोभाग्य समझता हूं, जिसे आपकी सेवा करने का सौभाग्य प्राप्त हो रहा है। काश! मैं जीवन-भर आपकी हर प्रकार की सेवा करने योग्य होता...।' सुनील ने एक आह भरी। शायद वह अपनी जवानी की भावना में बहकर कुछ और भी कह देना चाहता था, कह भी देता, परंतु अचानक एक वृद्ध स्त्री-पुरुष के जोड़े को देखकर वह खामोश हो गया।

वार्ड के अंदर प्रविष्ट होने वाले लड़की के माता-पिता ही थे, जिन्हें देखकर लड़की का मुखड़ा खिल-सा गया था तथा लड़की लगभग चीख-सी उठी, 'मां—और पिताजी, आप भी? आने में इतनी देर क्यों कर दी?'

'बेटी—।' लड़की के पिता ने कहा, 'जैसे ही समाचार मिला, हम दोनों भागे चले आ रहे हैं। अभी-अभी जब एक डॉक्टर द्वारा पता चला कि तुम्हारी स्थिति संतोषजनक है, तो दिल को बड़ा संतोष प्राप्त हुआ। हमें सूचना पहुंचाने वाला बता रहा था कि तुम्हारी दुर्घटना शहर के प्रतिष्ठित खानदान के पुत्र द्वारा हुई है।'

'जी हां, वह अभागा मैं ही हूं।' सुनील ने तुरंत खड़े होकर कहा, 'और मैं इस दुर्घटना का भुगतान चुकाने के लिए हर प्रकार से तैयार हूं।'

'नहीं-नहीं—।' लड़की के पिता ने तुरंत कहा, 'मेरे कहने का अर्थ यह जरा भी नहीं है, जो आप समझ रहे हैं। मैं तो आपका अभारी हूं कि दुर्घटना के बाद आपने स्वयं मेरी लड़की को यहां पहुंचाने का कष्ट किया। आपके स्थान पर यदि कोई और होता तो कब का भाग निकला होता और मेरी बच्ची वहीं तड़पती हुई पता नहीं जीवित बचती भी या नहीं।'

'यही बात तो मैं भी इन्हें समझाने का प्रयत्न कर रही थी।' लड़की ने कहा। फिर उसने सुनील का परिचय अपने माता-पिता से कराया। अपना नाम भी बताया, सरिता। सुनील के विषय में उसे डॉक्टर द्वारा पहले ही सब कुछ ज्ञात हो चुका था।

* * *

मुलाकातें बढ़ीं। सुनील सुबह ही नहीं, दिन, दोपहरिया तथा शाम को भी सरिता से मिलने अस्पताल अवश्य जाता था। उसका नवजवान होता रक्त सरिता की ओर अधिक-से-अधिक आकर्षित होता जा रहा था। जवानी का यह पहला पग था। पहले पग का यह प्रेम था, जिसने उसे सरिता का दीवाना बना दिया। वह अपना समय अधिक-से-अधिक सरिता की समीपता में बिताने लगा। घंटों अपनी बातों द्वारा उसका मन बहलाने का प्रयत्न करता रहता।

'सरिता—।' एक दिन सुनील को कहना ही पड़ा, 'तुम जल्दी से स्वस्थ हो जाओ तो मैं तुमसे तुरंत विवाह करके तुम्हें विदेश ले जाऊं और स्विट्जरलैंड में अपनी सुहागरात बिताऊं।'

सरिता सुनील के प्रेम से अब तक भली-भांति परिचित हो चुकी थी। सुनील ने दिन-रात उसकी ऐसी मानसिक सेवा की थी, जिसने उसका दिल जीत लिया था। सुनील से अच्छा व्यक्ति उसकी दृष्टि की कसौटी पर उतर ही नहीं सकता था। उसके होंठों की कलियां तुरंत फूल बनकर मुस्करा उठीं, परंतु तभी ये फूल मुझा गए। पंखुड़ियां सूखने से पहले ही झड़ गई। उसने कहा, 'सुनील बाबू, शायद आपको ज्ञान नहीं कि मैं एक स्त्री हूं, और वह भी आपसे आयु में बड़ी। आपकी आयु अधिक-से-अधिक 19-20 वर्ष होगी। क्यों?'

94

'मेरी आयु 18 वर्ष की है?' सुनील ने कहा।

'मेरी आयु आप जानते हैं कितनी है?' सरिता ने पूछा।

'यही कोई...।' सुनील अनुमान लगाने लगा।

'मेरी आयु 24 वर्ष की है।' सरिता ने कहा, 'प्यार में कदम बढ़ाने से पहले इस बात को ध्यान में रखिएगा कि मैं आपसे छह वर्ष बड़ी हूं। पति-पत्नी के संबंध में पुरुष स्त्री से कितना भी बड़ा हो, कोई अंतर नहीं पड़ता। परंतु स्त्री पुरुष से आयु में बड़ी हो तो समाज उसे अच्छी दृष्टि से नहीं देखता।'

सुनील अपने प्यार के जोश में आकर सरिता के समीप आ बैठा, उसके पलंग पर ही। उसी जोश में उसने सरिता का हाथ पकड़ लिया। अपने प्यार का इकरार करते हुए उसने कहा, 'प्यार करने वाले समाज की परवाह नहीं करते। इसके अतिरिक्त छह वर्ष का इतना बड़ा अंतर नहीं है कि मैं तुम्हें अपना न सकूं। और फिर तुम तो गुलाब समान सुंदर और ताजगी लिए हुए हो। अब यह हाथ जो मैंने पकड़ लिया है, इसे कभी नहीं छोड़ूंगा।' मेरी बात का विश्वास करो सरिता, हां, मेरी बात का पूरा विश्वास करो।' सुनील ने भावुक स्वर में सरिता का हाथ जोर से पकड़ लिया, अपनी दोनों हथेलियों में दबाते हुए—कभी न छोड़ने के लिए।

सरिता के होंठों पर मुस्कान आते-आते रह गई। वह सोचने पर विवश हो गई कि उसकी गरीबी तथा आयु को दृष्टि में रखते हुए क्या सुनील के घरवाले उसे अपने घर की लक्ष्मी बनाना पसंद कर लेंगे?

सहसा वार्ड में दो नर्सें प्रविष्ट हुईं। सुनील सरिता का हाथ छोड़कर तुरंत उठ खड़ा हुआ। नर्सें सरिता के कूल्हे की जांच करने आई थीं, इसलिए सुनील को वार्ड के बाहर निकलना पड़ गया। बरामदे में खड़े-खड़े वह सोचने लगा कि आखिर आज उसने अपने दिल की बात सरिता पर खोल ही दी। अब सरिता ठीक हो जाए तो वह उसके लिए अपने माता-पिता से भी बात करेगा।

यद्यपि उसने अब तक अपने प्रेम की बात अपने माता-पिता से छिपा रखी थी। फिर भी उसे विश्वास था कि सरिता के स्वस्थ होने पर जब वह सरिता को अपने बंगले लेकर जाएगा तो उसकी सुंदरता से प्रभावित होकर उसके माता-पिता सरिता को अपनी बहू बनाने से इनकार नहीं कर सकेंगे। किस माता-पिता को अपने पुत्र की हार्दिक प्रसन्नता प्यारी नहीं होती? कौन नहीं चाहता कि उसके घर की शोभा एक चांद-सी बहू बने? सुंदरता हर स्थिति में सुंदर होती है और यह सुंदरता किसे प्यारी नहीं होती? फिर सुनील के शरीर में तो जवानी का उबलता रक्त था। जवानी और सुंदरता टकराती है तो प्यार में दीवानगी का तूफान आ ही जाता है।

सुनील के दिल की बात सरिता पर खुल चुकी थी, इसलिए वह अब और भी अधिक समय सरिता को देने लगा। सुनील के विश्वास के पश्चात् कि वह उससे हर स्थिति में विवाह करेगा। सरिता को उस पर संदेह था। क्या इतने बड़े घराने के लोग उसे स्वीकारना पसंद करेंगे,

जिस हाल में वह गरीब ही नहीं सुनील से आयु में छह वर्ष की बड़ी भी है? यही कारण था कि वह इस संदेह में गिरफ्तार होकर अधिकतर उदास रहा करती थी, क्योंकि अब वह स्वयं भी विश्वास करने लगी थी कि वह सुनील के बिना नहीं रह सकती है। सुनील समीप होता तब भी वह उससे बातें करते-करते इसी संदेह को लेकर खो जाती, मुस्कराते-मुस्कराते उदास भी हो जाती, उसकी इस उदासीनता का कारण सुनील जानता था, परंतु अपने प्यार पर विश्वास करते हुए उसे सरिता के स्वस्थ होने की प्रतीक्षा थी। नारी अपने यौवन पर जब स्वस्थ रहती है तो उसकी सुंदरता को चार चांद लग जाते हैं।

परंतु सरिता का दुर्भाग्य था कि जिस कूल्हे पर उसे चोट आई थी, वह पंजों तक सुन्न ही रहा। डॉक्टरों के अनथक प्रयत्न करने के पश्चात् भी उसमें जान नहीं आ सकी। ऐसा लगता था मानो किसी अंदरूनी चोट के कारण उसके शरीर के इस भाग को लकवा मार गया है।

परंतु सुनील इस भयानक भविष्य से जरा भी निराश नहीं हुआ, बल्कि उसे सरिता से और अधिक प्रेम हो गया, क्योंकि सरिता की बर्बादी का जिम्मेदार वह ही था। उसने तय कर लिया कि यदि सरिता का इलाज यहां संतोषजनक न हो सका, तो वह उसे इलाज के लिए विदेश ले जाएगा। धनाढ्य घर का वह यूं भी था। पैसे की कमी नहीं थी। एक बड़ी चाची पहले ही लंदन में सैटलड थीं, इसलिए इलाज कराने में उसके लिए किसी प्रकार की कठिनाई भी सामने नहीं आने वाली थी।

उसने छिप-छिपकर सरिता के घरवालों की सहायता करना भी आरंभ कर दिया था, क्योंकि सरिता ही अपने घर को संभालने वाली एकमात्र नारी थी। अपाहिज होने के बाद उसका वेतन उसे आधा मिलने लगा था। ट्यूशन अलग जाता रहा। इसलिए सुनील को हर स्थिति में सरिता की सहायता करनी ही थी, क्योंकि भविष्य में उसे अपनी पत्नी बनाकर उसे हर स्थिति में प्रसन्न रखने का इरादा कर रखा था। और अब तो वह उस पर जी-जान से न्यौछावर था, क्योंकि जैसे-जैसे वह सरिता के साथ अधिक समय बिताता गया, प्यार बढ़ता ही गया और वह प्यार दीवानगी का रूप धारण कर चुका था।

सरिता तब भी काफी संभल गई। उसका एक पैर अब भी सुन्न था, जो लाइलाज बन चुका था, इसलिए डॉक्टर ने उसे अस्पताल छोड़ने की भी आज्ञा दे दी। अब उसे चलने के लिए एक बैसाखी की आवश्यकता पड़ गई, जिसका प्रबंध सुनील ने कर दिया। परंतु वह स्वयं भी सरिता के जीवन के सहारे की बैसाखी बन जाने का अभिलाषी था, इसलिए वह अधिक-से-अधिक समय सरिता के घर पर भी देने लगा। वह सरिता को बाहर घुमाने भी ले जाता, कभी उसे कमर से थामते हुए तो कभी उसका हाथ अपने गले में डालकर उसका भार उठाते हुए।

प्यार बढ़ा और बढ़ता ही चला गया। प्यार की सीमा नहीं होती—दीवानगी के बाद भी कभी-कभी कोई सीमा नहीं होती। अब सुनील उसे किसी-न-किसी बहाने प्रतिदिन अपनी कार

में घुमाने ले जाता था। कभी लंबी ड्राइविंग पर तो कभी पिकनिक पर। उसका रक्त उबलता सरिता के शरीर को संभालते समय अपने शरीर से लगाने के बाद और उबल जाता था, परंतु उसके मन में कभी कोई अनुचित विचार नहीं आया। सरिता के अपाहिज शरीर को संभालते समय उसे ऐसा प्रतीत होता, मानो उसके अपने शरीर के उबलते रक्त पर किसी ने प्यार का ठंडा फाहा रख दिया हो।

प्यार के अनेक रूप होते हैं और यह उनमें से एक अनोखा धर्म था। सुनील अब सरिता को हर प्रकार से प्रसन्न रखना अपना धर्म समझता था। पार्क में घंटों बैठे रहना तथा होटलों में समय बिताते रहना तो साधारण-सी बात थी। डॉक्टर की राय पर वह सरिता को बोटिंग पर भी ले गया। नदी-किनारे उसने जान-बूझकर नाव उलट दी, ताकि सरिता अपने बचाव में हाथ-पांव चलाते हुए शरीर के सुन्न भाग का भी उपयोग कर सके। नाव उलटने पर सरिता ने ऐसा प्रयत्न किया भी, परंतु उसके सुन्न अंगों पर कोई प्रभाव नहीं पड़ा। वह डूबने लगी तो उसने जैसे जीवन से थक-हारकर सुनील को देखा, बड़ी असहाय दृष्टि से, मानो अब पानी की सतह के नीचे जाने के बाद वह इस संसार को भी नहीं देख सकेगी।

सुनील उसकी हर क्रिया को बड़े ध्यान से देख रहा था। वह तड़प-तड़प उठा। लपककर उसने सरिता को तुरंत अपने सीने से लगाते हुए बांहों में समेट लिया। उसे संभालते हुए वह फूट-फूटकर रो पड़ा, इस प्रकार, मानो यदि सरिता डूब जाती तो वह स्वयं भी तैरना जानने के पश्चात् भी डूब मरता। सरिता भी उसके सीने से लिपटकर फूटती हुई रो पड़ी। नदी के पानी में आंसुओं की वृद्धि हुई या नहीं, परंतु सरिता तथा सुनील के प्यार की वृद्धि अपनी सीमा को पार कर चुकी थी। उस दिन के बाद सुनील वास्तव में सरिता के जीवन के सहारे की लाठी बन गया। सरिता भी सुनील के पगों की एक-एक चाप पर निछावर हो गई तथा सुनील सरिता की आयु से निश्चिंत उसकी एक-एक सांस पर दीवाना हो गया। प्यार की घटना का यह तोहफा दोनों के लिए वास्तव में बड़ा अनमोल सिद्ध हुआ। प्यार को फिर अपनी चरम सीमा पार करने में अधिक समय नहीं लगा।

आखिर इस वास्तविकता को सुनील ने अपने माता-पिता के आगे प्रकट कर ही दिया कि वह सरिता से शीघ्र ही विवाह करना चाहता है। सुनील घर का एकमात्र पुत्र था, परंतु अपने माता-पिता की दृष्टि में नवयुवक होने के नाते जोशीला और नासमझ भी था। उसके माता-पिता ने संसार देखा था, सरिता केवल गरीब होती तो बात अलग थी, परंतु वह सुनील से आयु में बड़ी ही नहीं, वरन् अपाहित भी थी। इतने बड़े घर की बहू एक अपाहिज लड़की बने यह बात सुनील के माता-पिता स्वीकार नहीं कर सके, परंतु उन्होंने अपने दिल की बात सुनील को नहीं बताई। उसे किसी प्रकार टाल दिया—अभी वह नाबालिग है, फिर भी वह सरिता से शीघ्र ही उसका विवाह कर देंगे। वह स्वयं इस विषय पर सरिता के माता-पिता से गंभीरतापूर्वक बातें करेंगे, इत्यादि।

अधिक दिन नहीं बीते थे कि सुनील को अचानक अपने पिता की आज्ञानुसार लंदन जाना पड़ गया, अपनी बड़ी चाची के पास, जो वहीं की नागरिक बन चुकी थी।

'लंदन से तुम्हारी आंटी का फोन आया था कि उनकी तबीयत अचानक ही खराब हो गई है।' उसके पिता ने उससे कहा था, 'तुम तो जानते ही हो कि वह तुम्हें कितना अधिक प्यार करती है, इसलिए तुम्हें तुरंत बुलाया है, मैं स्वयं भी साथ चलता, यदि फैक्टरी के कुछ आवश्यक काम नहीं देखने होते।'

सुनील अपने पिता की बात मानने से इनकार नहीं कर सका, उसकी चाची वास्तव में उसे आरंभ से ही बहुत प्यार करती थीं और अब वह लंदन में रहने के बाद भी सदा उसके लिए कुछ-न-कुछ भेजती ही रहती थीं। लंदन में उनका पति व्यापारी था, अपनी एक भी संतान न थी, इसलिए सुनील को प्यार करने का कारण यह भी था।

परंतु एक सच्चे प्रेमी के समान अपनी प्रेमिका से बिछड़ने से पहले वह उससे मिलना नहीं भूला। सरिता के घर में आना जाना उसके लिए एक साधारण-सी बात थी। वह सरिता के कमरे में प्रविष्ट हुआ। सरिता अकेली बैठी उसी के विचारों में तल्लीन थी, मां रसोई में थी। पिताजी स्वदेशी इलाज पर विश्वास करते थे, इसलिए इस समय अपनी दवा लेने वैद्य के पास गए हुए थे, सुनील सरिता के समीप ही पलंग पर बैठ गया। उसने गंभीरता के साथ अपनी लंदन जाने वाली सारी बातें सरिता को बता दी। सुनील से बिछड़ने का आभास करके सरिता का खिला मुखड़ा तुरंत उदास हो गया।

'क्या बताऊं सरिता...।' सुनील ने अपनी विवशता प्रकट की। बोला, 'चाहता तो यही था कि मैं तुम्हें भी साथ ले जाऊं, ताकि तुम्हारा इलाज भी वहां कर सकूं, परंतु अभी हम दोनों ही अविवाहित हैं। मेरे घरवाले तो क्या तुम्हारे घरवाले भी हमें इस प्रकार जाने की आज्ञा नहीं देंगे। समाज की दृष्टि का भी तो कोई मूल्य होता है। तुम्हारे साथ तुरंत विवाह करके भी नहीं ले जा सकता, क्योंकि मैं आंटी की बीमारी में जा रहा हूं, किसी खुशी में सम्मिलित होने नहीं जा रहा हूं।'

सरिता खामोश रही। उदासीनता और बढ़ गई। दिल के अंदर एक अज्ञात भय सताने लगा। पता नहीं सुनील से इस प्रकार अचानक ही बिछड़ने का क्या कारण है? प्रायः मन के अंदर अकारण ही संदेह नहीं उठता।

सुनील ने इधर-उधर देखा। उन्हें देखने वाला कोई भी नहीं था। उसने सरिता का हाथ पकड़ लिया। प्यार से उसे तसल्ली देता हुआ बोला, 'वैसे सरिता, तुम घबराओ नहीं। मैं शीघ्र ही आने का प्रयत्न करूंगा—आंटी के थोड़ा भी स्वस्थ होते ही। इस बीच मेरे पिताजी भी तुम्हारे माता-पिता से मिलकर हमारे-तुम्हारे विवाह की बातें कर लेंगे।'

सरिता ने बड़े आश्चर्य से सुनील को देखा।

'हां—।' सुनील ने उसे विश्वास दिलाया, 'मैं उन्हें पहले ही अपने तथा तुम्हारे विषय में बता चुका हूं और उन्होंने हमारे-तुम्हारे विषय में तुम्हारे घरवालों से मिलकर बातें करने का वादा भी किया है।'

सरिता को अब भी विश्वास नहीं हुआ कि सुनील जो कुछ कह रहा है, वह सत्य है। क्या ऐसा संभव था? फिर भी उसने बड़ी आशा-भरी दृष्टि से सुनील को देखा।

'फिर जब मैं वापस आऊंगा तो हमारा विवाह होगा—बड़ी शान के साथ।' सुनील ने सरिता को एक स्वप्न दिखाया, 'उसके बाद मैं तुम्हें लंदन ले जाऊंगा। वहां तुम्हारा इलाज कराऊंगा। फिर जब तुम हिरन समान चौकड़ियां भरने योग्य हो जाओगी तो हम हनीमून के लिए स्विट्जरलैंड जाएंगे। उधर-ही-उधर सारे संसार की सैर करने भी निकल जाएंगे और जब भारत वापस लौटेंगे तो उस समय तुम मेरे बच्चे की मां बनने का गौरव प्राप्त कर चुकी होगी। क्यों मेमसाब, मेरे बच्चे की मां बनने में तो तुम्हें बड़ा गर्व प्राप्त होगा? बहुत प्यार जो तुम्हें करता हूं। ठीक कह रहा हूं ना?' सुनील ने सरिता की आंखों में शरारत से झांकते हुए मुस्कराकर कहा, ताकि सरिता का दिल बहल जाए।

और सुनील की इतनी सारी बातें सुनकर सरिता का दिल वास्तव में बहल गया। लाज के मारे उसका मुखड़ा गुलाबी पड़ गया। आंखों में विश्वास का एक सपना जागा तो वहां भी गुलाबी डोरे कांप गए। होंठ कलियों समान खिल गए। सुनील को अपनी बातों पर कितना अधिक विश्वास था और उसके विश्वास पर सरिता को भी विश्वास हो गया।

फिर सरिता से बिछड़ने से पहले सुनील ने एक बार इधर-उधर देखा। उन्हें देखने वाला अब भी कोई नहीं था। उसने सरिता को अपनी छाती से लगा लिया। उसे दिल भरकर प्यार करने लगा। उसने सरिता की गर्दन से नीचे अपने होंठों का हल्का-सा चुंबन दिया। उसकी कनपटी को भी चूमा, जहां कभी दुर्घटना के कारण घाव आया था तथा अब वहां बहुत हल्की-सी लकीर जैसा निशान रह गया था। उसने सरिता की जादू-भरी पलकों को भी चूमा। कपोलों के एक-एक अंश को भी प्यार किया। फिर एक झटके से उसने अपने होंठ सरिता के होंठों पर इस प्रकार रख दिए, मानो रेगिस्तान में बहुत दूर तक प्यासा भटकते रहने के बाद किसी यात्री को पानी का स्रोत मिल गया हो।

वह सरिता के होंठों को प्यार करता ही चला गया, अपनी बांहों में समाकर तथा छाती से और भी सख्ती से लगाकर, सरिता भी सब कुछ भूलकर उसके प्यार में खो गई, परंतु इन चुंबनों से किसी का भी दिल नहीं भरा। वह प्यार ही क्या, जिससे दिल भर जाए?

फिर आखिर दो दिलों के बिछड़ने की घड़ी आ गई। दोनों ही उदास हो गए। दो दिलों को अपने मिलन पर कितना भी अधिक विश्वास हो, परंतु बिछड़ते समय दिल उदास हो ही जाता

है। फिर भी सुनील बिछड़ते समय हर क्षण सरिता को तसल्ली देता रहा, उसे विश्वास दिलाता रहा, 'मैं आऊंगा... अवश्य, और तब सब कुछ ठीक हो जाएगा।'

* * *

सुनील लंदन चला गया, परंतु अपनी दृष्टि में उसने अपनी आंटी को इस प्रकार अस्वस्थ नहीं पाया तो उसे बड़ा आश्चर्य हुआ।

'पिछले दिनों तबीयत बहुत खराब हो गई थी, परंतु अब कुछ स्वस्थ हूं।' उसकी आंटी ने उसकी शंका दूर की। बोलीं, 'अब तुम आए ही हो तो मैं तुम्हें उस समय तक भारत वापस नहीं जाने दूंगी, जब तक मैं पूर्णतया स्वस्थ नहीं हो जाती। तुम्हारी सहायता द्वारा तुम्हारे अंकल की वह समस्या भी हल हो जाएगी, जो आजकल हमारे व्यापार के मध्य आ खड़ी हुई है।'

यह सारी समस्या क्या थी, यह सब इतनी जल्दी पूछने का समय नहीं था, परंतु इन समस्याओं के विषय में सुनील को बाद में भी कुछ ज्ञात नहीं हो सका। उसने इस विषय पर जब भी अपनी आंटी या अंकल से कुछ पूछने का प्रयत्न किया, तो वे दोनों उसे टाल गए—अभी उन समस्याओं के हल होने का समय नहीं आया है। लंदन में एक भारतीय को व्यापार करने के लिए एक नहीं, अनेक समस्याओं का सामना करना पड़ता है। यहां गोरे और काले लोगों के मध्य कुछ-न-कुछ गड़बड़ी चलती ही रहती है—आदि-आदि। 18 वर्षीय सुनील विदेश की इन समस्याओं से अनभिज्ञ था। वह चुप होकर रह जाता। इसके अतिरिक्त उसकी आंटी ने जो प्यार उसे आरंभ से दिया था, उसका अनादर करके लंदन से तुरंत वापस चले जाना भी उचित नहीं था। उसके आंटी-अंकल उसे हर शाम शहर के ऐसे बड़े क्लबों में ले जाते, जहां भारतीय तथा अंग्रेज सुंदरियों की भरमार होती। उन्होंने उनमें सुनील की रुचि भी उत्पन्न करने का प्रयत्न किया। कभी अपने बंगल में किसी सुंदरी के घरवालों को डिनर तथा डांस पार्टी देकर बुलाया तो कभी स्वयं गए, परंतु सुनील ने किसी में भी अपनी रुचि प्रकट नहीं की। उसके मन और मस्तिष्क पर केवल सरिता छाई हुई थी, जिससे मिलने के लिए वह कभी-कभी इतना अधिक व्याकुल हो उठता था कि यदि उसके पंख होते तो वह वास्तव में तुरंत उड़कर उसके पास चला जाता।

इस बीच उसने सरिता के लिए अनेक वस्तुएं खरीदी—बनाव-शृंगार करने से लेकर कपड़े तक—एक से बढ़कर एक—हर प्रकार के। ठंडे देशों में भी ठंडे कपड़ों की भरमार रहती है, क्योंकि वहां अधिकतर घर वातानुकूलित होते हैं। सरिता पर शोभा देने वाले सुंदर महीन तथा जालीदार अनेक प्रकार के ऐसे गाउन खरीदे, जिनमें सरिता का सफेद शरीर रात के समय बिजली के प्रकाश में झलककर हर क्षण उसके दिल की गहराई में उतरता जाए। सरिता के लिए इतनी सारी वस्तुएं खरीदने के पश्चात् उसका मन करता था कि वह 'हैरड्स' (नाइट्स

ब्रिज लंदन) की सारी वस्तुएं खरीदकर सरिता के कदमों में निछावर कर दे, और यदि उसके वश में होता तो वह ऐसा कर भी देता।

कुछ दिनों बाद जब सुनील ने देखा कि उसे आसानी से भारत लौटने को नहीं मिल रहा है, तो उसने सरिता को पत्र लिखना आरंभ कर दिया। सरिता ने उसे पत्र द्वारा स्वयं भी बहाना बनाना पड़ा—आंटी का स्वास्थ्य अभी तक ठीक नहीं है, उनके व्यापार की भी कुछ समस्याएं हल करने के लिए उसे उनकी सहायता करनी है, फिर भी शीघ्र ही आ रहा है—अवश्य—वह उसकी प्रतीक्षा करे। पत्रों में प्यार-भरी बातों की तो जरा भी कमी नहीं होती—उसके बिना लंदन में उसका जीवित रहना कठिन है, हर क्षण वह उसकी याद में डूबा रहता है, सोते-जागते उसका और केवल उसी का सपना देखता रहता है।

सरिता को उसने अनेक पत्र लिखे, परंतु उस समय उसे बड़ा आश्चर्य होने लगा, जब सरिता की ओर से उसे एक भी पत्र प्राप्त नहीं हुआ। वह अपने माता-पिता को भी पत्र लिखा करता था। पत्रों में वह विशेषतौर पर जोर दिया करता था कि वह शीघ्र ही सरिता के घरवालों से मिलकर उसके विवाह की बात कर लें। अपनी मां जी से उसे पत्रों का उत्तर भी मिलता था, परंतु उन्हें पढ़ने के बाद उसके आश्चर्य तथा क्रोध की सीमा नहीं रहती थी, जब वह देखता कि मां ने सरिता के विषय में एक शब्द भी नहीं लिखा है।

और आखिर उसे संदेह हो ही गया। उसके माता-पिता सरिता को अपनी बहू के रूप में स्वीकार नहीं करना चाहते, इसी कारण उन्होंने उसे सरिता से दूर करने के लिए यहां लंदन भेज दिया है। इन सबमें उसकी आंटी-अंकल का भी हाथ है। आंटी ने अपनी अस्वस्थता का तथा अंकल ने व्यापारिक समस्याओं का बहाना बना रखा है, ताकि वह अधिक-से-अधिक दिन यहां ठहर सके।

सुनील ने जब इन बातों का अनुमान लगाया तो उसका दिल सरिता से तुरंत मिलने के लिए तपड़ उठा। पता नहीं उसकी अनुपस्थिति में सरिता पर भारत में क्या बीत रही है? सुनील सरिता को अपनाने का प्रण पहले ही कर चुका था, इसलिए अब उसने लंदन में एक क्षण भी ठहरना उचित नहीं समझा। आंटी-अंकल के मना करने के बावजूद उसने भारत लौटने का प्रबंध कर लिया। इस बीच उसे सरिता से बिछड़े छह मास हो चुके थे, परंतु उसे ऐसा लग रहा था, मानो सरिता से मिले एक युग नहीं, एक जन्म बीत चुका है।

* * *

सुनील बंगलौर के हवाई अड्डे पर उतरा—दिन के 12 बजे। वहां उसका स्वागत करने के लिए उसकी फैक्टरी का मैनेजर उपस्थित था—सन एंड शाइन कंपनी प्राइवेट लिमिटेड का

मैनेजर। यद्यपि सुनील ने अपने आने की सूचना अपने माता-पिता को नहीं दी थी, फिर भी उसकी आंटी ने लंदन से सुनील के भारत लौटने की सूचना फोन द्वारा पहुंचा दी थी।

सुनील ने अपना सूटकेस तथा अन्य हल्का-फुल्का सामान मैनेजर को थमाया, फिर शीघ्रता प्रकट करते हुए बोला, 'आप टैक्सी द्वारा बंगले पहुंचिए, मैं कार लेकर पहले कहीं और जाऊंगा।' सुनील को सबसे पहले सरिता से मिलने की जल्दी थी, उसने अपनी कार संभाली, जिसके द्वारा मैनेजर उसे हवाई अड्डे पर 'रिसीव' करने आया था। कार स्टार्ट करते ही उसने उसे पूरी गति के साथ शहर की ओर मोड़ दिया, जिसका रास्ता सरिता के घर की ओर जाता था।'

कार उसने सरिता के घर के सामने रोकी। तेजी के साथ कार से बाहर निकला। तूफान की गति से उसके घर के द्वार में प्रविष्ट हो गया, उसी अधिकार के साथ, जो आरंभ से ही प्राप्त था। उसके पग इस प्रकार उठ रहे थे, मानो सरिता के कमरे में प्रविष्ट होते ही उसे अपने सीने से लगा लेगा। परंतु यह क्या? सरिता के कमरे में प्रविष्ट होते ही उसके पग ठिठक गए। ठिठककर फर्श से चिपक गए। आंखें पथरा-सी गईं। उसकी आंखों के सामने एक तसवीर टंगी हुई थी–कुछ बड़ी तसवीर–फ्रेम मढ़ी और तसवीर में उसकी सरिता–एक दुल्हन के रूप में, हल्का-सा घूंघट गिराए, फिर भी माथे की बिंदिया के ऊपर मांग के भरे सिंदूर सहित मुखड़े के सामने का एक भाग झलक रहा था। पलकों पर गहरा काजल था तथा आंखों में अमावस्या का अंधकार। होंठों की बंद कलियां इस प्रकार उदास थीं, मानो रात-भर सिसकती रही हों।

सरिता की तसवीर के साथ एक पराया पुरुष भी था–दूल्हे का रूप धारण किए। सिर पर साफा था तथा शरीर पर बंद गले का कोट। सरिता की आंखों में जितना गहरा अंधकार था, दूल्हे की आंखों में उतनी ही अधिक चमक थी। उसके होंठ खिले हुए मुस्करा रहे थे। सरिता को उसने अपने से कुछ अधिक ही सटा रखा था... पूरे अधिकार के साथ, मानो सरिता केवल उसी की ही संपत्ति थी। बहुत प्रसन्न था वह सरिता के साथ।

सुनील को अपनी आंखों पर विश्वास ही नहीं हुआ। एकटक वह उसी प्रकार देखता रह गया, कभी सरिता को तो कभी उसके साथ के व्यक्ति को। दिल छलनी हुआ जा रहा था। गला सूख गया। दृष्टि पर विश्वास न करने के पश्चात् आंखें छलक आईं। भारी कदमों से आगे बढ़ा। आकर वह तसवीर के सामने खड़ा हो गया... बिलकुल समीप और इस प्रकार सरिता को देखने लगा, मानो वह उसे पहचानने में गलती तो नहीं कर रहा है।

तभी अपने पीछे से आती पायल की झंकार सुनकर वह पीछे पलटा। अंदर के द्वार से सरिता इस कमरे में प्रविष्ट हो रही थी। उसके हाथ में एक थाली थी। थाली में कच्चे चावल थे, जिन्हें बीनते हुए वह बड़ी निश्चिंतता के साथ अंदर प्रविष्ट हुई, परंतु तभी दृष्टि उठते ही चौंक गई, इतनी बुरी तरह कि उसके हाथ से थाली छूटकर नीचे गिर पड़ी। एक छनाका हुआ, दिल

के टूटने के स्वर में। दाने-दाने फर्श पर बिखर गए—दिल के टूटे हुए टुकड़ों समान सरिता के कदम भी जहां-के-तहां फर्श से चिपककर स्थिर हो गए थे। फटी-फटी आंखों से वह सुनील को देखती ही रह गई। उसके होंठों से निकला, 'आप...।'

परंतु सुनील ने सरिता को कोई उत्तर नहीं दिया। सरिता को उसने बहुत ध्यान से देखा। मांग में सिंदूर, मस्तक पर बिंदिया, आंखों में काजल, होंठों पर हल्की सुर्खी, कानों में सोने की बालियां तथा गले में सोने का हार। हाथों में मेंहदी तथा कलाइयों में लाल चूड़ियां। शरीर पर फूलदार रंगीन साड़ी लिपटी हुई थी, जिसके नीचे उसके नन्हे-नन्हे पैरों की अंगुलियां हरे रंग की चप्पलों में सफेद कलियों की पंखुड़ियां बनकर झलक रही थीं।

पैरों में भी मेंहदी रची हुई थी। पायल झनक रही थी। सरिता को अब बैसाखी की आवश्यकता नहीं थी, परंतु सुनील इस बात से बेखबर केवल सरिता को देखने में ही तल्लीन था। उसे मानो अब भी अपनी आंखों पर विश्वास नहीं हो रहा था। सरिता की वास्तविकता उसकी समझ में नहीं आ रही थी। उसने सरिता की ओर बढ़ते हुए पूछा, 'यह...यह सब क्या है, सरिता?'

'आपको क्या पराई स्त्री के घर में इस प्रकार बिना आवाज दिए हरगिज प्रवेश नहीं करना चाहिए था।' सरिता ने सुनील के बगल से निकलकर आगे बढ़ते हुए कहा, रूखे तथा सख्त स्वर में। वह अपने आप पर काबू पा चुकी थी।

'लेकिन...।' सुनील ने पलटकर कहना चाहा।

'जो कुछ आप देख रहे हैं, वह एक वास्तविकता है।' सरिता ने उसी सख्त स्वर के साथ सुनील को देखते हुए कहा, 'अब मैं एक विवाहिता स्त्री हूं, किसी की पत्नी हूं। इनकी निजी अमानत बन चुकी हूं।' सरिता ने टंगी हुई तसवीर में पुरुष की ओर संकेत किया।

'नहीं-नहीं सरिता, ऐसा मत कहो, ऐसा मत कहो सरिता।' सुनील लगभग रो पड़ा। गला रुंध गया। आंखें छलक आईं उसकी। उसने समीप आते हुए कहा, 'ऐसा कभी नहीं हो सकता—कभी नहीं। तुम मुझे कभी नहीं धोखा दे सकतीं।'

'धोखा मेरी बेटी ने तुम्हें नहीं दिया है, बेटे!' अचानक कमरे में सरिता की मांजी प्रविष्ट हुई। थाली गिरने का स्वर सुनकर वह द्वार के पीछे आ खड़ी हुई थी तथा सरिता और सुनील की उपस्थिति का आभास करके वह उन दोनों की बातें सुनने पर विवश हो गई थीं। उन्होंने अपनी बात जारी रखते हुए कहा, 'और न ही तुमने मेरी बेटी को धोखा देने का प्रयत्न किया था। यह तो भाग्य का खेल था, जो पूरा होकर ही रहा।'

'फिर भी आखिर इसके पीछे किसी का हाथ तो अवश्य ही होगा।' सुनील ने कहा।

'हां, इसके पीछे किसी का हाथ तो अवश्य ही है।' सरिता की मां ने एक गहरी सांस लेते हुए स्वीकार किया।

'क्या मैं उस निर्दयी का नाम जान सकता हूं?' सुनील के प्यार का संसार उजड़ चुका था, फिर भी उसने उस व्यक्ति का नाम जान लेना चाहा। आखिर क्या मिल गया उस निर्दयी को?

'मां!' सहसा सरिता ने मां को नाम बताने से मना करना चाहा।

'घबराओ नहीं बेटे!' मां ने तुरंत सरिता से कहा, 'मैंने उनका नाम कभी न बताने के लिए उन्हें वचन दे रखा है। हमारा भेद केवल हम तक ही सीमित रहेगा।'

सुनील का दिल पहले ही टूट चुका था। दिल टूट जाए तो कभी नहीं जुड़ता। दर्द बढ़ता ही जाता है। अब क्या हो सकता है? उसके होंठों पर एक आह तड़पी, तो उसके होंठ कांप गए। आंखें फिर छलक आईं। आंसू मानो गले को अंदर तक तर करने लगे। उसने उसे मन-ही-मन धिक्कारा, जिसने उसकी सारी प्रसन्नताएं उससे छीन ली थीं। भर्राए स्वर में उसने उसे कोसा। बोला, 'मेरी आहें उस व्यक्ति को डंस लेंगी। मेरी सिसकियां उसे खा जाएंगी। मेरे दिल की तड़पती आग उसे ही नहीं, उसके पूरे घराने के एक-एक सुख को जलाकर राख कर देंगी।'

'सुनील!' सरिता एकदम से तड़पकर चीख उठी, इस प्रकार, मानो सुनील ने कोई अनुचित बात कह दी थी। वह मानो सरिता के ही सुख में आग लग जाने की कामना कर बैठा था। फिर वह चुप हो गई। समझ नहीं सकी कि वह सुनील को इतना बड़ा शाप देने से कैसे मना करे?

मां ने तुरंत बेटी के दिल की तड़पती स्थिति का आभास किया। वह सुनील से नम्र स्वर में बोली, 'इतना बड़ा शाप किसी को नहीं देते बेटे!' सुनील की दयनीय स्थिति उससे देखी नहीं जा रही थी।

सुनील की स्थिति सरिता से भी देखी नहीं जा रही थी। दिल था कि छाती के अंदर फटा जा रहा था। सुनील के आंसू देखकर वह स्वयं फूट-फूटकर रो पड़ना चाहती थी। मन करता था कि समाज के सारे बंधनों को तोड़ दे, अपनी पति-भक्ति को ठोकर मार दे और सब कुछ भूलकर सुनील के सीने से लिपट जाए। उसे अपनी सारी मजबूरी बता दे तथा उसके चरणों में गिरकर आंसुओं से चरण धोते हुए क्षमा मांग ले, परंतु उसने अपने ऊपर काबू किया। होंठों से टपकने वाली आहों को दिल के अंदर कैद किया। उसने जो कुछ भी किया था, अपने प्रेम के लिए किया था। उसने कहा, 'सुनील बाबू, आप यहां से जा सकते हैं। मेरे पति का लंच पर आने का समय हो रहा है। उनके लिए मुझे खाना बनाकर तैयार करना आवश्यक है और इसके बाद प्लीज...!'

सरिता ने विनती की तो उसका गला भर आया। तब भी उसने अपने स्वर पर काबू करते हुए अपनी बात पूरी की। बोली, 'आप मेरे घर कभी मत आइएगा।' बात समाप्त करते-करते शायद सरिता फूट-फूटकर रो पड़ती। उसकी पलकें भी भीग चलीं थीं। अपनी दृष्टि बचाने के लिए वह तुरंत आगे बढ़ी और फर्श पर झुककर बिखरे हुए चावल के दाने समेटती हुई थाली में डालने लगी, इस प्रकार, मानो वास्तव में उसे अपने पति के लिए खाना बनाने की जल्दी नहीं,

बहुत ही अधिक जल्दी थी। इस प्रकार वह अपनी पलकों में आए आंसुओं को छिपाने में सफल भी हो गई, परंतु दिल था कि फटा जा रहा था। यदि वह इस समय सुनील को एक बार भी देख लेती तो निश्चय ही उसे समाज के हर बंधनों को तोड़ने से कोई नहीं रोक सकता था।

सुनील ने एक बहुत ही गहरी सांस ली। अपनी गर्दन को झटका दिया, इस प्रकार मानो अपने प्रेम की बर्बादी का कारण समझने का प्रयत्न कर रहा हो। आखिर उसके प्रेम की बर्बादी का कारण कौन हो सकता है? और क्यों? उसने तो अपने जीवन में कभी किसी का कुछ बिगाड़ा नहीं था, फिर किसी ने उसकी प्रेम-वाटिका में क्यों आग लगा दी थी? वह कुछ समझा—और कुछ नहीं भी। उसकी आंखों में वह दृश्य आ गया, जब वह अंतिम बार सरिता से मिला था—बिछड़ते समय, सरिता से किया वादा, दिया हुआ वचन। गर्दन को उसी प्रकार एक बार फिर झटका देकर उसने कहा, 'जहां प्यार की इमारत की नींव डाली जाती है, वहां उसकी पूर्णता की जिम्मेदारी भी इमारत शुरू करने वाले पर ही होती है। मैं भी कभी-न-कभी इस भेद को जानकर ही रहूंगा। फिर भी विश्वास रखना सरिता, मैं अपना दिया वचन कभी नहीं भूलूंगा। तुम्हारी एक-एक प्रसन्नता पर जी-जान से बलि हो जाऊंगा। यदि ऐसा नहीं किया, मैंने तो मैं अंतिम सांसों में भी स्वयं को धिक्कारता रहूंगा। मुझ पर विश्वास करो सरिता, और सदा मुझ पर विश्वास रखती रहना। उलटी गंगा बहने पर भी कभी-कभी प्यार का संगम हो ही जाता है।'

सुनील के आंसू उसके कपोलों पर बह आए, जिनकी धारा लहरों में परिवर्तित होने से पहले वह आगे बढ़ा और सरिता की बगल से होकर उसके कमरे से बाहर निकल गया। वह उसके घर के मुख्य द्वार से भी बाहर निकला। फिर कार का द्वार खोलने तथा अंदर बैठने के बाद द्वार इस झटके से बंद किया, मानो जीवन की इतनी बड़ी निराशा प्राप्त करने के बाद वह स्वयं किसी दुर्घटना का शिकार हो जाना चाहता हो। कार उसने बहुत तेज स्वर के साथ एक्सीलेटर में लेकर स्टार्ट की और पूरी गति के साथ ले उड़ा, एक अनजान रास्ते पर।

सुनील के जाते ही सरिता थाली तथा चावल छोड़कर अपनी मां से लिपट गई और फूट-फूटकर रो पड़ी, इस प्रकार मानो तूफान भूकंप बनकर आया था और आंधी बनकर निकल जाने को तड़प रहा हो। उसके आंसुओं से मां की छाती छलनी हो गई। बेटी को तसल्ली देने के साथ-साथ वह स्वयं भी फूट-फूटकर रो पड़ी। उसे अपनी बेटी से अधिक इस समय सुनील पर दया आ रही थी। कहीं सुनील अपने प्यार की असफलता पर कुछ कर न बैठे। उसकी अपनी बेटी सरिता के सिर पर से तो असफल प्रेम का तूफान निकल ही चुका था और वह इसमें किसी प्रकार डूब-डूबकर जी भी रही थी, एक भारतीय आदर्श पत्नी के नाते, परंतु अब सुनील कैसे जिएगा, वह अनुमान लगाते हुए कांप-कांप रही थी।

सुनील अपने घर पहुंचा, तो उसकी मां प्रतीक्षा में बेचैन थी। वह जानती थी कि सुनील इस समय सरिता से ही मिलकर आ रहा है। अपने एकमात्र बेटे का दिल टूटने के बाद वह किस प्रकार उसका सामना करेगी? उसके मुखड़े पर हवाइयां उड़ रही थीं, क्योंकि अपने पति के

साथ वह स्वयं भी अपने एकमात्र बेटे का उज्ज्वल भविष्य देखने के कारण उसका दिल तोड़ने में बराबर की साझेदार थी। कौन माता-पिता ऐसे होंगे, जो अपनी संतान का भला नहीं चाहेंगे?

सुनील जब अपने बंगले की बैठक में प्रविष्ट हुआ, तो मां का दिल उसे देखते ही रो पड़ा। दिल टूटने के बाद सुनील उदासीनता की कुछ ऐसी ही तसवीर बना हुआ था। मुखड़ा दिल की खुली किताब था। फिर उसने स्वयं को संभाला। मुस्कराई भी। बेटे को उसने गले लगा लेना चाहा, परंतु सुनील ने मां के प्यार की जरा भी चिंता नहीं की। मां के उसने चरण भी नहीं छूए। उलटे वह मां पर बरस पड़ा। दिल टूटने के बाद जब खून जोश मारता है, तो रक्त को अपने रक्त की भी चिंता नहीं होती।

'मां यह सब क्या है?' उसने मुट्ठी भींचते हुए कहा, 'सरिता का विवाह एक दूसरे व्यक्ति से कैसे हो गया, जबकि पिताजी ने मुझे विश्वास दिलाया था कि वह मेरे तथा सरिता के संबंध की बात सरिता के माता-पिता से स्वयं करेंगे?'

मां के दिल को धक्का लगा। उसे समझते देर नहीं लगी कि बेटे को अपने प्रेम के नाकाम होने के कारण का अनुमान हो गया है। सुनील की बात को उसने टालते हुए कहा, 'बेटे, अभी-अभी तो तू विदेश से आया है और वह भी इतने दिनों बाद और आते ही सरिता का विषय ले बैठा? क्या और कोई बात नहीं रह गई थी, मुझसे करने की?'

'यह सब मैं कुछ नहीं जानता।' सुनील ने झुंझलाते हुए कहा, 'आपको अच्छी तरह ज्ञात था कि मैं सरिता को चाहता हूं। मैंने स्वयं ही अपने प्यार के विषय में आप तथा पिताजी को बताया था। मेरे इस प्रेम की असफलता के पीछे निश्चय ही आप दोनों का हाथ है। आखिर क्या कारण था कि मेरे पूछने के पश्चात् आपने अपने पत्रों में एक बार भी सरिता का वर्णन नहीं किया? सरिता ने भी मेरे पत्रों का कभी उत्तर नहीं दिया, परंतु मां, अब मैं बच्चा नहीं रहा। यद्यपि इस समय मेरे पूछने पर भी सरिता ने मुझे कुछ नहीं बताया, फिर भी मां, उसकी खामोशी से मुझे ज्ञात हो चुका है कि निश्चय ही उस पर दबाव डाला गया है, ताकि वह मुझसे दूर रह सके।

'मुझे ज्ञात हो चुका है कि पिताजी ने मुझे लंदन क्यों भेजा था। यह भी जानता हूं कि आंटी ने मुझे जबरदस्ती लंदन में अधिक-से-अधिक दिनों तक रोकने का प्रयत्न क्यों किया था तथा वहां के उच्च समाज में लड़कियों के साथ क्यों 'मूव' कराया था। क्या इसलिए नहीं कि मैं सरिता से प्रेम करना छोड़ दूं? आखिर क्या कमी थी सरिता में, जिसने आपको उसे स्वीकार करने से रोक दिया? आप तथा पिताजी उसे बहू नहीं बनाना चाहते थे तो न बनाते, परंतु कम-से-कम उसे मेरा बनने से तो नहीं रोकना चाहिए था। आखिर क्या बिगाड़ा था मैंने, जो आप लोगों ने मेरे जीवन के सुख में इतनी बड़ी आग लगा दी?' सुनील का क्रोध आंसुओं में छलक आया, तो उसका गला भर्रा गया।

मां जानती थी कि यह बेटे की जवानी का उबलता रक्त है, जो जोश में बोल रहा है, परंतु उसे इस बात का विश्वास था कि बेटे का दिल ऐसा नहीं टूटा है, जो जुड़ न सके।

समय हर घाव का सबसे बड़ा मरहम है। आखिर उसके बेटे की आयु ही क्या है? समय के साथ जब वह बड़ा होगा, तो महसूस करेगा कि उसके माता-पिता ने उसके साथ जो भी किया है, वह ठीक ही था। प्यार में कौन अंधा नहीं होता? शायद इसलिए भगवान प्रेम में है और प्रेम भगवान में। भगवान का नाम ही प्रेम है, परंतु तब भी भगवान प्रेम में अंधा नहीं होता। आज सुनील प्रेम में अंधा है, परंतु भगवान उसकी आंख तब खोलेंगे, जब वह अपनी वास्तविक प्रसन्नता को पहचानेगा। संसार के सारे दुःखों पर एक क्षण का सुख इसलिए न्यौछावर है।

इस वास्तविकता के पश्चात् बेटे की स्थिति पर उसे दया आई। बेटे का भर्राया हुआ गला देखकर मानो उसका अपना दिल भी टूट गया। आखिर सुनील उसके कलेजे का टुकड़ा ही तो था, परंतु वह सुनील के उज्ज्वल भविष्य से पूर्णतया संतुष्ट थी। उसने स्वयं को संभालकर कहा, 'बेटा, तुमने यह कैसे आशा कर ली थी कि हमारे जैसा प्रतिष्ठित घराना अपने बेटे से आयु में कहीं बड़ी और वह भी एक अपाहिज लड़की को अपनी बहू बनाना स्वीकार करेगा? हम तो वास्तव में तुम्हारे चुनाव पर भी चकित रह गए थे, जब तुम उसे अपनी पत्नी बनाना चाहते थे। केवल यही कारण था कि हमने तुम्हें लंदन भेजकर उससे दूर रखने का प्रयत्न किया था। यदि तुम वास्तव में सरिता को प्यार करते हो तो तुम्हें उसकी प्रसन्नता की भी उतनी ही चिंता होनी चाहिए। क्या यह कम है कि जब अपने विवाह के बाद उसे तुमसे बिछुड़ने का एहसास बहुत अधिकता के साथ हुआ तो 'शॉक' के कारण उसका अपाहिजपन दूर हो गया? डॉक्टर का भी यही कहना है। तुम्हारी संगति में तो सरिता निश्चय ही जीवन-भर अपाहिज बनी रहती।'

तभी सुनील को अचानक याद आया कि सरिता को अभी-अभी उसने वास्तव में बिना बैसाखी के खड़े तथा चलते हुए देखा था—जिस प्रकार सरिता के कमरे के अंदर, अभी-अभी, उसके कानों में पायल की झंकार कदमों की चाप पर ताल बनती हुई सुनील पड़ी थी, किस प्रकार उसने अपने सामने सरिता को बिना बैसाखी के खड़ा पाया था तथा किस प्रकार वह झुककर चावल समेटते हुए थाली में रख रही थी।

आखिर उसने इन बातों पर उसी समय क्यों नहीं ध्यान दिया। आखिर वह इन बातों पर ध्यान देता भी कैसे? आंखों पर टूटे हुए दिल का पर्दा जो पड़ा था। इस समय उस वास्तविकता पर ध्यान करने के पश्चात् वह अनुमान नहीं लगा सका कि उसे सरिता का अपाहिजपन दूर होने पर प्रसन्न होना चाहिए या नहीं? परंतु उसे संतोष अवश्य प्राप्त हुआ कि सरिता के अपाहिजपन की जो जिम्मेदारी उस पर थी, वह अब समाप्त हो चुकी है। प्रसन्नता? प्रसन्नता होती भी कैसे?

उसने सरिता से प्यार किया था, उसके अपाहिजपन का कर्ज नहीं चुकाया था। फिर दिल में दर्द उठता भी क्यों नहीं, जिस हाल में कि सरिता अब उससे सदा के लिए बिछुड़ चुकी थी।

प्यार में बिछड़ना मृत्यु से कम नहीं होता। मृत्यु जीवन का सबसे बड़ा जहर-भरा कांटा है, फिर भी फूल कांटे को जितना प्यार करता है, शायद उतना भंवरे को भी नहीं, क्योंकि कांटे से उसकी सुंदरता तथा ताजगी सुरक्षित हैं कुछ यही समझकर सुनील ने प्रण कर लिया कि वह सरिता की एक-एक इच्छा पर हर जन्म में न्यौछावर हो जाएगा। प्यार करने वाले की भावनाएं अलग, निजी तथा सुरक्षित होती हैं।

'मां', उसने एक ऐसे हारे हुए जुआरी के समान कहा, जिसकी खोई हुई वस्तु कभी वापस नहीं आ सकती, 'तुमने कुछ भी किया है, परंतु अपने एकमात्र बेटे के साथ न्याय नहीं किया। कम-से-कम यही समझ लिया होता कि तुम्हारे बेटे की सारी प्रसन्नता एक अपाहिज लड़की में ही सुरक्षित है, यदि तुम्हारा अपना ही बेटा अपाहिज होता, तब भी क्या तुम उसके लिए एक स्वस्थ बहू की तलाश नहीं करतीं? हर असहाय को सहायता की आवश्यकता होती है। फिर मैं तो सरिता से प्रेम करता हूं। अब यदि मेरे जीवन में परिवर्तन आ जाए तो मुझे क्षमा कर देना।'

* * *

उस दिन के बाद से सुनील के जीवन में आंसुओं का एक सैलाब-सा आया, जो कभी कम हुआ तो लहर बन गया और अधिक कम होने के कारण अपना सीमित किनारा न पकड़ सका तो सूख गया। ऐसा ही कुछ सुनील के दिल के साथ हुआ। उसके जीवन का दिन बंजर बन गया। माता-पिता पराए बन गए, परंतु वह अपने माता-पिता के लिए पराया नहीं बन सका। माता-पिता जानते थे कि अभी बेटा जवान है। घाव समय के साथ भर जाएगा और शीघ्र भर जाएगा, क्योंकि बेटा नासमझ है, इस बात से अनभिज्ञ कि कभी-कभी जीवन की पहली ही चोट अंतिम चोट होती है। घाव भर जाता है, परंतु दाग नहीं जाता और यही बात सुनील पर सिद्ध हुई।

फिर दिन बीतने लगे—बीतते ही गए—पांच वर्ष बीत चले सरिता के विवाह को।

इस बीच एक दिन सुनील के पिताजी का हृदय-गति बंद होने के कारण निधन हो गया। मां का दिल टूट गया। सारा जग अंधकार बन गया। मां के गम में सुनील भी सम्मिलित था। कुछ दिनों तक सुनील ने शराब को त्याग दिया, परंतु वह फिर शराब पीने लगा तथा बंगले में काफी रात के बाद लौटने लगा, तो मां के दिल को फिर चोट लगी। मां ने उसे शराब पीने से अनेक बार मना किया। बेटे को स्वर्गवासी पिता का वास्ता भी दिया, परंतु सुनील से शराब नहीं छूट सकी।

अनेक बार मां ने उसे समझाया भी कि अब फैक्टरी उसी को संभालनी है, परंतु इसका भी प्रभाव सुनील पर कुछ नहीं पड़ा। वह जानता था कि फैक्टरी का सारा भार विश्वसनीय मैनेजर

108

संभाल लेगा। सुनील को अपने काम से अधिक प्यारी थी शराब और केवल शराब, जिसे जब वह पी लेता था, तो दिल में उठते दर्द पर काबू पा लेता था। परंतु सरिता की याद कम होने के बजाय बढ़ती ही जाती थी और इस याद में डूबकर उसे अलग ही दर्द-भरा आनंद प्राप्त होता था।

फिर एक दिन ऐसा भी आया जब सुनील को अपने एक डॉक्टर मित्र के पास जाना पड़ा। पांच वर्ष तक निरंतर सुबह-शाम शराब पीते रहने के कारण उसके सीने में दर्द उठने लगा था, तो उसका अपना गम था, इसलिए उसने अपनी माता को नहीं बताया। परंतु जीवन को स्थिर रखने के लिए उसे अपने डॉक्टर मित्र की आवश्यकता पड़ गई थी। उसका यह डॉक्टर मित्र एक वर्ष पहले ही विदेश से लौटा था—एक विदेशी स्त्री के साथ, जो स्वयं भी एक लेडी डॉक्टर थी। दोनों अलग-बगल के कमरे में बैठकर अपनी 'डॉक्टरी' किया करते थे—अपने निजी 'क्लीनिक' में।

सुनील ने अपनी कार क्लीनिक के सामने रोकी। कार से बाहर निकला। क्लीनिक में प्रविष्ट हुआ। पहले एक बड़ा कमरा था, जिसमें रोगी तथा रोगिनें बैठकर डॉक्टर से मिलने की प्रतीक्षा कर रहे थे। परंतु डॉक्टर का सुनील मित्र था, इसलिए सुनील ने उसे कमरे में बैठकर डॉक्टर की प्रतीक्षा करने की आवश्यकता नहीं समझी। उसने अपने पग डॉक्टर के कमरे की ओर बढ़ा दिए। परंतु तभी उसकी दृष्टि उससे लगे कमरे के द्वार की ओर भी उठ गई, जहां द्वार के मध्य शीशे की एक खिड़की थी। वह चौंककर रुक गया। लेडी डॉक्टर के सामने सरिता बैठी हुई थी।

सरिता बहुत गंभीर थी, उदास भी थी। सरिता को क्या कष्ट हो सकता है? वह यहां क्यों आई है? कहीं मां तो नहीं बनने वाली है? अनेक प्रकार के प्रश्न सुनील के मन में उठने लगे, शायद सरिता की यह दूसरी संतान होगी—शायद तीसरी। पुरुषों का क्या ठिकाना! केवल बच्चे पैदा करने ही जानते हैं, चाहे बच्चों का भविष्य उज्ज्वल बने या न बने, उनकी बला से।

सुनील सरिता को वर्षों के बाद देख रहा था, फिर भी उसके लिए मन-ही-मन शुभकामना की। वह जहां है, जिसके साथ है, जिस किसी स्थिति में है—बस सुखी रहे—प्रसन्न। और अब वह उसके लिए कर भी क्या सकता था? उसका अपना जीवन नरक बन चुका था, परंतु इसमें दोष भी किसका था? उसका अपना। न वह सरिता को छोड़कर लंदन जाता और न आज ये दिन देखने को मिलते। सहसा सरिता उठ खड़ी हुई। वह कमरे से बाहर निकलने के लिए आगे बढ़ा। सुनील ने चाहा कि वह अपने मित्र डॉक्टर के कमरे में प्रविष्ट हो जाए, ऐसा न हो कि सरिता उसे यहां देखकर कोई अनुचित अनुमान लगा बैठे। उसने कदम उठाने चाले, परंतु उसे लगा, मानो उसके पग फर्श से चिपक गए हैं। तभी सरिता द्वार खोलकर बाहर निकल आई। सुनील को अपने सामने खड़ा देखकर वह ठिठक गई। रुक भी गई वह। दोनों ने एक-दूसरे को

देखा। कितना बदल गए थे दोनों। सरिता तो मानो पतझड़ का फूल बनकर रह गई थी। सुनील के होंठों से एक आह दमक गई। 'कैसी हो सरिता?' सुनील ने मानो सब कुछ जानते हुए भी पूछा।

'जी रही हूं।' सरिता ने बहुत निराश स्वर में कहा। उसने चाहा कि सुनील की बगल से होकर निकल जाए। सुनील अब उसके लिए एक पराये व्यक्ति जैसा था। उससे मिलना अब उसके लिए उचित नहीं था, परंतु तभी सुनील के दिल के टूटे साज की आवाज ने उसके पैरों में बेड़ियां डाल दीं। वह रुक गई।

'और...।' सुनील कह रहा था, 'तुम्हारी मां जी कैसी हैं? बाबूजी का स्वास्थ्य कैसा है?' सुनील की भेंट सरिता से इतने दिनों बाद हुई थी, इसलिए उसने सरिता को अपनी बातों के सूत्र से बांधे रखना चाहा।

सरिता ने सुनील को ध्यान से देखा। कहीं वह उसके दुर्भाग्य का मजाक तो नहीं उड़ा रहा है? उसने पूछा, 'क्यों? क्या आपको कुछ नहीं मालूम?'

'भगवान की सौगंध, मुझे कुछ नहीं मालूम।' सुनील ने उसे विश्वास दिलाया। उसने पूछा, 'क्यों? क्या हुआ उन्हें? दोनों स्वस्थ तो हैं ना?'

'उन दोनों का ही निधन हो चुका है—एक के बाद एक।' सरिता ने गंभीरतापूर्वक कहा।

'ओह!' सुनील चौंककर सन्न रह गया। उसने तो कभी ऐसी बात सोची भी नहीं थी। सरिता की मांजी की वह निराशाजनक छवि उसकी आंखों के दर्पण पर घूम गई, जब वह लंदन से आते ही उनसे अंतिम बार मिला था। उसने सरिता से सहानुभूति प्रकट करनी चाही, परंतु तब तक सरिता उसके बगल से होकर जा चुकी थी। वह हथेली-पर-हथेली रखकर मलता रह गया। उसने पलटकर देखा, सरिता अपने रास्ते निश्चिंत चली जा रही थी। सरिता यहां क्यों आई थी? हां, क्यों? यह प्रश्न उसके मन में उठा, तो वह अपने मित्र डॉक्टर के बजाय उसकी पत्नी लेडी डॉक्टर के कमरे में प्रविष्ट हो गया।

'अरे!' लेडी डॉक्टर ने सुनील को देखा तो चौंककर खड़ी होते हुए उसका स्वागत किया। पूछा, 'आपका यहां कैसे आना हुआ?'

'यह...।' सुनील ने डॉक्टर के प्रश्न की चिंता न करते हुए पूछा, 'सरिता यहां क्यों आई थी?'

'वह अब तक मां बनने से वंचित है।' डॉक्टर ने कहा।

'क्या?' सुनील को विश्वास नहीं हुआ।

'हां।' डॉक्टर ने गंभीरतापूर्वक कहा। फिर पूछा, 'परंतु आप उसे कैसे जानते हैं?'

सुनील ने एक गहरी सांस ली। होंठों से आह टपक गई, उसने कहा, 'यह वही लड़की थी, जिसकी बर्बादी का कारण मैं हूं और शायद मेरी बर्बादी का कारण वह।'

'ओह! आई एम सॉरी।' डॉक्टर ने सुनील के साथ सहानुभूति बरती। बोली, 'तो यही है वह लड़की, जिसके कारण आप इतना उदास रहते हैं? मेरे 'हसबैंड' प्रायः आपके विषय में बताते रहते हैं कि आपके जीवन को कैसी 'ट्रेजिडी' का सामना करना पड़ा है। आइए, मैं उनसे आपको मिला दूं।' वह अपने कमरे तथा पति के कमरे के मध्य के द्वार की ओर बढ़ी। उसने द्वार खोला और फिर सुनील के लिए रास्ता छोड़ दिया।

तभी सुनील का डॉक्टर मित्र उसे देखते ही चौंककर उठ खड़ा हुआ, 'अरे! तुम्हारा इधर कैसे आना हुआ?' उसने पूछा।

तब तक डॉक्टर की पत्नी भी वहां आ चुकी थी। डॉक्टर ने सुनील को गले लगा लिया। उसने उसे अपने सामने की कुर्सी पर बैठाया तो औपचारिकता बरतते हुए डॉक्टर की पत्नी को भी वहीं एक कुर्सी पर बैठ जाना पड़ा। सुनील का डॉक्टर मित्र भी बैठ गया, फिर सुनील को सरिता का विषय लेकर अपने मित्र डॉक्टर को रामकहानी बतानी ही पड़ी। इसके साथ ही उसने सरिता की भेद-भरी गंभीरता का कारण भी जानना चाहा। उसने कहा, 'डॉक्टर, मेरे दोस्त तुम तो उन दिनों विदेश में थे, जब मुझ पर यह गम का पहाड़ टूटा था, परंतु अब भी मैं सरिता की एक-एक प्रसन्नता पर हर सांस से न्यौछावर हूं और यही चाहता हूं कि वह सदा सुखी रहे, हर स्थिति में, हर परिस्थिति में।'

डॉक्टर को अपनी पत्नी द्वारा यह तो भली-भांति ज्ञात था कि सरिता नाम की एक रोगिणी उसकी पत्नी के पास कई बार आ चुकी है। पति-पत्नी दोनों ही डॉक्टर हों तो चिकित्सा पर आचार-विचार प्रकट करते ही रहते हैं, इसलिए उसे यह ज्ञात था कि सरिता का ऐसा कोई दोष नहीं है, जो वह संतान उत्पन्न न कर सके—दोष है तो उसके पति का। सरिता के पति को उसने पूर्णतया 'चेक' करना भी चाहा था, परंतु उसके पति के अंदर 'मैं' था, अर्थात् स्वस्थ होने के कारण वह अपनी निर्बलता को किसी भी अवस्था में स्वीकार करने को राजी नहीं था—पुरुष का व्यक्तित्व यही कहता है। आज डॉक्टर को जब सुनील द्वारा यह ज्ञात हुआ कि वही लड़की है—सरिता, जिसके कारण उसके प्रिय मित्र सुनील का दिल टूटा है तो उसे उस पर दया आ गई।

डॉक्टर तथा उसकी पत्नी ने सुनील को एक 'साईकेट्रिक्ट' की दृष्टि से देखा। उसका गम समझने का प्रयत्न किया। दोनों ने सुनील के गम को समझा भी। पति-पत्नी ने आपस में एक-दूसरे को देखा। फिर पत्नी कुछ संकेत समझकर वहां से उठी और अपने कमरे में चली गई। सुनील अपने डॉक्टर मित्र के साथ अकेला रह गया, तो डॉक्टर ने कहा, 'सुनील, तुम्हारा सुख या तुम्हारी शांति भले ही सरिता के सुख और शांति में सुरक्षित हो, परंतु सरिता का सुख तथा उसकी शांति केवल उसके पति में सुरक्षित है। यह एक भारतीय नारी का स्वभाव है। फिर भी

जब तुम उसका सुख देखकर स्वयं सुखी रह सकते हो तथा तुम्हारे द्वारा सरिता अपने पति को सुखी रखकर स्वयं सुखी रह सकती है, इसके लिए मेरे पास एक उपाय भी है।'

इतना कहने के बाद डॉक्टर खो-सा गया, इस प्रकार मानो स्वयं से समझौता कर रहा हो। उसने अपनी मेज पर रखे सिगरेट के पैकेट को उठाया। सिगरेट निकाली, होंठों से लगाई। सोचता रहा। फिर उसने कहना शुरू किया, 'सुनील, मैं एक डॉक्टर हूं, मेरी भावनाएं विदेशी हैं, परंतु अनुचित नहीं हैं। मैं जो बात कहूंगा, वह इस समय तुम्हें अनुचित अवश्य लगेगी, परंतु वह दिन दूर नहीं जब तुम ही नहीं, सारा भारत इसे उचित कहेगा।' उसने अपनी सिगरेट जलाई। एक गहरा कश लिया। फिर बोला, 'सुनील, तुम चाहो तो सरिता की समस्या दूर कर सकते हो। वह प्रसन्न और सुखी रह सकती है।'

'मैं कुछ समझा नहीं डॉक्टर।' सुनील के मन में एक अज्ञात-सा भय उत्पन्न हुआ।

'देखो सुनील...।' डॉक्टर खड़ा हो गया। दो पग चलकर वह खिड़की के समीप आया, जहां से उसके लॉन की क्यारियों में लगे फूल स्पष्ट दिखाई पड़ते थे। उसने अपनी पीठ सुनील की ओर कर ली और पौधों के साथ फूलों को देखते हुए उसने सिगरेट का एक कश लिया। फिर बोला, 'सरिता एक ऐसा पौधा है, जिसे अनेक न सही कम-से-कम एक फूल की आवश्यकता अवश्य है। यदि इस पौधे को फूल न मिला तो यह सदा के लिए मुझा जाएगा, परंतु तुम चाहो तो खाद बनकर इस पौधे को इस प्रकार सींच सकते हो कि यह पौधा ही हरा-भरा नहीं होगा, बल्कि इसे एक फूल भी मिल जाएगा।' डॉक्टर सुनील की ओर पलटा।

'डॉक्टर!' सुनील भी खड़ा हो गया। उसने डॉक्टर की बातें समझीं भी और नहीं भी समझीं। बोला, 'जो कुछ कहना है, स्पष्ट शब्दों में कहो। मैं पहेलियों में विश्वास नहीं रखता।'

'सुनील, मेरे भाई, तुम एक पढ़े-लिखे युवक हो। तुम्हें मैं अधिक समझाने की आवश्यकता नहीं समझता। बस, इतना ही कहूंगा कि सरिता को सुखी रखने के लिए तुम्हें उसको अपने बच्चे की मां बनाना पड़ेगा, ताकि उसका सुख उसके पति में सुरक्षित रह सके।' डॉक्टर सुनील के सामने आ खड़ा हुआ।

'नहीं-नहीं, ऐसा कभी नहीं हो सकता।' सुनील को मानो बिजली का एक सख्त झटका मार गया। उसके मन में कोई पाप नहीं था, इसलिए उसने अनुचित अनुमान लगाकर अपने प्यार की लाज रखी, कांपकर उसने कहा, 'मैं ऐसा कभी नहीं कर सकता—कभी नहीं, क्योंकि सरिता मेरी लाज है और इस लाज का दुरुपयोग मैं कभी नहीं होने दूंगा। सरिता को मैं कभी धोखा नहीं दे सकता।'

डॉक्टर ने सिगरेट का एक गहरा कश लेकर निश्चिंतता प्रकट की। फिर बोला, 'सुनील, संसार बहुत आगे बढ़ चुका है और बढ़ता ही जाएगा, चाहे तुम संसार के साथ आगे बढ़ो या न बढ़ो। क्या तुम इस बात को स्वीकार नहीं करते कि सरिता तुम्हारी संतान की मां बनने की इच्छुक थी?'

'इच्छुक तो वह बहुत थी डॉक्टर!' सुनील ने एक गहरी सांस लेकर आह भरते हुए स्वीकार किया। बोला, 'परंतु...।' सुनील की समझ में नहीं आया कि वह क्या कहे तो वह चुप हो गया।

'सुनील, जब यह एक वास्तविकता है कि सरिता को संतान उत्पन्न होनी ही चाहिए, क्योंकि इसमें सरिता की इच्छा की पूर्ति ही नहीं है, बल्कि उसकी प्रसन्नता भी उसके पति में सुरक्षित है, तो क्यों नहीं इसमें तुम सरिता की सहायता करते?'

'तुम एक डॉक्टर होते हुए भी सरिता को नशे में दबाव देकर मुझसे पाप कराना चाहते हो?' सुनील दूर की सोचते हुए अपने डॉक्टर मित्र से निराश हो गया। रुस्ट होकर वह चलने को तैयार हुआ। चलते-चलते उसने कहा, 'मुझे तुमसे ऐसी आशा हर्गिज नहीं थी कि तुम मेरे प्यार का इतना बड़ा मजाक बनाओगे।'

'ठहरो सुनील!' डॉक्टर ने उसके सामने आकर उसका रास्ता रोका। उसने कहा, 'तुम मुझे गलत समझ रहे हो। मैं तुम्हें किसी प्रकार का पाप करने को नहीं कह रहा हूं और न ही कभी चाहूंगा कि वह 'डायरेक्टरी' तुम्हारे बच्चे की मां बने।'

'मतलब?' सुनील ने रुककर चकित होते हुए पूछा। वह तब भी कुछ नहीं समझा।

'सुनील...।' डॉक्टर ने कहा, 'इस संसार में एक-दूसरे को सुखी तथा प्रसन्न रखने के एक नहीं, अनेक उपाय हैं, जिन्हें यदि त्याग कहा जाए तो अनुचित नहीं होगा। इस संसार का त्याग एक बड़ा दान भी है—बहुत बड़ा दान। संतान उत्पन्न न होने के कारण सरिता के सास-ससुर अभी से ही उसे सता रहे हैं, परंतु क्या कभी तुमने सोचा कि एक दिन ऐसा भी आ सकता है, जब संतान उत्पन्न न होने के कारण एक दिन उसका पति भी उससे उकता जाएगा?'

सुनील बुत समान खड़ा रहा। डॉक्टर क्या कहना चाहता है, इस बात की वह प्रतीक्षा करने लगा।

'मेरी बातें ध्यान से सुनो।' डॉक्टर ने सुनील के कंधे पर हाथ रखकर कहा। उसने सुनील को एक कुर्सी पर बिठाया, फिर उसके सामने अपनी कुर्सी पर बैठ गया। उसने सिगरेट के दो-चार गहरे-गहरे कश लिए। सोचता रहा, फिर उसने वैज्ञानिक दृष्टि से सुनील को कुछ ऐसी बातें बताईं, जिन पर सुनील को विश्वास करना पड़ा। संसार में अपनी संतान को बचाने के लिए लोग बड़े-से-बड़ा त्याग तथा दान करते हैं। यदि वह अपनी संतान का ही दान कर देगा तो इससे बड़ा पुण्य क्या होगा?

* * *

दिन बीतने लगे, बीतते गए। इस बीच सुनील को अपने डॉक्टर द्वारा सरिता के विषय में बहुत कुछ बातें ज्ञात होती रहीं—सरिता मां बनने योग्य हो चुकी है, सरिता उसी की डॉक्टर पत्नी से स्वयं को चैक कराने आती है, पांच वर्ष तक वह किसी भी डॉक्टर द्वारा मां नहीं बन

113

सकी थी, इसलिए जब सरिता उसकी पत्नी द्वारा मां बनने योग्य हो गई, तो उसका विश्वास उसकी पत्नी पर दृढ़ हो गया है।

डॉक्टर की बातें सुनकर सुनील का दिल प्रसन्नता से प्रफुल्लित हो जाता था। वह सरिता का पति नहीं, परंतु वह उसकी संतान की मां अवश्य बन रही है, परंतु ऐसा सोचने के पश्चात् प्रायः वह बहुत गंभीर भी हो जाता था। क्या उसने धोखे से सरिता को अपनी संतान की मां बनाकर एक बड़ा पाप तो नहीं किया? परंतु इसका उत्तर उसे स्वयं नहीं मिल पाता था।

फिर कई मास बीत गए।

एक दिन सुनील को डॉक्टर द्वारा ज्ञात हुआ कि सरिता मां बन गई है।

'क्या?' सुनील का दिल प्रसन्नता से उछल पड़ा।

'हां।' डॉक्टर ने कहा, 'उसका केस हमारे क्लीनिक में ही हुआ है, मेरी पत्नी द्वारा।'

सुनील का दिल अपने बच्चे को सीने से लगाने के लिए तपड़ उठा। उसने पूछा, 'कैसी है मेरी संतान? लड़का है या लड़की?'

'लड़का है, और वह भी बिलकुल तुम्हारे समान। केवल रंग मां का लिया है—गोरा-चिट्टा।' डॉक्टर ने कहा।

'क्या मैं अपने बच्चे से नहीं मिल सकता?' सुनील ने बड़ी उत्सुकता तथा बेचैनी के साथ अपनी हथेली-पर-हथेली रखकर मलते हुए पूछा।

'ऐसे नाजुक अवसर पर, इतने वर्षों बाद, जब वह मां बनी है तो तुम्हें देखने के बाद उसको किसी भी प्रकार का अनुचित शॉक पहुंच सकता है, मैं तुम्हें उससे मिलने की राय कभी नहीं दूंगा।'

'ओह!' सुनील अचानक गंभीर हो गया। आंखों में निराशा तथा उदासीनता छा गई। उसने एक आह भरी। फिर बोला, 'यह तो सरासर अन्याय है कि मुझे अपने बच्चे से मिलने से रोका जा रहा है।'

'यह अन्याय नहीं है, न्याय है।' डॉक्टर ने सुनील के कंधे पर हाथ रखकर उसे समझाया। 'सुनील, मेरे दोस्त, एक बात सदा याद रखना। तुमने कृत्रिम गर्भाधान द्वारा उस बच्चे को दान में दिया है और दान में दी गई किसी भी वस्तु पर अपना अधिकार कभी नहीं जताया जाता। तुम यह बात अपने ध्यान से हटा दो कि वह बच्चा तुम्हारा है। वह बच्चा सरिता का है तथा उसके पति का है।'

सुनील का दिल तड़प उठा। उसने अपनी छाती पर हाथ रखकर छाती को मसलते हुए मानो अपने दिल की तड़प पर काबू पाने का प्रयत्न किया। फिर गर्दन को एक झटका देते हुए बोला, 'तुम ठीक कहते हो दोस्त, मुझे अपने बच्चे से मिलने का कोई अधिकार नहीं है। फिर भी क्या मैं अपने बच्चे को दूर से भी नहीं देख सकता?'

'दूर से उस बच्चे को तुम अवश्य देख सकते हो, इतना तो मैं तुम्हारे लिए कर ही सकता हूं।' डॉक्टर ने उसे सांत्वना दी।

सुनील के दिल को एक ठंडक प्राप्त हुई। उसका अपना बेटा...पहला पुत्र। डॉक्टर के साथ वह तुरंत चलने को अधीर हो उठा।

दोनों क्लीनिक की ओर जाने वाले रास्ते पर बढ़ गए। दोनों ही उदास थे। दोनों ही खामोश थे। डॉक्टर ने किसी प्रकार की बात करके सुनील के दिल के जख़्म को छेड़ना उचित नहीं समझा। बात करने से बात बढ़ती है, सुनील इसलिए खामोश था, क्योंकि उसके दिल में बार-बार विचार आ रहा था—कभी सरिता का तो कभी अपने बच्चे का। आज यदि सरिता उसकी पत्नी होती तो अब तक वह कम-से-कम एक नहीं दो बच्चों की मां अवश्य बन गई होती, परंतु समय ने आज यह रंग दिखाया है कि सरिता उसके बच्चे की मां तो अवश्य है, परंतु पत्नी किसी और की।

* * *

क्लीनिक और क्लीनिक की खामोशी।

डॉक्टर सुनील को क्लीनिक के अंदर ले गया, ऐसे रास्ते से जिधर सरिता का वार्ड नहीं पड़ता था। क्लीनिक के अंदर पग रखते ही सुनील के दिल की धड़कन बहुत तेज हो गई थी। दिल अपने बच्चे के साथ सरिता को भी देखने के लिए तड़प उठा था। कहां है सरिता का वार्ड? किस वार्ड में उसका बच्चा है? प्यारा और नन्हा-मुन्ना बच्चा? मां का रंग तथा उसका अपना रूप?

क्लीनिक के अंदर दोनों ने एक साथ कुछ दूर तक गैलरी पार की, फिर एक स्थान पर जाकर डॉक्टर रुक गया। सुनील को भी रुक जाना पड़ा, परंतु रुकते ही उसके दिल की धड़कन चरम सीमा पर पहुंच गई। डॉक्टर ने एक बार सुनील को देख। सरिता तथा अपने बच्चे को देखने के बाद क्या सुनील अपने दिल पर काबू रख सकेगा? क्या उन्हें देखने के बाद सुनील सरिता के वार्ड के अंदर तो प्रविष्ट नहीं हो जाएगा? परंतु फिर उसे सुनील का विश्वास करना ही पड़ा। यदि उसने सुनील को सरिता तथा उसका बच्चा देखने से रोका, तो यहां आने के बाद निश्चय ही सुनील विरोध कर बैठेगा और फिर स्वयं ही सरिता का वार्ड खोज निकालेगा। सुनील उसका मित्र था और वह उसे इस क्लीनिक में ऐसा करने से रोक भी नहीं सकेगा और जब सरिता उसे दिखाई पड़ जाएगी, तो वह निश्चय ही उसके वार्ड में भी प्रविष्ट हो जाएगा। ऐसा हो गया तो अनर्थ हो जाएगा। सरिता टूट सकती है। उसके घर की शांति भंग हो सकती है। जाने क्या-क्या अनुचित बातें हो सकती हैं।

115

'कहां है सरिता का वार्ड?' सुनील ने पूछा, बहुत गंभीर स्वर में परंतु इस स्वर में मन की झल्लाहट तथा सरिता और अपने बच्चे को देखने की बेसब्री भी सम्मिलित थी। आखिर उसका मित्र यहां एक ही स्थान पर खड़े-खड़े क्यों उसका समय नष्ट कर रहा है?

डॉक्टर ने एक क्षण फिर सोचा। फिर बोला, 'वह रही खिड़की, जहां से तुम सरिता तथा उसके बच्चे को अच्छी तरह से देख सकते हो।'

सुनील से अब और अधिक बर्दाश्त नहीं हो सका। वह तुरंत लगभग खिड़की पर पहुंचा। उसके साथ डॉक्टर भी खिड़की पर चला आया, केवल इस विचार से कि कहीं सुनील अपना धैर्य न खो दे और सरिता के वार्ड में प्रविष्ट न हो जाए।

सुनील ने खिड़की द्वारा वार्ड के अंदर झांका तो बस देखता ही रह गया। ऐसा दृश्य, जिसने उसका दिल तोड़ दिया। वार्ड के अंदर एक व्यक्ति उपस्थित था। वह एक नन्हे-मुन्ने बच्चे को गोद में लिए बहुत प्यार के साथ खेल रहा था और सरिता पलंग पर लेटी हुई बहुत प्यार के साथ मुस्कराते हुए कभी अपने बच्चे को देख रही थी और कभी उस व्यक्ति को। उस व्यक्ति की सूरत उसे जानी-पहचानी-सी लगी। उस व्यक्ति का वार्ड के अंदर रहना सुनील को बहुत बुरा लगा। उस आदमी की उपस्थिति के कारण सुनील के दिल पर सांप लोट गया। उसने अपने समीप खड़े डॉक्टर को देखा—प्रश्नात्मक दृष्टि से।

डॉक्टर ने खिड़की पर आकर वार्ड के अंदर झांका। अंदर का दृश्य देखने के बाद उसने सुनील को देखा। फिर बहुत दबे स्वर में बोली, 'यही सरिता का पति है...सुरेंद्र।'

'ओह!' सुनील को तुरंत याद आ गया कि इस व्यक्ति की तसवीर उसने सरिता के साथ वर्षों पहले सरिता के घर में देखी थी, उसने मन-ही-मन सोचा, इस पराए व्यक्ति को वह कैसे भूल गया, जिसने कभी उसकी सारी प्रसन्नता तथा सुख में ऐसी आग लगाई थी, जो दिल के अंदर अब तक भड़कती हुई उसके शरीर को राख कर रही थी। सरिता के पति सुरेंद्र को देखकर उसके दिल की आग भड़ककर शोल बन गई। मन हुआ कि वह वार्ड के अंदर प्रविष्ट हो जाए और अपने बच्चे को छीन ले। आखिर वह व्यक्ति उसके लिए पराया ही तो था, उसके प्यार के कारण ही नहीं, बल्कि उसके अपने बच्चे का पिता बनने के कारण भी—जायज पत्नी के नाजायज बच्चे का पिता बनने के कारण भी।

और यही सब बातें सोचकर सुनील के दिल में उठता तूफान बेकाबू हो गया। दिल का बांध टूट गया, तड़पकर उसने वार्ड के अंदर जाने के लिए अपना पग उठा भी लिया, परंतु तभी उसका हाथ समीप खड़े डॉक्टर ने पकड़ लिया, उसे खींचकर डॉक्टर ने खिड़की से अलग किया, तो सुनील लगभग रो पड़ा। दिल फट गया। आंखें बच्चे को बार-बार देखने के लिए तरस उठीं। बांहें अपने बच्चे को गोद में लेने को फड़क उठीं। उसने डॉक्टर को देखा—बड़ी असहाय दृष्टि से, तो होंठ बच्चे को प्यार करने के लिए फड़फड़ा गए।

116

डॉक्टर को सुनील पर बड़ी दया आई। सुनील की स्थिति उससे देखी नहीं गई। मन हुआ कि क्लीनिक की एक नर्स द्वारा वह किसी बहाने बच्चे को बाहर बुला ले, परंतु उसने ऐसा जान-बूझकर नहीं किया। यदि बच्चा बाहर आकर सुनील की गोद में पड़ जाता, तो शायद सुनील उसे हर्गिज नहीं छोड़ता। वह सुनील को वहीं से पकड़कर अपने कमरे में ले गया। उसे समझाया। वे बातें याद दिलाईं उसे, जो अपने क्लीनिक में लाने से पहले उससे कही थीं।

उसने कहा, 'सुनील तुम्हारे दिल का दर्द मैं समझता हूं, क्योंकि तुम्हारा प्यार निःस्वार्थ है, इसलिए सरिता या उसके बच्चे पर अब तुम्हारा कोई अधिकार नहीं है। सरिता एक आदर्श पत्नी है, पतिभक्त है। अपने पति को प्रसन्न और सुखी करने के लिए वह कुछ भी कर सकती है। उसके पति ने यदि सरिता की वास्तविकता जानने के बाद उसे घर से निकाल दिया, तो वह आत्महत्या कर लेगी, परंतु किसी और की बनना कभी स्वीकार नहीं करेगी, क्योंकि भारतीय नारी का भगवान केवल उसका पति होता है। भूल जाओ कि तुम्हारी सरिता से कभी भेंट होगी। और यदि कभी भेंट हो भी तो तुम पहले के समान अपरिचित बनकर अपना रास्ता बदल देना। तुम्हारे इस त्याग से सरिता तथा उसका घराना बहुत सुखी रहेगा।'

* * *

दिन महीनों में बदल गए। महीने बीते तो वर्षों में निकल गए। सुनील का संसार ही बदल गया। गम दोगुना हो गया। एक गम सरिता के बिछड़ने का और दूसरा गम अपने बच्चे से दूर होने का। यही कारण था कि अब वह पहले से भी अधिक शराब पीकर अपना गम दूर करने का प्रयत्न करने लगा था, परंतु गम हल्का होने के बजाय पहाड़ बन जाता था। उसने सरिता की खुशी के लिए वह रास्ता ही छोड़ दिया, जहां सरिता रहती थी। ऐसा न हो उसकी दृष्टि सरिता पर पड़ने के साथ उस बच्चे पर भी पड़ जाए और फिर वह अपने मस्तिष्क का संतुलन खोते हुए सरिता के बच्चे की मांग कर बैठे, इस बात पर विश्वास करते हुए कि सरिता किसी कीमत पर अपने बच्चे को स्वयं से अलग नहीं करेगी।

धीरे-धीरे शराब सुनील को पीने लगी। वह नहीं पीता तो उसके पेट में दर्द-सा होने लगता। सुनील ने अपने मित्रों के यहां जाना बिलकुल ही कम कर दिया। अब तो आंख खुलते ही उसे शराब की जरूरत पड़ जाती थी। सुबह से लेकर दिन और दिन से लेकर रात तक शराब उसे अवश्य चाहिए होती थी। शाम होते ही 'बार' में वह चला जाता था। फिर गई रात घर लौटता, लड़खड़ाता, गिरता-पड़ता। मां अपने बेटे को देखती तो दिल भर आता। कभी-कभी उसे बेटे की इस हरकत पर क्रोध भी आ जाता था। परिचित लोग क्या कहेंगे? क्या यही एक आदरणीय तथा उच्चकुल का दीपक है, परंतु सुनील पर कभी किसी बात ने असर नहीं किया। एक दिन सुनील अपनी कार द्वारा 'बार' जा रहा था—पटेल मार्ग से होता हुआ। आदत अनुसार बहुत तेज गति में। मोड़ पर भी उसका पैर 'एक्सीलेटर' पर से उठकर 'ब्रेक' पर नहीं जाता था। शाम

117

का समय था, धुंध छाई हुई थी तथा अंधकार का लबादा पहनने को व्याकुल थी। सड़क के किनारों लगे बिजली के खंभों में ट्यूबलाइट्स जगमगा रही थीं, जिनके नीचे चलने वाले लोगों के साये कभी लंबे और कभी छोटे होते जा रहे थे, परंतु सांसारिक बातों से निश्चिंत सुनील अपनी ही धुन में डूबा कार चलाने में मग्न था।

अचानक पटेल मार्ग के मोड़ से पहले सुनील की कार के सामने एक बच्चा आ गया। बच्चा सड़क पार कर रहा था। सुनील ने 'एक्सीलेटर' पर पैर उठाकर पूरी ताकत से ब्रेक दबा दिया। कार के पहिए बुरी तरह चीख पड़े, परंतु कार अपने स्थान पर रुक नहीं सकी। बच्चे को दबाते हुए आगे बढ़ गई। सुनील ने कार रोककर बाहर जाना चाहा, परंतु फिर उसे अपने माता-पिता के शब्दों की याद आ गई—ऐसे मौकों पर कभी कार से बाहर नहीं निकला जाता है। दुर्घटना के बाद दुर्घटना करने वाले के साथ जनता कैसा व्यवहार करे।

सुनील ने तुरंत 'ब्रेक' पर से पैर उठाकर 'एक्सीलेटर' दबा दिया। कार आगे बढ़ चुकी थी। सुनील अब संभलकर कार चलाने लगा। वह सोचने पर विवश हो गया कि क्या उसके भाग्य में दुर्घटनाएं ही लिखी हैं। कभी, किसी समय उसकी कार की टक्कर सरिता से हो गई थी, जिसने उसके जीवन की धारा ही बदल दी और आज उसकी कार के सामने एक बच्चा चला आया। बच्चा? नहीं-नहीं, सुनील ने अपने मन को संतोष दिया। वह स्वयं से बोला, ऐसा कैसे हो सकता है? ऐसा कभी नहीं हो सकता। वह कोई बच्चा नहीं था। उसने नशे की स्थिति में उसे बच्चा समझ लिया है। वह तो कोई कुत्ता था, कुत्ता, जो सड़क पार कर रहा था, परंतु सुनील को कोई संतोष नहीं मिला, बल्कि सुनील ने इस दुर्घटना पर जितना ध्यान दिया, उतना ही उसे विश्वास होने लगा कि वह इंसान का ही बच्चा था।

यह बात उसके मन और मस्तिष्क पर इतनी भारी होने लगी कि सुनील का नशा भी कम होने लगा—बल्कि नशा बिलकुल ही समाप्त हो गया। उसने और अधिक शराब पीना उचित नहीं समझा। दुर्घटना में उसकी कार के नीचे आया बच्चा उसके मस्तिष्क तथा मन को बुरी तरह कुरेदने लगा था। 'बार' न जाकर वह सीधा अपने बंगले पहुंचा। मां और नौकरों ने देखा तो चकित रह गए। शायद सुनील में अब सुधार होना आरंभ हो चुका है। वास्तविकता क्या थी, यह सुनील ही जानता था।

* * *

उस रात सुनील को नींद नहीं आ सकी। उसकी कार के नीचे आए बच्चे ने मानो उसके दिल की सारी शांति छीन ली है। हर क्षण वह कभी करवट बदलता तो कभी पलंग से उठकर टहलने लगता। बार-बार उसका मन करता कि वह उस जगह फिर जाए और मालूम करे कि वह बच्चा कौन था। वह जीवित है भी या नहीं? एक अज्ञात शक्ति मानो उसे बार-बार बच्चे

118

की ओर आकर्षित किए जा रही थी। ऐसा तो कभी नहीं हुआ। एक विचित्र दर्द उसके दिल में उठ रहा था। ऐसा क्यों हो रहा था–क्यों हो रहा है? सुनील स्वयं नहीं समझ सका।

रात के लगभग 12 बजे होंगे। सुनील अपने पलंग पर लेटा करवटें बदल रहा था। उसकी नींद मानो किसी अज्ञात शक्ति ने छीन ली थी। अचानक फोन की घंटी बजी, जो उसके पलंग के समीप एक छोटी मेज पर रखा हुआ था। सुनील ने तुरंत फोन का रिसीवर उठा लिया, इस प्रकार मानो वह फोन की ही प्रतीक्षा कर रहा था। उसने स्पीकर को होंठों पर रखकर कहा, 'हैलो!'

'हैलो!' उधर से आवाज आई, 'कौन, सुनील?' फोन करने वाला सुनील का स्वर पहचानता था। आवाज में घबराहट के साथ अत्याधिक शीघ्रता भी थी।

'हैलो!' सुनील ने कहा, 'कौन? डॉक्टर?' सुनील भी अपने मित्र डॉक्टर का स्वर पहचानता था।

'हां।' डॉक्टर ने कहा। उसके स्वर से परेशानी साफ झलक रही थी। 'तुमसे एक आवश्यक काम है, तुम तुरंत यहां चले आओ।'

'चला आऊं? तुरंत?' सुनील ने आश्चर्य से पूछा, 'आखिर ऐसी क्या आवश्यकता पड़ गई, जो आधी रात में....।'

'बातों में समय नष्ट मत करो।' डॉक्टर ने अधीर होकर उसकी बात काट दी। बोला, 'बस, तुम फौरन क्लीनिक पहुंच जाओ।'

सुनील एक झटके से उठकर बैठ गया। उसे ऐसा लगा, मानो जो अज्ञात शक्ति उसे अपनी ओर आकृष्ट कर रही थी, उसके पास जाने का समय आ गया। उसने कहा, 'ठीक है, मैं तुरंत आया।' सुनील ने रिसीवर क्रेडिल पर रखकर फोन बंद कर दिया। उसने अपने कपड़े तक नहीं बदले। केवल 'नाइट गाउन' शरीर पर डाल लिया, इस स्फूर्ति के साथ मानो डॉक्टर को ही नहीं, उसे स्वयं भी डॉक्टर के पास पहुंचने की जल्दी थी।

वह तुरंत बंगले से बाहर निकला। कार स्टार्ट की और फिर शीघ्र ही क्लीनिक जा पहुंचा। डॉक्टर क्लीनिक के बरामदे में बार-बार घड़ी देखकर उसी की प्रतीक्षा कर रहा था। सुनील की कार जैसे ही मुख्य द्वार से प्रविष्ट हुई, डॉक्टर ने चैन की सांस ली। फिर तेज पगों द्वारा चलकर उसे वह क्लीनिक की लेबोरेटरी में ले गया। वहां उसने सुनील का रक्त लेते हुए कहा, 'आज शाम बेचारी सरिता का बच्चा किसी की मोटर से दब गया। सरिता तथा उसके पति को हम पर इतना विश्वास हो गया है कि वे बच्चे को कहीं और ले जाने के बजाय सीधे यहां ले आए।'

'क्या!' सुनील का दिल धक् से रह गया। दिल की धड़कनें तेज हो गई। डॉक्टर रक्त निकाल चुका था। रक्त की जांच करते हुए उसने कहा, 'जाने कौन ऐसा निर्दयी था, जो रुककर बच्चे को अस्पताल पहुंचाने की बजाय टक्कर मारकर भाग निकला। मुश्किल यह आ पड़ी है कि न मां के रक्त का ग्रुप बच्चे से मिलता है और न पिता का। मां का ग्रुप 'ए और एच' है और

पिता का 'ओ और एच' है। इस ग्रुप का रक्त यूं भी बहुत कठिनाई से मिलता है, इसलिए तुमको बुलाना पड़ा। बच्चे के रक्त का ग्रुप उसके पिता से मिलता या नहीं मिलता कोई बात नहीं थी, परंतु मां से मिल जाता तो सरिता एक बहुत बड़े संदेह से बच जाती, जो शायद उसके पति के दिल में उत्पन्न हो गया है, वरना वह इस प्रकार क्लीनिक छोड़कर नहीं जाता। मगर खैर, मैं उसे समझा दूंगा कि आज के वैज्ञानिक युग में सब कुछ संभव...।'

डॉक्टर कह रहा था, परंतु सुनील का दिल कहीं और था। उसने पूछा, 'यह दुर्घटना... कहां हुई थी?' उसका स्वर मानो बहुत दूर से आया था।

'पटेल रोड के मोड़ से पहले।' डॉक्टर ने सुनील की ओर बिना देखे कहा।

सुनील चौंक गया—ऊपर से नीचे तक। आश्चर्य से उसका मुंह खुला रह गया। यह कैसे संभव है? नहीं-नहीं, ऐसा कभी नहीं हो सकता—कभी नहीं। सुनील ने स्वयं को विश्वास दिलाना चाहा, परंतु दिल था कि मानता ही नहीं था। लहरें यूं ही नहीं उठतीं, जब तक हवा का दबाव न हो, और हवा का यह दबाव बेटे के रक्त की पुकार के रूप में सुनील के दिल में धड़कनें बनते हुए उठता ही नहीं, बढ़ता भी जा रहा था।

'गुड—वेरी गुड! मैं जानता था कि बच्चे का 'ग्रुप' तुमसे अवश्य मेल खाएगा।' अचानक डॉक्टर के चेहरे पर रौनक आ गई। उसने सुनील के दिल में उठती लहरों से बेखबर कहा, 'आओ, चलें।' डॉक्टर लेबोरेटरी के द्वार की ओर बढ़ गया।

सुनील का मन ही नहीं कर रहा था कि वह सरिता का सामना करे, परंतु रक्त मानो रक्त को पुकार रहा था। यदि उस बच्चे की मृत्यु हो जाती, तो वही अनजाने में उसका हत्या भी बन जाता, बिलकुल इस प्रकार, जैसे एक बार वह इस बच्चे की मां सरिता का हत्यारा होते-होते बच गया था। रक्त-ने-रक्त को पुकारा तो सुनील ने डॉक्टर के साथ अपने पग बढ़ा दिए। दिल धक-धक कर रहा था। धड़कनें थीं कि तेज और तेज हुई जा रही थीं। दोनों वार्ड में प्रविष्ट हुए—पहले डॉक्टर, फिर सुनील। वार्ड में एक नर्स पहले ही उपस्थित थी। सुनील ने वार्ड के अंदर पग रखे थे कि जहां-के-तहां फर्श पर चिपककर रुक गए। सरिता अपने बच्चे के बैड से लगी कुर्सी पर बैठी हुई थी, बहुत चिंतित-सी। उसकी आंखों में आंसू थे। ये आंसू सुनील ही ने तो दिए थे, कांटों को फूल बनाकर। डॉक्टर को देखकर सरिता खड़ी हो गई, परंतु डॉक्टर इस प्रकार अपरिचित बन गया, मानो सरिता को जानता ही न हो। बच्चे के समीप जाकर वह खड़ा हो गया और चिकित्सा संबंधी आवश्यक जांच करने लगा।

सुनील ने बच्चे पर निगाह डाली। साढ़े तीन-चार वर्ष का नन्हा-मुन्हा बच्चा, बिलकुल फूल समान, फूल समान ही वह मुर्झा रहा था, जिसे खींचकर ताजगी बख्शने के लिए सुनील के रक्त की सख्त आवश्यकता थी। सुनील का मन हुआ, वह इस बच्चे को गोद में उठा ले तथा छाती से लगा ले। बच्चे के सिर, मस्तक तथा कुछेक अंगों पर पट्टी बंधी हुई थी। सुनील का दिल तड़प उठा, इस प्रकार कि वह मन-ही-मन रो दिया।

'इधर आओ सुनील।' डॉक्टर ने कहा।

और सुनील तुरंत डॉक्टर के पास जा पहुंचा। उसे अपने बच्चे का जीवन इतना ही प्यारा था, जितना प्यार उसे सरिता के मन की शांति से था। मां-बेटे के लिए वह अपने शरीर के रक्त की अंतिम बूंद भी देने को तैयार था, और उसने रक्त दिया, सरिता को देखते हुए जो उससे दृष्टि मिलाने के बजाय अपने लाड़ले को देख रही थी। यदि सुनील को एक बार भी देख लेती तो जाने क्या हो जाता। शायद वह अपने दिल पर काबू नहीं कर पाती और सुनील से लिपटकर रो पड़ती। उसके सीने पर अपना मुखड़ा रखकर इतने आंसू बहाती कि सुनील का 'नाइट गाउन' तर हो जाता। परंतु वह एक विवाहिता स्त्री थी, आदर्श नारी थी, पतिभक्त थी। उसे अपने दिल पर काबू करना ही पड़ा, डॉक्टर के सामने तो विशेषतौर पर, क्योंकि उसके विचार में डॉक्टर उसके तथा सुनील के पुराने संबंध से अनभिज्ञ था। सुनील ने जब मुरझाते हुए फूल के पौधे को अपने रक्त से सींचा तो फूल एक बार फिर खिल उठने को अधीर हो गया। बच्चे ने एक गहरी सांस ली। कराह उठा वह। शरीर में पीड़ा बहुत थी, परंतु अब उसका जीवन खतरे से बाहर हो चुका था। डॉक्टर ने बच्चे की बांह से रक्त ले जाने वाली सुई निकाल दी। उधर सुनील की बांह से भी एक नर्स ने सुई निकाल दी। डॉक्टर ने एक बार फिर बच्चे की जांच की। फिर सरिता से बोला, 'बधाई हो! अब आपका पीयूष खतरे से बाहर है।'

पीयूष–सुनील ने मन-ही-मन नाम दोहराया, एक बार नहीं अनेक बार। तो उसके बच्चे का नाम पीयूष है–उसका अपना पीयूष।

'अरे!' डॉक्टर ने इधर-उधर देखते हुए सरिता से पूछा, 'आपके पति कहां चले गए? बच्चे की ऐसी स्थिति में तो उन्हें हर क्षण यहां रहना चाहिए था।'

'गए होंगे कहीं, आ जाएंगे।' एक साज के टूटे हुए तार की आवाज थी यह, ऐसी दर्द-भरी, जिसे केवल सुनील ही समझ सका तथा डॉक्टर भी। टूटे हुए तार की यह आवाज सुनील के दिल की गहराई में इस प्रकार उतरी कि उसका सीना छलनी हो गया। सरिता ने डॉक्टर की बात का उत्तर सिर झुकाए हुए दिया।

सुनील से जब दिल का दर्द सहन नहीं हो सका, तो वह तुरंत वार्ड से बाहर निकल गया। उसे आंसू बहाने की आवश्यकता महसूस हो रही थी। वह सीधा डॉक्टर के कमरे में पहुंच गया। एक कुर्सी पर बैठ गया, परंतु मानव के जीवन में कुछ ऐसे भी क्षण आते हैं, जब उसका मन खूब रो लेने को करता है, परंतु रो नहीं पाता। यही स्थिति इस समय सुनील के साथ भी हो रही थी। उसने सिगरेट जलाई और फिर गहरे-गहरे कश लेते हुए अपने दिल का बोझ कम करने का प्रयत्न करने लगा। उसने तय कर लिया कि अब वह सरिता के सामने कभी नहीं जाएगा।

* * *

सुनील अपनी कहानी पुष्पा को अब तक सुना रहा था। भावनाओं में बहकर वह अपनी अतीत में बिलकुल ही खो गया था, इस प्रकार जैसे सारी घटनाएं अभी की ही थीं। अपनी कहानी में खोकर वह सारे संसार से दूर हो गया था। पुष्पा की ओर भी उसने एक बार देखने की आवश्यकता नहीं समझी कि उसकी जीवन-गाथा की प्रतिक्रिया उस पर क्या हो रही है।

अगली सुबह सुनील क्लीनिक फिर जा पहुंचा, अपने बच्चे को देखने तथा उसके स्वास्थ्य के विषय में जानने के लिए। माली को अपने पौधों तथा फूलों की चिंता नहीं होगी, तो किसे होगी? परंतु वह वार्ड के अंदर अकेले प्रविष्ट होने का साहस नहीं कर सका। वह सीधा डॉक्टर के कमरे में जा पहुंचा। डॉक्टर एक मरीज को देखने में व्यस्त था, फिर भी उसने उसके लिए समय निकाला। उसे सरिता के वार्ड में साथ ले गया।

सरिता ने डॉक्टर को देखा तो तुरंत खड़ी हो गई। सुनील पर उसने केवल एक ही दृष्टि डाली और तुरंत फेर ली, इस प्रकार, मानो उसका वार्ड में आना उसे अच्छा नहीं लगा। सुनील ने उसकी खामोशी का मतलब समझा। उसने एक दृष्टि बच्चे पर डाली। बच्चा बहुत गहरी नींद सो रहा था। बच्चे के सिर पर पट्टी बंधी हुई थी, फिर भी सुनील ने उसकी लटों पर हाथ फेरना चाहा, परंतु फिर दिल पर सब्र का मानो पत्थर रखकर वह रुक गया। यदि हाथ फिरा देता तो पुरुष होते हुए भी वह फूट-फूटकर रो पड़ता। उसने अपने नन्हे-मुन्हे पीयूष की हालत देखी नहीं जा रही थी। अपना रक्त जो ठहरा। सरिता की भी हालत का अंदाजा लगाकर उसका कलेजा छाती के बाहर आ जाने को तड़पने लगा।

'आपके पति अभी तक नहीं आए?' डॉक्टर ने सरिता से पूछा।

'आ जाएंगे।' सरिता ने सिर झुकाए अपने पति की लाज रखी। बोली, 'कोई आवश्यक काम पड़ गया होगा।'

डॉक्टर पीयूष की जांच करने लगा। उसने जांच करने में अधिक-से-अधिक समय लगाया, ताकि सुनील भी अपने बच्चे की समीपता अधिक-से-अधिक प्राप्त कर सके। परंतु उसे और भी रोगी देखने थे। आखिर कब तक वहां रुकता? वह चलने को तैयार हो गया। अभी दोनों ने बाहर जाने के लिए पग बढ़ाया भी नहीं था कि सरिता ने अचानक सुनील से कहा, 'सुनिए।'

सरिता की आवाज पर दोनों ही रुक गए। सरिता ने सुनील को देखा, फिर डॉक्टर पर उसने दृष्टि डाली, कुछ इस प्रकार, मानो उसे केवल सुनील के साथ ही एकांत चाहिए। डॉक्टर ने उसकी दृष्टि का अर्थ समझा। फिर सुनील से बोला, 'मैं अपने कमरे में हूं, तुम वहीं आ जाना।' डॉक्टर ने सुनील के उत्तर की प्रतीक्षा नहीं की और तुरंत वार्ड से बाहर निकल गया। सुनील सरिता के साथ अकेला रह गया।

सन्नाटा।

सुनील सरिता की बात की प्रतीक्षा करने लगा।

सरिता एक क्षण उसी प्रकार सिर झुकाए खड़ी रही, फिर वह सुनील के कुछ समीप आई। कांपते स्वर में उसने विनती की। बोली, 'आपने मेरे बच्चे को रक्त दान देकर मुझ पर जो कृपा की है, उसके लिए मैं जीवन-भर आपकी आभारी रहूंगी। परंतु...परंतु मुझ पर एक कृपा और कर दीजिए।' सरिता का स्वर गले में फंसने लगा, तो उसने अपने गले में अटके थूक को घोंटकर बात जारी रखते हुए कहा, 'मैं आपके आगे हाथ जोड़कर विनती करती हूं, कृपया आप यहां मत आया कीजिए।' सरिता ने वास्तव में सुनील के आगे हाथ जोड़ दिए। उसने मानो अपना वाक्य पूरा किया। बोली, 'आपको मेरी सौगंध।'

सुनील के दिल को एक जबरदस्त धक्का लगा, ऐसा कि दिल के टुकड़े-टुकड़े हो गए। क्या उसे अपने बच्चे को देखने तक का अधिकार नहीं? परंतु फिर उसने सरिता की मजबूरी समझी। अब वह एक विवाहिता स्त्री है। उस व्यक्ति से वह भला क्यों नहीं भय खाएगी, जिसे उसने कभी दिल की गहराई से प्यार किया था? उसने सरिता को ऊपर से नीचे तक देखा—नजर भरकर, इस प्रकार मानो उसे अंतिम बार देख रहा हो। अपने होंठों को उसने दांतों तले दबाया, इस प्रकार मानो कि दिल में उठे दर्द पर काबू पाने का प्रयत्न कर रहा हो। उसने कहा, 'सरिता, अपनी सौगंध देने की क्या आवश्यकता थी? तुमने केवल कह भर ही दिया होता तो बहुत था।' सुनील का स्वर आंसुओं से तर था। उसने अपनी गर्दन को झटका देकर सिर को इस प्रकार हिलाया, मानो वह सरिता की बात का आदर करते हुए उससे कभी न मिलने का प्रण कर चुका है। वह पलटा और तेजी के साथ बाहर निकल गया।

सुनील के जाते ही सरिता की आंखें भर आईं। मन हुआ, वह फूट-फूटकर रो पड़े। सुनील उससे बिछड़ने के बाद किस प्रकार जी रहा था, यह सुनील की सूनी आंखों तथा उसके स्वर ने उसे बता दिया था, परंतु वह एक आदर्श नारी थी, पतिव्रता स्त्री थी, उसे अपने दिल पर काबू करना ही पड़ा। भारतीय नारी का आंचल जब किसी के साथ बांध दिया जाता है, तो वह उसकी ही रहती है। वही उसका देवता रहता है तथा वही उसका भगवान। परंतु जब दिल की भावनाएं बगावत पर उतर आएं, तो मस्तिष्क क्या करे? फिर भी सरिता अब तक जी रही थी, जाने कितनी बार मन-मारकर। और आज सुनील से मिलने के बाद वह एक बार फिर मृत्यु के घाट उतर गई थी।

लगभग 12 बजे होंगे, जब सरिता का पति वार्ड में प्रविष्ट हुआ। वह शहर के अनेक जाने-माने डॉक्टरों से अपने संदेह की पुष्टि करके आया था कि बच्चे के रक्त का ग्रुप मां या पिता के रक्त ग्रुप से अवश्य मेल खाना चाहिए। मेल नहीं खाता है तो बच्चा अवश्य ही नाजायज है। इसी संदेह के कारण वह पिछली रात अचानक ही क्लीनिक से चला गया था, जब उसने अपने या पत्नी के रक्त का मेल बच्चे के रक्त ग्रुप में नहीं पाया था। पति को देखते ही सरिता का मुखड़ा खिल उठा, इस प्रकार, जैसे आंसुओं की झील में रहने के पश्चात् कमल मुस्करा उठता

है। वह उठ खड़ी हुई, तभी अचानक वह ऊपर से नीचे तक कांपकर सहम गई। उसके पति का चेहरा क्रोध में तमतमा रहा था।

इससे पहले कि सरिता अपने पति के क्रोधित होने के कारण का अनुमान लगाए, उसके पति ने लपककर उसकी लटों को सख्ती से पकड़ लिया। फिर लटों को उसने इस प्रकार खींचा मानो सरिता की सारी लटें चमड़ी सहित सिर से उखाड़ फेंकेगा। दांत पीसते हुए वह सरिता पर बरस पड़ा, 'नीच।' उसने सरिता की लटें एक हाथ द्वारा उसी प्रकार पकड़े हुए उसके गाल पर एक भरपूर थप्पड़ मारा। वह चीखा, 'पापिन।' उसने उसी प्रकार सरिता के गाल पर अपने हाथ के उलटी ओर से दूसरा थप्पड़ मारा। बोला, 'कमीनी-कलंकिनी!' और फिर उसने अपने दांतों को क्रोध में पीसते हुए सरिता की लटों को और भी सख्ती से खींचा। उसके कोमल गालों पर उसने अपने मर्दाने हाथ से थप्पड़ों की वर्षा आरंभ कर दी।

सरिता के सिर पर पहाड़ टूट पड़ा। उसे ऐसा लगा, मानो दम निकल जाएगा। उसके कपोल बिलकुल सुर्ख हो गए। दर्द सहन नहीं हो सका तो वह फूट-फूटकर रो पड़ी। आखिर उसे यह किस बात की सजा मिल रही थी?

'बता, यह किसका पाप है?' सुरेंद्र ने घायल बच्चे की ओर घृणात्मक ढंग से संकेत करते हुए पूछा, 'बता, यह किसका पाप है?' वह चीख पड़ा।

'यह आप ही की संतान है—आप ही की।' सरिता ने दर्द से तड़पते हुए रोकर कहा, 'मैं आपकी सौगंध खाकर कहती हूं।'

'सारे संसार का पाप बटोरने के बाद मेरी सौगंध खाती है।' सुरेंद्र ने सरिता के गाल पर एक के बाद दो घूंसे इस प्रकार जमाए कि सरिता के होंठों के दोनों किनारों से रक्त की धार बह निकली। सुरेंद्र ने तब भी उसकी लटें नहीं छोड़ीं।

'मैं निर्दोष हूं। मैंने कोई पाप नहीं किया है, कोई पाप नहीं किया।' सरिता बिलख-बिलखकर रो पड़ी। बोली, 'भगवान के लिए मेरा विश्वास कीजिए।'

परंतु उसके पति को उस पर जरा भी दया नहीं आई। उसने उसकी लटें छोड़ दीं। फिर अपने दोनों हाथों में उसकी गर्दन पकड़कर दबाते हुए बोला, 'तुझ जैसी पापिन को तो इस संसार में जीने का भी अधिकार नहीं मिलना चाहिए। आज मैं तुझे जीवित नहीं छोड़ूंगा।' वह सरिता की गर्दन दबाता ही गया, दबाता ही गया, यहां तक कि सरिता का दम घुटने लगा। आंखें बाहर को उबलने लगीं। सरिता निर्दोष थी। उसने स्वयं को अपने पति के सुपुर्द कर दिया। किसी और परिस्थिति में पड़कर मरने से तो यही अच्छा था कि वह अपने पति के हाथों दम तोड़े। पति ही उसका भगवान था। इसलिए कम-से-कम वह शांति की मौत तो मर ही सकती थी। फिर भी यह मौत कितनी दुःखदाई, तड़प से भरपूर थी, यह उसका दिल ही जानता था। इस वास्तविकता के पश्चात् उसने पति के हाथों जान देकर अपना स्वर्ग सुरक्षित समझ लिया।

सरिता का दम घुटने वाला था कि तभी सुरेंद्र की गरजदार आवाज सुनकर वहां दो वार्डमैन आ पहुंचे। दोनों ने पति-पत्नी को दोनों ओर से सुरेंद्र का हाथ खींचकर अलग कर दिया। फिर सुरेंद्र को दोनों ने सख्ती से पकड़ लिया। सुरेंद्र सरिता से अलग होने के बाद भी दांत पीसकर बोला, 'कलंकिनी जा डूब मर कहीं पर, जहर खा ले या फांसी पर चढ़ जा।'

देखते-ही-देखते वहां अच्छी-खासी भीड़ लग गई, अगल-बगल वार्ड के मरीजों की, उनके संबंधियों की। सुरेंद्र ने एक झटके द्वारा स्वयं को वार्डमैन से अलग किया। फिर उसने वार्ड के द्वार की ओर बढ़ते-बढ़ते बड़ी घृणा से सरिता के मुंह पर थूक दिया। बोला, 'धिक्कार है तुझ जैसी पापिन पर! समझ लेना कि आज के बाद तू हम सबके लिए मर चुकी है।' सुरेंद्र तेजी के साथ वार्ड के बाहर निकल गया। दर्शक सरिता की रोती-बिलखती स्थिति को देखते ही रह गए। किसी को भी उस पर दया नहीं आई। ऐसी स्त्री से सहानुभूति दिखाता भी कौन, जिसने अपने पति से छल-कपट किया हो? कम-से-कम दर्शकों की दृष्टि में तो सरिता इसी सीमा तक गिर चुकी थी।

तभी वार्ड में लेडी डॉक्टर प्रविष्ट हुई। लेडी डॉक्टर का पति किसी मरीज को देखने बाहर गया हुआ था। लेडी डॉक्टर ने आते ही पूछा, 'क्या बात है? इतना शोर क्यों हो रहा है? आप लोग अपने-अपने मरीजों के पास जाइए। यहां भीड़ लगाने की क्या आवश्यकता है?'

लेडी डॉक्टर की आज्ञा सुनते ही सब वार्ड से बाहर चले गए। वार्ड में केवल लेडी डॉक्टर और सरिता रह गई। डॉक्टर ने सरिता को देखा। वह अब तक आंसू बहा रही थी। सिसकियों से उसका पूरा शरीर कांप-कांप जाता था। बिखरी लटों में उसका मुखड़ा ऐसा दयनीय था कि डॉक्टर का दिल तड़प उठा। उसने पूछा, 'क्या बात है? आप इतना अधिक रो क्यों रही हैं?' और सरिता को सिसकियों के मध्य कांपते होंठों से बताना पड़ा कि उसका पति अपनी संतान को अपना रक्त मानने से स्पष्ट इनकार कर गया है।'

सरिता की बात सुनकर डॉक्टर खामोशी के संसार में खो गई। कुछ समझ में नहीं आया कि सरिता को वह कैसे और क्या समझाए। यह उसका अपना देश तो था नहीं, जहां यह एक साधारण-सी बात ठहराई जाती। फिर उसने अब सत्य को छिपाना उचित नहीं समझा। सत्य को जितना छिपाया जाए, स्थिति उतनी ही जटिल हो जाती है। सरिता उसके पास अपना इलाज कराने आई थी और उसे लाइलाज बनने से पहले यदि उसने उसे मां बना दिया, तो क्या बुरा किया? यदि वह सुनील के बच्चे की मां नहीं बनती तो उसे किसी और के बच्चे की मां बनना पड़ता, वरना सरिता अपने सास-ससुर तथा बाद में पति का ताना सुनते हुए घुल-घुलकर मर जाती।

ऐसे केस वह बड़े-बड़े घरानों में जाने कितने कर चुकी थी और वह भी पति की आज्ञा लेकर, ताकि पति का कोई उत्तराधिकारी बन सके। यदि एक केस उसने बिना आज्ञा के कर दिया तो इसमें भी उसने अपना स्वार्थ नहीं देखा था।

उसने जो कुछ भी किया था, सरिता की शांति के लिए किया था, उसके पति की प्रसन्नता के लिए किया था, उसके खानदान के सुख के लिए किया था। उसे मालूम था कि बच्चे की दुर्घटना होगी तो उसे रक्त की आवश्यकता पड़ जाएगी, आवश्यकता पड़ेगी भी तो ऐसे रक्त की, जो उसके माता-पिता के रक्त के ग्रुप से मेल नहीं खाएगा। उसे क्या पता था कि नन्हा फूल-सा बच्चा कांटा बनकर सबको चुभ जाएगा। उसने सरिता का हाथ बहुत प्यार से पकड़ा। उसे कुर्सी पर बिठाया। फिर स्वयं भी एक कुर्सी खींचकर उसके समीप बैठ गई। सरिता को मानो धीरज देते हुए कहा, 'सरिता यह बच्चा तो वास्तव में तुम्हारे पति द्वारा तुमसे उत्पन्न नहीं हुआ है।' उसने पलंग पर पड़े घायल बच्चे की ओर इशारा किया।

'क्यों?' सरिता को मानो सर्प काट गया। एक झटके के साथ वह उठ खड़ी हुई, अपने कानों पर वह विश्वास नहीं कर सकी।

'हां सरिता!' डॉक्टर भी खड़ी हो गई। बोली, 'यह बच्चा तुम्हारे पति से तुम्हें उत्पन्न नहीं हुआ है। उत्पन्न होने का प्रश्न ही नहीं उठता था, क्योंकि वह इस योग्य नहीं है, योग्य तुम हो। तुम्हारा पति तो बांझ है।'

सरिता फटी-फटी आंखों से लेडी डॉक्टर को देखने लगी। अपने कानों पर उसे अब भी विश्वास नहीं हो रहा था।

'परंतु घबराओ नहीं, तुम बिलकुल पवित्र हो।' डॉक्टर ने कहा, 'तुम्हारे शरीर को तुम्हारे पति के अतिरिक्त किसी और पुरुष ने हाथ तक नहीं लगाया है। यह बच्चा तुम्हें कृत्रिम गर्भाधान द्वारा उत्पन्न हुआ है और वह भी किसी और से नहीं, सुनील से। हमारे देश में तो यह एक साधारण-सी बात समझी जाती है।'

सरिता कांपकर अपनी छाती पर साड़ी समेटती हुई पीछे हटने लगी, इस प्रकार मानो, उसके सामने कोई राक्षसिनी आ खड़ी हुई हो। क्रोध में दांत पीसकर लेडी डॉक्टर को धिक्कारती हुई बोली, 'नीच...पापिन...तुझे लाज नहीं आई मेरा धर्म भ्रष्ट करते हुए? बिना पूछे ही तूने मेरी कोख से किसी और के बच्चे को जन्मा दिया? भगवान तुझे कभी क्षमा नहीं करेगा—कभी नहीं।'

सरिता पलटी और फिर वार्ड से इस प्रकार बाहर निकल भागी, मानो राक्षसिनी उसका पीछा कर रही हो। पागलों समान भागकर उसने क्लीनिक के लॉन का मुख्य द्वार पार किया। दीवानों समान वह दौड़कर सड़क पर आई, परंतु तभी किसी के कार के पहिए बहुत जोर से चीखे। कार, चालक के वश के बाहर हो गई। कार सरिता के शरीर से टकराई—बहुत जोर के साथ, इस प्रकार कि सरिता की कनपटी फट गई। रक्त की धार बह निकली।

कार रुक चुकी थी। चालक तुरंत बाहर निकला। चालक कोई और नहीं सुनील था। क्या उसी के भाग्य में एक के बाद एक दुर्घटना लिखी थी? लपककर वह सरिता के समीप पहुंचा। लोगों की भीड़ एकत्र होने लगी, परंतु सुनील ने किसी की भी चिंता नहीं की। उसने सरिता को

तुरंत उठाने के लिए उसकी ओर झुकते हुए कहा, 'सरिता–ओह सरिता...क्या तुमने सदा मेरी ही कार के नीचे आना था?'

उसने तुरंत सरिता को गोद में उठाना चाहा, ताकि उसे क्लीनिक में पहुंचा दे। उसने उसकी गर्दन के नीचे हाथ डालकर उसे थोड़ा उठा भी लिया, परंतु तभी सरिता ने संकेत द्वारा उसे उठाने को मना कर दिया, इस प्रकार, मानो अब उसका अंतिम समय आ चुका हो, उसे कोई नहीं बचा सकता और न ही उसकी इच्छा है कि अब वह और अधिक जीवित रहे।

सुनील उसी प्रकार सरिता का सिर अपने हाथों में लेकर बैठ गया। दर्शकों ने देखा तो समझ गए कि दोनों एक-दूसरे को जानते हैं, इसलिए चुप रह गए।

सरिता की सांस टूट रही थी। उसने दम साधकर मानो अपनी डूबती सांसों को रोका। फिर बोली, 'सुनील...।' उसका गला भर्रा रहा था। आंसुओं से उसके गाल अब भी तर थे। उसने टूटती सांसों के साथ कहा, 'मैं...मैं...तुमसे बिछड़ने के...बाद...अब तक शांति से नहीं...जी सकी...परंतु पतिव्रता...स्त्री का...का...एक...ए...धर्म...होता है। उसका...पालन तो...तो...करना...ही था। आह!'

सरिता के शरीर में, शायद दिल में, दर्द उठा। उसका दम घुटने लगा। गला फंसने लगा। उसका स्वर अटक-अटककर आने लगा। उसने तब भी अपनी बात जारी रखने का प्रयत्न किया। बोली, 'एक बार...मोटर से...धक्का...दे...देकर तुमने मुझे...प्यार दिया...था। आज उसी ढंग...ढंग में...तुम्हा...रे प्यार...का...कर्ज...।'

सरिता को हिचकियां आने लगीं। उसने तब भी जीवन का आंचल नहीं छोड़ा। अपना वाक्य पूरा करने का प्रयत्न करती हुई बोली, 'कर्ज...वापस...कर...रही...हूं। सुनी...ल...सू....नी...।' फिर उसके होंठ खुलकर शून्य हो गए, इस प्रकार, मानो शब्द 'सुनील' का अंतिम अक्षर 'ल' उसकी अंतिम सांस के साथ बेआवाज होकर निकला था। उसका मुखड़ा उसी प्रकार सुनील के हाथों में स्थिर हो गया–फूल-सा मुखड़ा...शबनम के आंसुओं से तर। उसकी आंखें तब खुली हुई थीं। वह दम टूटने के बाद भी सुनील को ही देख रही थी।

सुनील के मुखड़े की छवि सरिता की आंखों में सदा के लिए कैद होकर रह गई थी। फिर आंसुओं की चंद लड़ियां सरिता की काली लटों पर आ गिरीं और मोतियों समान चमकने लगीं। हर मोती में छवि थी, तो केवल सुनील की। उसका प्यार जीत गया था...हार कर भी। प्यार का खेल ही निराला है...रूप निराला है...रंग निराला है।'

* * *

सुनील खामोश हो गया, परंतु उसकी खामोशी से स्पष्ट प्रकट था कि वह अब भी अपने अतीत की चलती-फिरती तसवीर में देख रहा है। उसकी पलकें भीगी हुई थीं। उसकी कहानी

सुनकर पुष्पा की पलकें भी भीगकर तर थीं। सुनील की खामोशी में सम्मिलित होकर वह उसके अतीत की भागिन बन गई।

ऐश-ट्रे में रखी सिगरेट जाने कबकी बुझ चुकी थी। धुएं का नाम और निशान तक भी नहीं था। कमरे में बिलकुल खामोशी छाई हुई थी...छाई रही...कुछ समय तक। फिर आखिर पुष्पा को ही खामोशी तोड़नी पड़ी। उसने पूछा, 'उसके बाद क्या हुआ?'

'उसके बाद?' सुनील ने भी मानो स्वयं से पूछा। उसने एक आह भरी। अंगुलियों द्वारा उसने अपनी पलकों के आंसू पोंछे। फिर बोला, 'उसके बाद मैंने अदालत में हर दोष अपने ऊपर ले लिया। यूं भी मैं ही उसकी बर्बादी का मुख्य कारण था। जो थोड़ा दोष मेरे मित्र डॉक्टर या उसकी पत्नी का था, उसे भी मैंने अपने नाम कर लिया, क्योंकि जो कृत्रिम गर्भाधान उन्होंने मेरे द्वारा किया था, उसमें उनका अपना कोई स्वार्थ नहीं था। उन दोनों में से किसी को भी सजा हो जाती, तो कितने रोगियों को निराश होना पड़ता।

'मैं बीच में सरिता के पति को भी नहीं लाया। हां, अदालत में उसने यह भेद अवश्य खोला कि जब वह हमारी फैक्टरी में नौकरी के लिए इंटरव्यू देने आया था तो मेरे पिताजी ने उसे अपनी नहीं, अपने मित्र की फर्म में एक अच्छी नौकरी के साथ बहुत सारा दहेज देने का वचन भी दिया था, केवल एक शर्त पर कि वह अपाहिज सरिता से विवाह कर ले। और वह इसके लिए राजी हो गया था, परंतु अपना बचाव करते हुए उसने कहा कि सरिता पति के होते हुए भी एक नाजायज बच्चे की मां बन गई थी, जिसका पता उसे डॉक्टरों द्वारा उस समय चला, जब बच्चे के रक्त का ग्रुप मां या पिता के रक्त के ग्रुप से मिलता नहीं पाया गया। इस असमानता को लेकर क्लीनिक में सरिता के साथ उसकी अनबन अवश्य हुई थी, परंतु ऐसी नहीं कि तलाक की नौबत आए। और फिर सरिता की मृत्यु तो दुर्घटना में हुई थी, इसलिए उसके पति के फंसने का कोई प्रश्न ही नहीं उठता था।' सुनील ने एक गहरी सांस ली।

'मुझे सजा हो गई, पांच वर्ष की सजा अर्थात् ढाई वर्ष।' सुनील ने अपनी बात जारी रखते हुए फिर कहा, 'सजा के मध्य दिन और रात दो दिन गिना जाता है। छुट्टियां मिलाकर मुझे दो वर्ष बाद ही रिहाई मिल गई, तो मैं सबसे पहले अपने डॉक्टर मित्र से मिला...अपने बेटे पीयूष को देखने, उसे गले लगाने के लिए परंतु मेरा भाग्य मुझे वहां भी धोखा दे गया। डॉक्टर से ज्ञात हुआ कि उसकी विदेशी पत्नी इलाहाबाद में कुंभ का मेला देखने की बहुत जिद् करने लगी तो उसे ले जाना पड़ा, क्योंकि वह विशेष तथा संसार का सबसे बड़ा मेला लगभग 130 वर्ष बाद पड़ा था। मेले में लगभग दो करोड़ यात्री आए थे। वहीं पीयूष भीड़ में न जाने कहां लापता हो गया। हां, लापता होने की तिथि थी...।' सुनील ने याद करने का प्रयत्न किया, और उसे याद आ गया। बोला, 'वह तिथि थी 22 फरवरी, 19...

'यह संसार बहुत छोटा है। मैंने तब भी अपने बेटे की ओर से आशा के विपरीत आशा की। आखिर पीयूष मेरी सरिता की एकमात्र निशानी था...मेरा अपना रक्त। मैंने पूछा, 'यदि वह

मुझे जीवन के किसी मोड़ पर, कभी शायद वर्षों बाद ही मिल गया तो मैं उसे पहचानूंगा किस प्रकार?'

'जब वह हमसे इलाहाबाद के कुंभ में बिछड़ा था, तो उसकी बाईं कनपटी पर घाव का ऐसा निशान रह गया था, जिसे मिटने के लिए समय की आवश्यकता पड़ेगी।' डॉक्टर ने कहा था, 'यह निशान बिलकुल नए चंद्रमा समान था।'

'डॉक्टर के यहां से निराश होकर मैं अपने बंगले पहुंचा, तो मुझे सदमे का एक और झटका लगा। मुझे पता चला कि मेरे जेल जाने के बाद मां ने शर्म से नींद लाने वाली गोलियां अत्यधिक मात्रा में खाकर आत्महत्या कर ली थी। मैं सन्न रह गया। स्वयं से मुझे घृणा हो गई, जिसके कारण सरिता की मृत्यु हुई, पीयूष मेले में न जाने कहां खोकर अनाथ बन गया था तथा मां ने आत्महत्या कर ली।' सुनील का स्वर एक बार फिर भर्रा गया। उसने स्वयं को संभाला। कुछ क्षण रुका रहा। फिर बोला, 'हमारी फैक्टरी का मैनेजर बहुत ईमानदार था। उसने पूरा हिसाब-किताब संभालकर रखा था। मैंने फैक्टरी बेच दी। बंगला अपने मैनेजर को दे दिया। उसके बाद...।'

'यहां चले आए?' पुष्पा ने उसका वाक्य पूरा किया।

'हां।' सुनील ने कहा, 'यहां चला आया, केवल उन वस्तुओं को लेकर, जिन्हें मैं सरिता के लिए लंदन से खरीदकर आया था। मैंने इन वस्तुओं को सरिता की निशानी समझ लिया, जिन्हें उसने कभी देखा भी नहीं था।' सुनील ने पुष्पा को देखा। अचानक वह हल्के से चौंक गया। पुष्पा उसकी आंखों के सामने मोनालिसा की तसवीर बनी हुई थी। उसने अंगुली द्वारा पुष्पा के मुखड़े की ओर इशारा करते हुए पूछा, उसी भीगे स्वर में, 'यह...यह तुम्हारी आंखों में चमक कैसी है? और यह...यह तुम्हारे होंठों पर भेद-भरी मुस्कान क्यों है? तुम...तुम...इस प्रकार मुझे क्यों देख रही हो?'

'बस...।' पुष्पा ने उसी भेद-भरी मुस्कान के साथ कहा, 'यूं ही देख लिया। उदास होने से तो कहीं अच्छा है कि मानव किसी से मुस्कराकर विदा ले। अब मुझे आज्ञा दीजिए। मैं चल रही हूं।' पुष्पा खड़ी हो गई।

'कहां जाओगी?' सुनील ने भी खड़े होते हुए पूछा।

'यह जग बहुत बड़ा है।' पुष्पा ने भी गंभीर बनने का प्रयत्न करते हुए एक आह भरी। बोली, 'कहीं-न-कहीं तो सिर छुपाने का स्थान मिल ही जाएगा न।'

'तुम चाहो तो कुछ दिनों तक यहां...।' सुनील ने औपचारिकता बरती।

'जी नहीं, धन्यवाद।' पुष्पा ने उसकी बात बीच में ही काट दी। सुनील खामोश हो गया। पुष्पा जाने को बढ़ी तो वह कुछ उदास भी हो गया। इतने दिनों पुष्पा की संगति प्राप्त करने के बाद बिछड़ते समय उसका उदास होना स्वाभाविक ही था। ऐसा लगता था, मानो पुष्पा उसके

साथ युगों से रहती आई थी। वह पुष्पा के साथ हो लिया। सीढ़ियां उतरकर दोनों बैठक में आए।

'तुम कहो तो मैं तुम्हें छोड़ दूं...जहां चाहो वहां।' सुनील ने कहा।

पुष्पा ने अपनी कलाई पर बंधी घड़ी देखी। फिर निःसंकोच बोली, 'बड़ी कृपा होगी।' उसने अपना सूटकेस उठाना चाहा, जिसे बलराम ने बैठक में एक सोफे के समीप रख दिया था।

परंतु उसके सूटकेस उठाने से पहले ही बलराम आ गया। उसने लपककर सूटकेस उठा लिया। फिर सुनील की आज्ञा पर इसे कार की डिक्की में रख दिया।

दोनों कार में बैठ गए। सुनील ने कार स्टार्ट की। फिर बंगले के मुख्य द्वार की ओर बढ़ाते हुए पूछा, 'कहां जाओगी?'

'स्टेशन।' पुष्पा ने छोटा-सा उत्तर दिया।

'वहां से कहां जाओगी?' सुनील ने मुख्य द्वार से कार बाहर निकाली।

'देहरादून।'

'देहरादून में कौन है?' सुनील की जिज्ञासा बढ़ी।

'है कोई।' कार में बैठने के बाद पुष्पा ने सुनील की ओर अब तक एक बार भी नहीं देखा था। उसी प्रकार उसने कहा, 'किसी के निजी जीवन में नहीं झांका जाता।'

सुनील खामोश हो गया। इस संसार में सभी का कोई-न-कोई अवश्य होता है। यदि नहीं है तो केवल उसका कोई नहीं है। वह स्वयं ही संसार से पीछा छुड़ाते-छुड़ाते अकेला रह गया, तो कोई क्या करे?

पुष्पा को उसने उस समय तक नहीं छोड़ा, जब तक वह ट्रेन में सवार होकर वहां से चल न पड़ी। ट्रेन जब गंतव्य को रवाना हुई तो एक बार फिर सुनील ने अपने आपको संसार में बिलकुल अकेला पाया। जाते समय पुष्पा अपने कंपार्टमेंट के द्वार पर खड़ी होकर सुनील को देखती हुई हाथ लहराती रही। परंतु उत्तर में सुनील ने केवल उस समय हाथ लहराया, जब दूर पटरियां बदलकर ट्रेन एक ओर मुड़ती हुई एक खड़ी मालगाड़ी की ओट में गुम होने लगी। फिर जब ट्रेन बिलकुल ही दृष्टि से ओझल हो गई, तो सुनील की आंखों से जाने क्यों आंसुओं की दो बूंदें टपकने को तड़प उठीं। यह कैसा अज्ञात-सा लगाव उसे पुष्पा से हो गया था, जो अब उससे बिछड़ने के बाद महसूस हो रहा था? कुछ देर बाद जब वह उसी प्रकार प्लेटफार्म पर खड़ा रहा...खोया-खोया-सा। फिर पलटकर स्टेशन से बाहर निकल गया।

* * *

रविवार का दिन था—दिन का समय। अपने कमरे में सोफे पर धंसकर सुनील ने अपनी आदत के अनुसार शराब का दौर आरंभ कर दिया था—सरिता के गम में। परंतु इस समय छुट्टी

130

होने के कारण पुष्पा की याद आना भी उसके लिए एक स्वाभाविक बात थी। मानव के लिए मस्तिष्क पर काबू पाना आसान है, दिल पर काबू पाना कठिन है।

पीते-पीते जाम खाली हो गया। बोतल भी खाली हो गई। पिछली रात को थोड़ी-सी व्हिस्की ही तो बची थी बोतल में। सुनील को शराब की आवश्यकता महसूस हुई, तो उसने कपड़े बदले। फिर सीढ़ियां उतरकर बैठक में आया, तभी किसी ने कॉलबैल दबा दी। इसके साथ ही बैठक के खुले द्वार पर पड़े पर्दे के पीछे बरामदे में एक छाया दिखाई पड़ी...जानी-पहचानी-सी छाया। सुनील का दिल धड़क उठा। वह बाहर निकल रहा था। उसके द्वार का पर्दा उठा। वह चौंक गया।

सामने पुष्पा खड़ी थी...वही मोनालिसा की तसवीर बनी हुई। भेद-भरी मुस्कान...आंखों में विचित्र चमक।

'तुम?' सुनील को अपनी आंखों पर विश्वास नहीं हुआ।

'आपकी अमानत लौटाने आई हूं।' पुष्पा ने भेद-भरी मुस्कान के साथ कहा।

'अमानत?' सुनील कुछ समझा नहीं।

'जी हां...।' पुष्पा ने कहा, 'अमानत जो डॉक्टर मित्र से इलाहाबाद के कुंभ के मेले में खो गई थी। याद कीजिए–तारीख 22 फरवरी, 19...।' पुष्पा मुस्कराई।

सुनील के दिल की धड़कनें तेज हो गईं। कानों पर विश्वास नहीं हो रहा था। उसने तुरंत पूछा, 'तुम कहना क्या चाहती हो?'

'इसे पहचानते हैं आप?' पुष्पा ने दीवार की आड़ में खड़ी दूसरी छाया को हाथ के संकेत द्वारा अपने समीप बुलाया। छाया एक बच्चे की थी। आयु लगभग आठ वर्ष थी।

सुनील ने देखा तो ऐसा लगा मानो कोई स्वप्न देख रहा हो, आंखों पर विश्वास नहीं हो रहा था। हां, पीयूष ही तो था वह–उसका अपना पीयूष, जिसे उसने चार वर्ष की आयु में अपने डॉक्टर मित्र की क्लीनिक में देखा था। दो वर्ष उसके जेल में कट गए थे...और दो वर्ष यहां रहते हुए। चार वर्ष के अंदर उसमें कोई अंतर नहीं आया था। वही रंग–सरिता का। वही रूप–उसका अपना। बाईं कनपटी पर बना चंद्रमा का हल्का दाग अब भी शेष था। सुनील को लगा, मानो वह ऐसे दर्पण के सामने खड़ा है, जिसमें उसका अपना बचपन लौट आया है। अपने रक्त को पहचानने में देर नहीं लगती। पीयूष को वह फटी-फटी आंखों से देखता ही रह गया।

'इलाहाबाद के कुंभ में मैं भी अपने पाप धोने गई थी।' पुष्पा कह रही थी। आखिर उसके जिम्मे भी तो कुछ पाप थे। अपने माता-पिता की आत्महत्या की जिम्मेदार वही तो थी। न वह घर से भागती, न उन्हें आत्महत्या करनी पड़ती। पुष्पा ने अपनी बात जारी रखते हुए कहा, वहां पहुंचने के बाद मन किया कि गंगा में डूब मरूं, शायद मुझे मोक्ष मिल जाए, परंतु अचानक यह

प्यारा-सा बच्चा मुझे रोता-बिलखता मिल गया।' पुष्पा ने पीयूष की ओर संकेत किया। 'इसके कारण मुझे जीवन का नया मोड़ प्राप्त हो गया, बल्कि शायद इसी जीवन काल में मोक्ष प्राप्त हो गया। मैं इसे अपने साथ ले गई। इसे अपने जीवन का सारा प्यार दे दिया। मसूरी के स्कूल के होस्टल में डाल दिया। इसके लिए मैं नाच-गाकर कमाते हुए पैसे एकत्र कर रही थी, ताकि मेरे समान कहीं यह न भटक...।'

पुष्पा कह रही थी। सुनील उसकी बात सुन भी रहा था, परंतु उसकी आंखें पीयूष पर ही लगी हुई थीं। अचानक उसके सब्र का जाम भर गया। जाम छलक उठा तो उसने झुकते हुए अपने बेटे को तुरंत गोद में उठा लिया। आठ वर्ष का बच्चा, फिर भी उसके लिए वह एक नन्हा पीयूष ही था। सब कुछ भूलकर उसने पीयूष को चूमना आरंभ कर दिया–दीवानों समान–उसके दिल का टुकड़ा–उसका अपना रक्त, जीवन में कभी नहीं मिलता तो जाने क्या हो जाता?

सहसा पीयूष को मां का ध्यान आया। पुष्पा सामने नहीं थी। उसने तुरंत चिंतित होकर कहा, 'मां कहां चली गई?'

और तब सुनील को भी पुष्पा का ध्यान आया। उसने आगे बढ़कर बरामदे में देखा। पुष्पा लॉन में मुख्य द्वार की ओर बढ़ रही थी। पीयूष ने भी पुष्पा को देखा। तो वह रुक न सका। बहुत जोर से उसने पुष्पा को आवाज दी, 'मां!'

पुष्पा के बढ़ते हुए पग धीमे पड़ गए–रुके नहीं। उसने पीयूष को मां जैसा प्यार दिया था। पीयूष के लिए ही वह जीवित थी। परंतु इस समय उसे केवल पीयूष की पुकार की ही नहीं, सुनील की पुकार की भी आवश्यकता महसूस हो रही थी। मन की इच्छा के विरुद्ध वह बढ़ती ही चली गई।

तभी सुनील भी बहुत जोर से पुकार उठा, 'पुष्पा...!'

और पुष्पा के बढ़ते पग रुक गए।

* * *